Carmen Rico-Godoy

Bajo el ficus de La Moncloa

Carmen Rico-Godoy

Bajo el ficus de La Moncloa

Los señores presidentes y otras hierbas

Edición de José Manuel Garasino
Ilustraciones de Gallego & Rey

temas'de hoy.

Paseo de Recoletos, 4. 28001 Madrid
www.temasdehoy.es
Diseño de cubierta: Rudesindo de la Fuente
Ilustraciones de cubierta e interior: Gallego & Rey
Fotografía de la autora: Mariano Casado
Primera edición: septiembre de 2002
ISBN: 84-8460-224-9
Depósito legal: M-34.642-2002
Compuesto en J. A. Diseño Editorial, S. L.
Impreso y encuadernado en Artes Gráficas Huertas, S. A.
Printed in Spain–Impreso en España

Indice

A Sarah y Lucía, porque su yaya,
esté donde esté, así lo hubiera querido.

Agradecimientos

Quiero dar las gracias a Ricardo Utrilla, Pepe Oneto, Pilar Cernuda, Felipe González, Maruja Torres, Piluca Navarro, Rosana Torres, Eva Sklar, Francisco Caparrós, sección de Opinión de *El Correo*, Constanza Cella, personal de la Hemeroteca Municipal de Madrid y a todos los lectores de *Diario 16* y *Cambio 16* que, a lo largo de los años, acompañaron a Carmen y a su ficus.

José Manuel Garasino

Prólogo

Mercedes Rico

El público de hoy conoce a Carmen Rico-Godoy (en el siglo, Carmen Rico Carabias, 1939-2001) ante todo como autora de libros de éxito, relatos novelados de la vida cotidiana rebosantes de observación e ironía sobre la ambigua y complicada situación de las mujeres —y también de los hombres— en los años finales del siglo XX.

Pero justamente el enorme éxito y difusión de sus ocho libros publicados, desde *Cómo ser una mujer y no morir en el intento* (1990) hasta *Fin de fiesta* (2001), eclipsaron quizás su trabajo anterior en el semanario *Cambio 16* y en el periódico *Diario 16*, donde se había revelado, desde mediados de los años setenta, como una de las figuras más originales e irresistibles del humor político de su tiempo.

Es sabido que la obra periodística es efímera por definición y que son muy pocos los esclavos de la hora del cierre y los comentaristas de la rabiosa actualidad capaces de retener la atención del lector no ya años, sino meses e incluso días después de publicado un artículo. También es preciso hacerse eco de la leyenda según la cual el humor es el estilo más efímero dentro de este género efímero. Sin embargo, hay excepciones, y una de ellas —en mi, no por modesta, menos informada opinión— es Carmen Rico-Godoy.

El lector de esta pequeña antología de artículos publicados entre 1976 y 1996 juzgará por sí mismo, pero queda avisado de evitar su lectura en lugares públicos (una persona riéndose sola siempre resulta sospechosa de enajenación mental) o durante ataques de insomnio, cuando corre el riesgo de sentirse impelido a despertar a su compañero de lecho para leerle en voz alta una de sus desternillantes parodias de los consejos de ministros presididos por Felipe González, por ejemplo, o las opiniones del ficus de La Moncloa —sin duda, uno de los personajes más divertidos de la Transición.

El humor de Carmenchu —que nunca fue una persona especialmente «graciosa», como saben todos los que la conocieron bien— tiene, antes que nada, un código genético, resultante de mezclar la vis literaria de nuestra madre, Josefina Carabias, con la mala leche de nuestro padre, José Rico-Godoy, y luego unas fuentes de inspiración, o desencadenantes, que no están tanto en *Le Canard Enchaîné*, como ella pretendía hacer creer (embarullar las pistas fue siempre uno de sus deportes favoritos), sino en la revista americana *Mad*, que empezó a devorar a los quince años, y en el *Art Buchwald* de los años cincuenta y sesenta. Antes de eso, cuando aún era una niña, se divertía tanto con *La Codorniz* como con lo que nuestra madre llamaba «La Codorniz viviente» (Evaristo Acevedo, Álvaro de Laiglesia, Miguel Mihura y Enrique Jardiel Poncela), que a veces venían por casa, pero de quienes sobre todo escuchaba las cosas que mi madre contaba, muerta de risa, al volver de las tertulias.

Pero es indudable que su humor, aunque a veces se acerca en abstracción y surrealismo al de aquellos maestros, se apoya más en la realidad, incluso en la actualidad, entre otras cosas porque le tocaron, por suerte, unos tiempos en que el humor no era un recurso para poder decir lo que no se podía decir en serio, sino otra manera de mirar y de decirlo. En aquellos años en que uno de cada tres días era «histórico» y en que los comentaristas de los periódicos se entregaban sin freno al sermón democrático o al lamento desencantado, Carmenchu se echó al humor como Tejero se echó al Congreso: instintivamente y sin pensar en las consecuencias.

Las consecuencias fueron enseguida evidentes: no iba a comerse una sola rosca en el mundo del periodismo. Muchos lectores, mucho nombre, muchas felicitaciones, muchas cartas de literatos ilustres hablando de la expresividad de su lenguaje y hasta alguna que otra tesis doctoral. Pero un sueldo anémico, ridículos ascensos en la casa que ella había contribuido a fundar y, sobre todo a «hacer», y a la que se mantuvo fiel hasta su patética disolución final, poquísimos «bolos» y ni un solo premio (hasta el Cuco Cerecedo en 1996, cuando llevaba veinticinco años escribiendo, que fue el único que recibió en vida).

Aunque quizás lo que más le dolía de todo era que, cuando se hablaba de humor en la prensa (y se organizaban mesas redondas o triangulares, coloquios, libros de recopilaciones o juegos florales varios), se pensara exclusivamente en el humor gráfico, que floreció en esa época y que ella admiraba (de siempre a Mingote, luego a Forges, Chumy, Gallego & Rey y Ballesta, con quien durante tantos años compartió página en *Cambio 16*, entre otros muchos), y nunca, o casi nunca, en el humor escrito.

Al final huyó del humor puro —como también lo hicieron a tiempo su comadre Maruja Torres y casi todos sus colegas de *Hermano Lobo*—, que le suponía un esfuerzo mucho mayor que escribir «en serio» y, tras el éxito de *Cómo ser una mujer…*, se dedicó fundamentalmente a sus libros, también cargados de humor, aunque no en la forma tan acabada y redonda de sus artículos y, durante un tiempo, a tantear las posibilidades del guión cinematográfico (*Los pazos de Ulloa*, *La noche más larga* y los tres del ciclo *Cómo ser una mujer…*, entre otros). Pero el cine, incluso el guión de cine, es siempre una empresa colectiva en la que al menos treinta personas tienen, por contrato y por fastidiar, derecho a meter la cuchara en cualquier momento. Carmen casi nunca se reconocía en el producto final y terminó por desanimarse.

Yo siempre pensé que fue una pena que mi hermana hubiera vivido una época en la que el teatro estaba en una decadencia tan acusada porque, de haber madurado cuarenta o cincuenta años antes, el teatro hubiera sido el ámbito natural para el desarrollo de su talento, como lo fue para tantos humoristas de generaciones anteriores.

Su hijo José Manuel Garasino ha pasado por el calvario de seleccionar esta pequeña muestra de entre los casi dos mil artículos publicados; calvario porque cada risa aumentaba el dolor, aún vivo, punzante y cabrón, de su muerte prematura.

G&R.2002

Suárez,
el duque de La Moncloa

Carmenchu, Suárez... y el ficus
Ricardo Utrilla

No figurará en los anales históricos, pero la realidad es que España dispuso también, como los Estados Unidos de Nixon, de su «garganta profunda» gracias a Carmen Rico-Godoy, la cual, por no se sabe qué extrañas mañas, consiguió introducir en La Moncloa de Adolfo Suárez un ficus pensante y parlante que se encargó de revelarle a su patrona todos los entresijos del comportamiento presidencial.

Estoy seguro de que no lo hizo con mala intención, pues, contrariamente a lo que podría suponerse, nuestra Carmenchu nacional tenía por Suárez respeto e incluso, a veces, admiración, como demostró con ocasión de la tejerada. Desde luego, nada que ver con sus bestias negras, como el periodista Luis María Ansón («Ansón, Ansón pirulero» para ella) o el ministro fascicular Ricardo de la Cierva.

Y no es que al duque le faltaran méritos para figurar en la galería de odiosos que ella repasaba con fruición en sus artículos: destacado pasado falangista, encarnación de un poder legítimo pero con negras sombras de imposición, sucesor inmediato de aquel «carnicerito de Málaga» Arias Navarro que amenazó con perpetuar el franquismo... Pero el joven presidente del Gobierno español que inauguró la Transición tenía, además de sus dotes personales, una virtud irresistible para Carmen: era de Ávila.

No sabrá nunca seguramente Adolfo Suárez hasta qué punto el haber nacido en Cebreros le libró de los envenenados dardos de la más leída e influyente humorista política de su época. Porque, entre los amores de Carmenchu, tan tajantes como sus repudios, figuraban en lugar preferente las tierras abulenses, su adorada Arenas de San Pedro. Nada de Ávila podía ser malo o, al menos, no rematadamente malo. Y así, pese a su descalificador remoquete de «chuletón de Ávila», se fue aquel primer ministro casi de rositas de entre las garras de quien había llevado hasta la desesperación a hombres como De la Cierva, que pretendió incluso procesarla.

Nunca se refirió Carmenchu a Suárez con desdén o menosprecio. No le ahorraba críticas, por supuesto, ya que se trataba del gran rival político de otro de sus amores, el socialismo, pero siempre con comedimiento. A lo sumo, con los ojos llenos de chiribitas sardónicas, hacía un sarcástico comentario sobre palabras o comportamientos del presidente, pero nunca con el encono reservado a otros. Hasta llegamos a pensar en la redacción que Suárez tenía con ella una especie de bula, que era territorio *off limits* para sus demoledores artículos.

Muchas veces estuve tentado de preguntarle de sopetón: pero, vamos a ver, ¿a ti cómo te cae realmente Adolfo Suárez? Nunca cedí a la tentación de incurrir en semejante debilidad. Entre otras cosas, porque me la imaginé frunciendo la boca en una de sus sonrisas entre tímidas y agresivas para espetarme una cariñosa reconvención. Algo así como: «Pregúntale al ficus.»

La Moncloa hace chup-chup

Después de unos días de veraneo en la tórrida villa de Ávila, el marqués de Cebreros ha regresado a las trincheras en su despacho presidencial de La Moncloa.

—Esto está lleno de humo —observó Adolfo indignado al quitarse el yelmo que suele utilizar para atravesar los pasillos de La Moncloa—. Debe ser la contaminación.

—De eso nada —contestó el ficus, que a modo de protesta por haberle dejado solo durante las fiestas ha echado rosas de rojo encendido—. El único humo que hay es el de los guisos que se cocinan los barones, fontaneros, cristianos, liberales y cabestros diversos.

—¿Y se pelean mucho entre ellos? ¡Dime, anda, dime!

—No digo nada, porque no me has traído lo que prometiste.

—Aquí tienes tu tricotosa. Sigue hablando: ¿me odian, me critican, complotan mucho?

—Esta tricotosa es de segunda mano, pero en fin, te diré que han entrado aquí y so pretexto de regarme se han sentado en tu sillón.

—¡Magnífico! ¿La treta funcionó?

—Claro. En cuanto tocaban el asiento, se ponía en funcionamiento la voz carcajeante que cantaba lo de «Aserrín, aserrán, los cabestros de Ucedán, etcétera...». Huían despendolados. Hubo uno que, presa del terror, salió por la cristalera de la ventana.

—Ya decía yo que Rafa Arias se tapaba mucho la cara con el abanico en la reunión de esta mañana.

—Es que sois como *childrens.*

(1980)

¡Ele, ele!

El otro día entró Adolfo en su despacho y sorprendió al ficus rezando el rosario.

—*Tu quoque, fili mi* —gritó Adolfo transido de dolor—. ¿Quién te ha dado ese rosario?

—Ese rosario: exceso de versos eróticos en los textos sagrados, Adolfo, no te pongas así que te dará un mal.

—¡Espurio, más que espurio! Te has pasado a la oposición y a la crítica. Lo que me quedaba por ver.

—La cosa de la crítica viene de la base.

—¡Y de peinarse! Que ahora todos se aplastan el pelo hacia atrás y se hacen onditas y me sé de algunos que hasta se depilan para simular entradas.

—*Coiffure Landelook,* que se llama. ¡Y yo con estos pelos! Tranquilízate, jefe.

—Es que me tienen harto. Recuerdo cuando no tenían un mísero cargo que llevarse al hocico, ni un periodista con carné persiguiéndoles para averiguar qué desodorante usa, y yo era genial, elegantísimo, inteligentísimo, y el príncipe de Maquiavelo era un cretino al lado mío.

—*C'est la vie...*

—Se la veía venir, desde luego. Y mira que les dije: «Haced pipí antes de salir, que luego no encontraréis dónde.» Ingratos.

—Como dice el proverbio afgano, «la política obliga a acostarse con gente extraña».

—Claro, si Ángela Molina se dedicara a la política a mí ni me importaría, pero compartir la cama con Martorell, Meliá, Ordóñez... no sabes lo que es. Me voy a ir a Ávila les-deux-églises y si le he Landelino no me Lavilla.

(1980)

El síndrome Moncloa

Los entendidos aseguran que el marqués de Cebreros y duque de La Moncloa tiene una depresión de caballo. Y no es de extrañar que el pobre señor llore todas las mañanas sobre la primera taza de café, sólo de pensar que irremediablemente tiene que verles la cara a seres como Josep Meliá, Abril Martorell, Arias Salgado y Pérez Llorca, quizá a Marcelino Oreja, posiblemente a Leopoldo Calvo-Sotelo, casi con seguridad a Rohodríguez Sahagún y, si sale a estirar las piernas, es más que probable que se encuentre en un pasillo con Joaquín Garrigues o con Rosa Posada.

Ante semejante perspectiva, no es de extrañar que Adolfo Suárez centre su atención en cualquier bobada que surja: darle un empujoncito al *puzzle* chino de diez mil piezas; odiar a Conchita Montes porque no hay ni un solo damero maldito que consiga terminar sin mirar la solución; ponerse ante el espejo para perfeccionar su imitación de Pedro Ruiz; contestar la última cara de un filatélico polinesio con el que mantiene correspondencia a través de un anuncio de *El Viejo Topo*; ver por enésima vez el vídeo de la noche de las elecciones del 15-J; inyectarle prostaglandinas al ficus que se está quedando paliducho, siguiendo un consejo que le dio su amigo Arafat, que sabe mucho de vegetales; redactar un anuncio para *Lib* que nunca tendrá el valor de enviar: «Cambio ministro de fascículos por culos del fascio.»

Una vez que empiezan a desfilar por el despacho los listos, la cosa ya no tiene solución ni escapatoria.

—Muy bueno lo de ayer —dice antes de sentarse el primer cerebro que entra en el despacho.

—Lo qué de ayer... —responde el presidente mirando aterrado el montón de papeles que su interlocutor deposita encima de la mesa.

—No te hagas el modesto. Decir que «nadie nos va a desplazar a la derecha ni a ninguna parte» es un hallazgo genial, una maniobra envolvente que va a aniquilar a la oposición.

—Tú tampoco te quedaste corto anoche en la cena con los banqueros catalanes.

—Bueno, modestamente reconozco que a los postres había conseguido que los catalanes nos apoyaran sin reservas: gobernaremos en Cataluña.

—Me pusiste a caer de un burro.

—Quien te haya contado eso miente como un bellaco.

—Entonces habrá que echar al director de nuestro periódico: lo saca en primera plana. Por cierto, ese pisacorbatas del Banco Industrial de Cataluña es una horterada. El del Banco Guipuzcoano, que llevaba el que salió hace un rato, era más *chic*. Y ahora vete un rato al jardín a ver si estoy.

Suárez se queda solo, pero no por mucho rato. Entra otro cerebro lleno de paneles y dinamismo.

—Presidente, tengo la solución al problema vasco. La tengo.

—Oyes, ¿has probado la gillete triple hoja? Es sensacional.

Se abre la puerta del despacho bruscamente y aparece el listo de antes todo congestionado.

—¡Jefe! He buscado por todo el jardín y no he encontrado ni rastro de ti; nada, que no estás…

(1980)

Primavera revuelta

No falla. En cuanto al duque de La Moncloa le da el síndrome de las trillizas, es que ha llegado la primavera.

Como su propio nombre indica, el síndrome de las trillizas es un irresistible impulso de «revolverse un poquito», con el único fin de confundir al personal. Recordarán que cuando el telespectador había conseguido enterarse de quién era María Emilia, quién era María Laura y quién era María Eugenia, ellas, en un ataque de genialidad, decían: «Y ahora vamos a revolvernos un poquito», y dando saltitos cambiaban de lugar, con lo que el telespectador se quedaba sin saber si iba o venía.

Pues en llegando las primeras cigüeñas a La Moncloa, al presidente Suárez le da también el telele. Reúne a sus ministros en la sala de Consejo y les dice:

—Señores: la realidad es que sois unos mantas y he de decir en honor a la verdad que no hacéis gran cosa, pero eso sí, lo hacéis fatal. Después de reflexionar en profundidad, creo que ha llegado el momento de revolveros un poquito. Y no me lloréis, que ya sabéis que no soporto las lágrimas.

Como si de un gobierno serio y mayor se tratara, la prensa a esto lo llama «crisis de Gobierno», cuando en la práctica todo se reduce a cambiar lo imprescindible para que todo siga igual.

Algunos ministros se ponen nerviosos y osan rebelarse, temiéndose lo peor:

—Te advierto —le dicen al presidente— que si dejo de ser ministro armo un lío regular. Mis seguidores, que no son muchos, pero son machos, tomarán medidas si salgo del Gobierno.

—No sabía yo —responde el marqués de La Moncloa— que te apoyaban los sastres. De todas maneras, tranquilízate, hijo mío, que seguirás en el Gobierno, porque aprecio tus cualidades: eres ladino, ambicioso, concupiscente, tienes vista de perro y olfato de águila. Por tanto, eres imprescindible. Y en cuanto a tus seguidores, menos lobos, confiesa que tus hijos votan PSOE y tu mujer siente debilidad por Areilza. Sin embargo, has hecho una buena labor, has sembrado tal barullo en tu ministerio que ciento siete años no serán suficientes para desenmarañarlo. Te pasaré a otro ministerio para que realices la misma labor.

—¿Y yo, presidente? Yo ya he sembrado el caos en tres o cuatro ministerios.

—Exacto. Por eso esta vez lo que haremos será crear un superministerio para ti solito, a ver si te cargas de una vez el par de ministerios que, inexplicablemente, todavía funcionan bastante bien. Y ahora iros todos al jardín a ver si estoy.

Al cabo del rato entra uno, jadeante.

—Presidente, he buscado por todo el jardín y no estás.

—Bien. Continuarás de ministro. Te lo mereces.

(1980)

He's my man (por fin ligó)

En Belgrado, y con motivo del funeral de Tito —que ha batido todos los récords conocidos de moribundia—, nuestro conde duque de La Moncloa y marqués de Cebreros, más conocido en el mundo del espectáculo como Adolfo el Silencioso, ligó con la británica Dama de Hierro, Margaret Thatcher.

En la *mêlée* de personalidades políticas reunidas en Belgrado, Adolfo enseguida le echó el ojo a Margarita, porque era de los pocos líderes occidentales bajitos y la única chica en los alrededores. En eso Adolfo es un auténtico caballero español, y con más feas ha tenido uno que bailar en las gaitillas de Cebreros. Además, en vista de que el pequeño Marcelino no consigue convencer a los ingleses para que dejen Gibraltar y se vayan a veranear a otro sitio, el presidente aprovechó que la mismísima primera ministra estaba a tiro para lanzarse... y que salga el sol por Antequera.

En el mismo momento en que Margaret le quitaba la silla al primer ministro francés Raimundo Barre justo cuando éste iba a sentarse, Adolfo se acercó a la dama para ayudarla y, cuestión de romper el hielo, le dijo en versión original:

—*Your taylor is rich*, señora.

Margaret, con la silla en la mano y el francés en el suelo, miró a Suárez muy sorprendida y respondió:

—*Do you want a fight?* (¿Buscas pelea, pequeño?)

En ese momento apareció Yasser Arafat, precipitóse hacia Adolfo y le incrustó dos sonoros y acuosos besos en sendas mejillas. La Thatcher, muy impresionada, no podía apartar sus ojos del duque.

—*Are you crazy or something?* (¡Tienes hasta la puesta del sol para abandonar el poblado, forastero!)

Adolfo, quitándose de encima al besucón de Arafat, se sentó en una silla que le había robado a un yugoslavo bajito, se inclinó sobre la Thatcher, que rociaba su peinado con una laca sacada del bolso, y le dijo a media voz, poniéndole la mano en el muslo:

—Queremos Gibraltar.

Margaret, mirando la mano del presidente sobre su regazo, susurró:

—*Would you put your hand on your ass, please?* (¿Lo quiere solo o con leche?)

Adolfo, estimulado por la media sonrisa de Margarita, osa:

—*Voulez-vous venir with me a Spain, a los toros, olé, matador, bull-fight!?*

—*Bullshit, my dear.* (Es por esto que te amo, Jerry).

Adolfo vuelve a intentarlo:

—*The rain in Spain stays mainly in the plain.* (No te hagas la estrecha, pequeña, que tengo malas pulgas.)

La Dama de Hierro, que está ya bastante hasta el tupé, le pregunta a Sa Carneiro, que ha estado a su lado rodilla en tierra sujetando el bote de laca:

—*What is he talking about?* (Quítame de encima a este muermo.)

—Dice que hola, Radiola —aclara presto el portugués.

Y con grandes gestos de alegría, Margarita se abraza al marqués de Cebreros y promete venir a pasar un fin de semana a La Moncloa.

Son como políticos.

(1980)

Fontaneros y cañerías

La Moncloa está hecha una ruina, llena de agua por todas partes. Los fontaneros se pasan haciendo horas extraordinarias tapando roturas de cañerías, pero no hay manera. Ya se sabe que las construcciones de ahora no son como las de antes. Y claro, edificaron UCD con mucha columna, mucha entrada, mucho mueble de estilo de la planta de oportunidades, mucho cuadro falso y mucha gaita, pero las cañerías, de hojalata. El jefe Suárez está hasta el gorro de tener que circular por el palacio en barca, así que el otro día decidió recibir a los barones y vizcondes de su partido y tener una conversación al respecto.

Subido, como siempre últimamente, encima de su mesa en postura de loto, le toca el turno a Martín Villa. Sin dirigir sus ojos hacia el visitante, mirando hacia el techo, Suárez le dice:

—He dicho mil veces que no quiero que vengáis armados.

—Pero presidente, si…

—Calla y pon el tirachinas en el suelo.

—Está bien, pero que conste…

—Rodolfo…

—Sí, Adolfo.

—¿Me quieres? Di, ¿me quieres?

—Quererte a ti es querer ganar el cielo por amor, es haber perdido el miedo al dolor, es haber perdido todo en la batalla.

—Desafinas cantidad. Un ocho y gracias. Dile a Fernandordóñez que entre, que le voy a radicalizar un poco.

Mientras espera al próximo visitante, el presidente se sube los calcetines que se le habían escurrido hasta el tobillo. Entra Fernandordóñez en patines.

—Como te vuelvan a sorprender haciendo un socavón en la puerta de mi despacho y tapándolo después con una alfombra, le

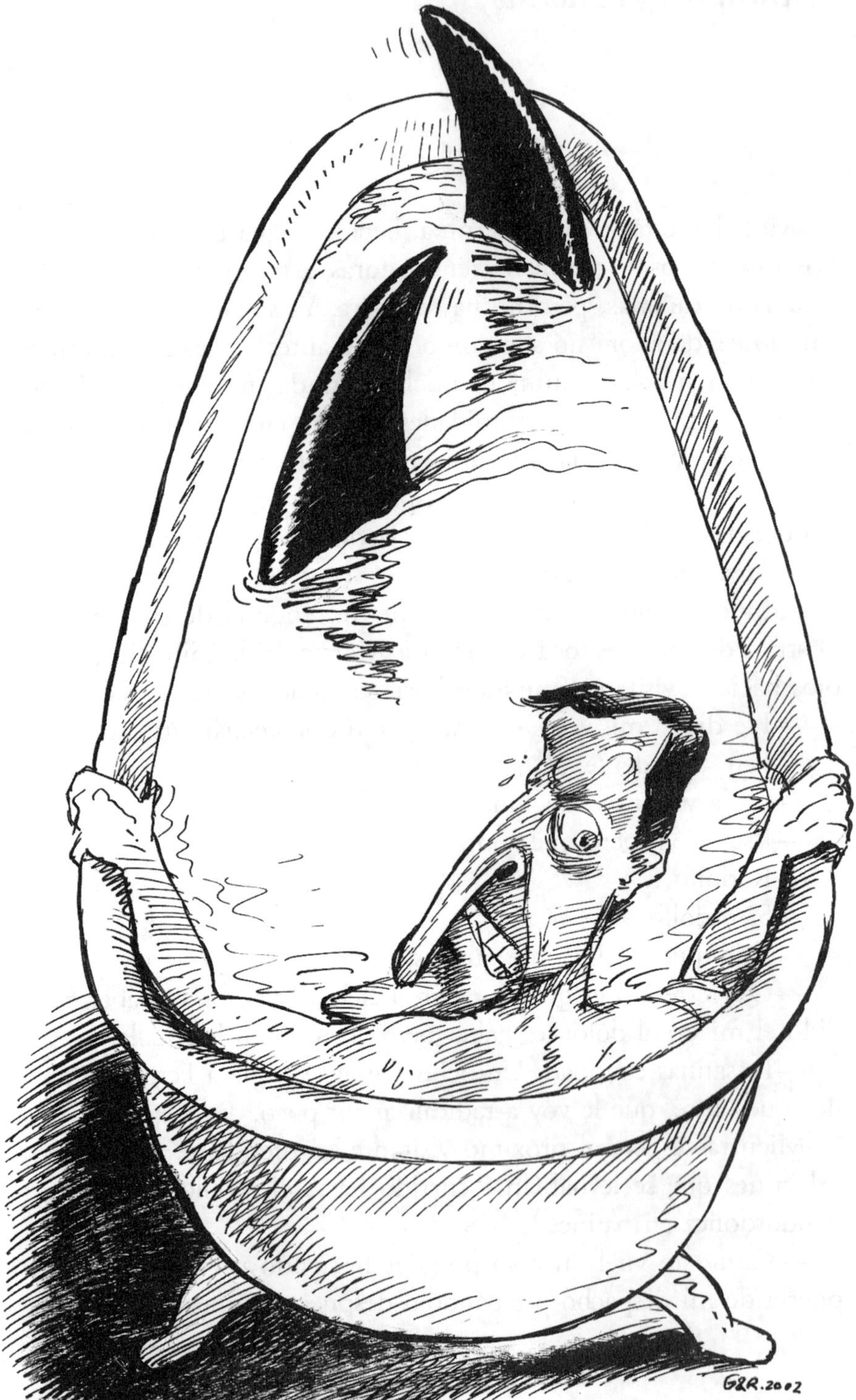
G&R.2002

digo a Meliá que le diga a la prensa que Susana Estrada quiere hacer la versión en cine de tu libro, rebautizándolo como *La escoña imposible.*

—¡Oh, no, prometo que no volveré a hacerlo!

—No prometas, que es peor. Lárgate y dile a Landelino que entre.

Landelino se arrastra de rodillas hasta la mesa del despacho de Suárez.

—Ave María Purísima —saluda Suárez—. Cuéntame, hijo, ¿cuántas veces?

—Padre, digo jefe, ninguna de verdad, ninguna.

—¡Pecador! Confiesa: ¿Cuántas veces, de pensamiento, palabra u obra?

—Apenas un mal pensamiento, pero muy fugaz.

—Conque fugaz... ¿Y por qué le cortaste la palabra en el Congreso a Calvo Ortega? ¿Y por qué le tiras bolitas con el canuto a Íñigo Cavero? En penitencia, tendrás que reunirte durante veinte minutos con Pérez Llorca y Alfonso Guerra.

—No lo podré soportar, Adolfo. Redúceme la penitencia a tres minutos, más no los aguanto.

—Retírate, pecador, y arrepiéntete.

Cansado de escuchar a los barones y vizcondes, Suárez le arroja unos cuantos cacahuetes al fontanero Meliá que estaba arreglando una avería detrás de las cortinas, y saltando a una barquichuela inflable se va remando pasillo arriba a la reunión de la ejecutiva de su partido. Al verlo pasar, Joaquín Garrigues dice:

—Coche nuevo, ¿eh?

—No, hombre, no. Rally —contesta Suárez.

(1980)

No se van

Adolfo Suárez ya no sabe qué hacer con UCD: si venderla al peso, por parcelas, darle la vuelta para hacer un abrigo de entretiempo o encasquetársela a un árabe de esos que compran cualquier cosa sin preguntar *how much*. Tan desesperado está el hombre que no sabe si tirarse al metro o a la taquillera.

Cada mañana, el presidente Suárez se levanta con la secreta ilusión de que ese día algún miembro del partido decida, por fin, largarse definitivamente a otra agrupación política. Pero no hay manera: ahí siguen los barones agarrados como lapas a las rocas de La Moncloa.

—Digo yo que por qué no os tomáis una vacaciones —sugiere Adolfo en las reuniones de trabajo del bocadillo de media mañana—. Os veo muy desmejorados, tenéis mala cara, trabajáis demasiado, deberíais aprovechar esos viajes turísticos que hay a Camboya, creo que son baratísimos, en hoteles de seis bombas con desayuno de metralla incluido. Gámir, tú deberías ir a bañarte en las playas de Afganistán, por ejemplo.

—No, si no estamos mal, jefe. Estamos encantadísimos de ser ministros, ¿verdad, Rohodríguez Sahagún?

—Adolfo, como el ficus siga tomándonos el pelo, yo... bueno, yo... hago algo.

—Tienes razón —dice Adolfo—, yo que tú dimitiría.

—Hombre, tampoco es eso, Adolfo —sonríe Sahagún.

—No, si ya me lo temía yo —suspira el ficus.

(1980)

De buena fuente

Adolfo Suárez es un genio. No es fácil sembrar una confusión tan completa alrededor de la crisis del Gobierno como la que el marqués de Cebreros y duque de La Moncloa está fabricando con su silencio. Todo comentario, opinión o rumor, por surrealistas que parezcan, valen como noticia.

—¡Jefe, la superiora del convento de la calle Aguas Mayores va de ministro de Interior! —grita el periodista que llega a la redacción echando el bofe.

—¿Y quién te ha dicho esa estupidez? —increpa el redactor jefe, que acaba de recibir por teléfono la exclusiva de que para Industria va Pirri repescado *in extremis* de Meksico.

—De buenísima fuente: me lo ha cascado todo la cuñada del hermano de la novia del hermano de un camarero que trabaja en un restaurante que está enfrente del ministerio.

—Excelente —admite el jefe abrumado—, que lo metan a cuatro columnas en la primera página, menuda exclusiva.

—Oye, ¿y mi noticia qué? —protesta otro periodista.

—A ver, criatura, confiesa, confiesa, ¿de qué te acusas?

—Nada, padre, que esta mañana parece ser que Suárez le ha echado alpiste a los peces y sardinas crudas a los canarios.

—¿En serio? ¡El muy pillín me había prometido no cambiar a Marcelino Oreja!

—Jefe, perdone, pero acaba de llamar la secretaria de Suárez.

—¿Y qué ha dicho? ¡Vamos, dime qué ha dicho!

—Nada. Es muda.

—Jo, que las pongan ciegas, todavía, pero mudas es pasarse.

—Pues Gámir está pensando en poner una secretaria sorda.

—Desde luego, para las cosas que tiene que oír, casi mejor.

—Acaba de llamar un lector y dice que, como se confirme lo

que dijimos ayer de que Fernández Ordóñez vuelve de ministro, que se tira a la Cibeles.

—Y otro que ha llamado preguntando si es verdad que Suárez cazó catorce tiburones este verano.

—¡Los pescó! Los tiburones no se cazan, se pescan.

—Pues eso. Ya dice él que le resulta raro.

—Mira, no me des la lata con lo que dicen los lectores, que tengo cosas más importantes de que ocuparme. Todavía no tenemos la noticia sensacional. A ver si se os ocurre algo.

—Carmela García Moreno hará el papel de Evita en el musical del mismo nombre.

—¿Quién te lo ha dicho?

—Ella, quién va a ser.

—¿La Carmela te ha dicho eso?

—No hombre, no. Me lo dijo Evita anoche en Boccaccio.

—¡La Virgen! A ver, otra, que parece como si estuvierais en huelga de cerebelos caídos.

—...

—Bien. Como no se os ocurre nada, sacaremos la siguiente noticia: antetítulo: «Según fuentes irreprochables»; título a toda pastilla: «Suárez piensa.» Y debajo me contáis bien escrito que el ministro de Agricultura sale seguro, visto que los melones que le hizo plantar a Suárez en el *boudoir* han salido todos pateteros.

Así no entraremos nunca en Europa.

(1980)

Más Suárez será la caída

—Adolfo...

—...

—Adolfo, ¿estás ahí?

—Pues claro, ¿dónde voy a estar? ¿En París comiendo caviar? ¿En Marinaleda contando paraos?

—Oye, podías estar poniéndome los cuernos con la palmera, yo qué sé...

—Vete a freír...

—Precisamente de eso quería hablarte: las puñetas se hacen, pero no se fríen.

—Era una manera de hablar.

—Ya, pero parece mentira, hombre. Para una vez que no te enrollas y dices algo sin leer, vas y te equivocas. Menudo debe estar el primo Poldo.

—¿Quién?

—Calvo Sotelo. Con lo bien hablado y escribido que es él, vas tú y, en cuanto te deja solo, le dices a los periodistas que si te equivocas te vas a freír puñetas.

—Quería decir «monas». «Freír monas» se dice, ¿no?

—Yo qué sé. Pregúntaselo al ministro de freír. Porque, vamos a ver, la cosa de la fritura ¿a qué ministro le toca?

—Qué petardo, ¿por qué no le dejas y hablas de otra cosa?

—Lo que tú digas, jefe. Si quieres hablamos del bigote de García Díez. ¿Estás seguro de que es auténtico, que no es postizo?

—Yo qué sé. No le voy a tirar el bigote en pleno Consejo, ¿no?

—Yo que tú lo haría, porque fíjate si en una de ésas resulta que el bigote del ministro de Comercio no es auténtico, imagínate el cachondeo de Alfonso Guerra.

—No me hables de Alfonso Guerra, porque te llevo al despacho de Meliá.

—¡No! ¡Todo menos eso! Te hablo de otra cosa.

—Tú crees que va en serio lo de Pío Cabanillas y Martín Villa?

—¿El qué?

—Que si el ligue va en serio o sólo son buenos amigos. Son dos lanzaos, ¿eh?

—No sé cómo te aguanto.

—Porque entre aguantarme a mí, un ficus *elasticus*, o aguantar al Calvo Ortega, no tiene color. Tengo hojas, pero no ojeras. ¿Sabes lo que van diciendo por ahí?

—Que Sara Montiel es un travesti.

—Joé, qué atrasado estás. Dicen que ahora los parados se van a contar no por cientos, sino por millares.

—Será por millones.

—No, hombre, no, millares. Millares como el ministro de Trabajo, ¿entiendes el matiz?

—Qué malo, qué malo, qué malo.

—He de reconocer que en catalán suena mejor. Me lo contó Roca Chunchén.

—Uffff.

—Agggg.

(1980)

La Monclocasa de la Pradera

La Moncloa es como la Casa de la Pradera, pero sin la ciega. Los dramas que acontecen en el palacio de Suárez nos hacen llorar a moco tendido, y los personajes no ganan para disgustos y sufren muchísimo.

El que más sufre, por supuesto, es Fernandordóñez —quien pasará a la historia por haber sido el primero en tener los santos pedruscos de mandar decir cuando se le llama a su casa que «el señor no se puede poner: está paseando el perro»—. La que se le viene encima en el Ministerio de Justicia es de órdago a la grande, porque muchos funcionarios del Ministerio de Justicia (¿qué justicia?, como diría el inolvidable Arturo Soria) piensan que Ordóñez es progre y para facilitarle las cosas le van a vaciar de presos las cárceles. Como no tiene más remedio que sacar adelante el divorcio. Pero Ordóñez está convencido de que más vale ser ministro y sufrir que sufrir sin ser ministro.

El Ministerio de Cultura sigue siendo como la cabra del regimiento, que sólo se fijan en ella en caso de desesperación total. Adolfo, un día, llamó a Íñigo Cavero a su despacho, le hizo sentar en dos sillas y le dijo:

—Compañero, me temo que no cabes en el pesebre.

—Eso no, jefe, no me hagas eso. Tengo el firme propósito de adelgazar. Hazme ministro de algo, aunque sea sin tartera.

—Bien, entonces, Cultura —dice Adolfo en plan castigador.

—¿Cultura? ¡Es una humillación, un desprestigio!

—Escucha, forastero. Esto es como las lentejas.

—No, si después de todo, Cultura es un ministerio apasionante.

—Además, incluye deportes y condición femenina. ¿No tienes una cuadra de yeguas? Pues lo que yo te diga: eres el hombre idóneo para ese ministerio.

El drama del joven Luis Gámir con-acento-en-la-á fue atroz. Estaba el hombre enviándole saludas a los turistas extranjeros que habían tenido a bien venir a veranear a España este año, cuando irrumpe su norteamericana esposa, Rosalind, y le dice:

—*Darling*, acabo de llamarme una hermano de amiga de New York y me ha decido que tú y yo no ser más minister. ¿Es *true*?

Y admirándose su perfecto perfil a lo Tyrone Power en el espejo de la chimenea, Gámir murmuró:

—Oh, *my God*, por qué me has abandonado a media tarde —y cayó desmayado al *floor*.

Otra tragedia griega fue la del pequeño Marcelino, que muy organizado él y muy suspicaz, llamó a Suárez porque se las veía venir:

—Jefe, que si llamo a mudanzas el Ajo Volador o sigo.

—Oreja, por Dios, cómo puedes dudarlo: sigues de ministro.

Y Marcelino, muy satisfecho y tranquilo, retomó su labor, un bolerito en punto del ocho que le estaba tejiendo a Rupérez para la inauguración de la Conferencia de Seguridad de Madrid. Y dos días más tarde, cuando ya tenía terminada la sisa, le llama Pérez Llorca para decirle que si, por favor, le puede enviar con un botones el discurso de apertura de la Conferencia y que, si no le importa, saque del despacho ministerial las madreselvas que con tanto amor había cultivado Marcelino durante cinco años, cinco.

¡Qué llantina y qué llorera!

(1980)

El Planeta que viene

El día que Adolfo Suárez termine de escribir sus memorias se va a enterar el señor Lara de lo que vale un Planeta.

El presidente lleva bastantes meses tomando notas, ordenando recuerdos y haciendo fichas, pero como lo tiene que hacer todo a escondidas de los fontaneros, carpinteros, electricistas y otras malas yerbas que pululan por La Moncloa, la obra va muy lenta.

Ésa es la verdadera razón por la cual se tira semanas y semanas sin salir del palacio, cosa que Felipe González le reprocha muchísimo. Adolfo, además, no quiere que se entere nadie de que está escribiendo sus memorias, porque si ellos supieran, empezarían a maniobrar con su acostumbrada delicadeza para intentar influirle. Para mayor secreto, Adolfo ni siquiera utiliza secretarias. Cuando necesita ayuda, echa mano del ficus y, cuando se pone a la tartamuda, hace 250 pulsaciones por minuto.

—A ver, ¿dónde estábamos? —le pregunta Adolfo al ficus en cuanto ha salido del despacho el Miñón Herrero, nuevo altavoz de UCD en el Congreso.

—... me respondió entonces Rafael Escuredo: «No, señor presidente, mis rizos son naturales; en cambio los de Rojas Marcos apestan a permanente modelo 144.» Ahí nos quedamos.

—Bien, ahora sigue: «A continuación le propuse hermanar Cebreros y el barrio de Triana, a lo que el presidente de la Junta andaluza se negó, evidenciando su predisposición para llegar a un acuerdo.»

—¡Cuidado, jefe, que llega Martín Villa con los rulos!

(1980)

Aquel día

Hoy se cumplen cinco años justos de aquella mañana, brumosa y fría, en la que el «equipo médico habitual» decidió dar por muerto oficialmente al semicadáver entubado que era Francisco Franco desde hacía semanas.

—Yo no me enteré hasta las nueve —recuerda un chófer de La Moncloa—. Para una vez que ligo a una gachí y me la llevo al huerto, se me muere el líder.

—Pues yo estaba entonces en el vestíbulo de la Secretaría General del Movimiento —interviene el ficus—, intentando ligar con una hiedra que estaba muy buena, cuando entró la señora de la limpieza llorando: «Se nos ha muerto el pobre», gimoteaba ella. «¿Cuál? ¿El de la esquina con José Antonio?», preguntó la hiedra, que había sido de la Sección Femenina. «No, no, el pobrecito se murió», seguía la limpiadora. Como la hiedra no entendía nada, le dije: «Que se ha muerto Franco, imbécil; el viejo cascó al final.» La hiedra sacó inmediatamente la pistola y me apuntó: «¡Rojo! ¿Te crees muy listo, eh?»

—Yo nada, me fui a la tienda y pedí una botella de champán —prosiguió el chófer—, y el empleado me dijo que ya no quedaban. Yo, para disimular, le pregunté: «¿Cómo es posible?» Y me contestó: «¿Pero todavía no sabe usted lo que ha pasado hoy?»

—Yo me dije: «Tranquilo, que yo no he hecho nada» —al ficus le temblaba la voz recordando—, y en eso baja un tal Adolfo Suárez. La hiedra le saluda con un taconazo y él ni la mira; se me acerca y me pregunta: «¿Y tú, estudias o trabajas?» Y aquí estoy.

(1980)

Vascos

Son buena gente los vascos. Un poco borricos, pero hay que reconocer que nadie es perfecto.

Todo viene de cuando los árabes invasores iban avanzando por el territorio de la península haciendo sus canales de riego, sus baños, sus alcazabas, sus zocos… y estaban muy contentos porque, aunque hacía más frío que en su tierra de origen, el sol alumbraba la mayor parte del año. Según avanzaban hacia arriba, la niebla y la lluvia se hacían más frecuentes y los moros estaban cada vez más desconcertados. Al no poder hacer canales de riego por resultar inútiles, ni pasarse las mañanas en el zoco cambiándose cosas y chismorreos porque se quedaban oxidados de tanta agua, se aburrían mucho. Pero como todo era mejor que volver al desierto africano, seguían p'alante con la esperanza de, al menos, llegar al mar.

En esto, atravesando la bruma y la niebla, consiguen culminar el puerto de Orduña y ante ellos aparece Euskadi sur, verde y húmeda. Bastante impresionados, los moros preguntan angustiosamente:

—*¿Jali jamud alhamedí-li?* (¿Qué, hay alguien ahí?)

Silencio total.

—*¿Jamud alhamedí-li?* —insisten. (¿Hay alguien?)

Por toda respuesta reciben veintiséis piedras de nueve quintales *parabellum*, con tan mala pata que los dos peluqueros del regimiento cascan *in situ.*

Los árabes se mosquean y, muy enojados, en postura marcial —así llevaba Caperucita la cestita—, aúllan:

—*¡Jababali lej-hamadá to-aalla-d, almohada, alberca-ca!* (¡Pues que os haga la permanente don Pelayo, bestias!)

Reunidos en asamblea libertaria, los moros cavilan sobre la cuestión.

—*Je'l-los joyeh jun p'ez* (Caray, cómo son) —opina Jad Olfomed Sujar'ez, joven pachá especialista en cruzar montañas nevadas con banderas al viento, la mirada clara y lejos y la frente levantada.

—*¡Jesús japut-baladíh!* (¡Les das la autonomía y se toman el brazo!) —argumenta Rod Olfomed Majtinví-la, primer adelantado del pachá, oriundo de La Meca, de donde tuvo que salir por pies porque quería venderle a los turcos camellos a 144 cabras, en lugar de a 151 que era lo pactado.

Al final predomina la tesis de Jorejá, un moro pequeño pero inquietante: es preciso negociar. Así que se nombra una delegación al frente de la cual va Jorejá con rango de ministro a parlamentar con los nativos. Despeñándose por las montañas, enganchándose los ropajes en las rocas y perdidos de barro, llegan los negociadores al cuartel general de los vascos que han formado un orfeón y cantan a toda laringe.

—*¡Ja-mon!* (¡Silencio!) —grita el pequeño Jorejá.

Pero ellos siguen dándole al estéreo sin hacer caso del delegado gubernamental. De repente, otra descarga de piedras cae sobre los moros y los atacantes huyen a bordo de un burro blanco R-18. En vista de lo cual, los moros se retiran de aquella tierra y se bajan otra vez a Córdoba, jurando en arameo y dando por perdidos a los vascos, no sin antes advertirles:

—*¡Alcachofas jun jaladd'as! ¡Vais ajenterar, ele!* (Cristianos de UCD vendrán que os dejarán un *lehendakari* como regalo de Reyes y os vais a enterar de lo que vale un peine, ¡pesaos!)

(1980)

Adolfitxi euzkadiko

Mientras los rubios Reyes de España le dan cacahuetes a las fieras en la reserva africana de Wonga-Wonge, a Adolfo Suárez, duque de La Moncloa, le toca ir desde Santurce a Bilbao por toda la orilla con el pantalón remangado luciendo la pantorrilla, cosa de no mojarse los bajos en los charcos de agua.

—Oye, Marce, ¿no sería más cómodo ir en coche? —le pregunta Adolfo a Marcelino Oreja.

—Ya te dije que te trajeras las botas de cauchú.

—*Cauchutea garakoki Suarezzuterka reskakaldún* —señala Garaicoechea con la ceja izquierda peligrosamente levantada, parando la comitiva en medio del chirimiri, justo en la mitad de un charco y mirando fijamente a Adolfo.

—Te advierto que yo, bajo tortura, confieso todo —acierta a decir Adolfo con amplia sonrisa, estirándose los puños de la misa y descubriendo que están empapados de agua.

—¡Grrr, grrrak! —añade un vasco, enseñando los dientes.

—¡No sé nada, no vi nada, no oí nada!

—Cálmate, Adolfo, que lo único que te ha dicho es que si quieres un pitillito.

—Es que sólo fumo negro, ¿sabe usted? Muy amable.

—Adolfo, no tiembles así, que no se te note el canguele.

—Es que hace un fri-fri-frío que te puedes morir. Marcelino, estoy calado hasta los huesos y eso que, siguiendo el consejo de Amparito, me he traído la camiseta de lana, que si no me quedo tieso.

—*Denok Bilboko erakusketa azorakara korrika!* —exclama de repente Rodolfo Martín Villa, ajustándose las gafas con el mango del paraguas.

—Todo iba tan bien —musita Adolfo al oído de Oreja—, y ahora este hombre verás cómo la lía. ¿Cómo crees tú que nos comerán: al pil-pil, en marmitako o con chimichuri?

—*Dantzak, txistulariak, trikitixa, joteroak, erraldoiak, gargantúa* —prosigue, muy firme, Martín Villa mirando a los ojos de los vascos.

—Nos van a dar de ostiak que no veak —osa un ayudante de Adolfo, escurriendo la corbata del jefe.

—Pues mira, no sé lo que habrá dicho Rodolfo, pero se han puesto todos a cantar en coro y, o mucho me equivoco, o están empezando a bailar el sirtakí.

—Me ha dicho un espía que si ésa era la carta que traías debajo de la manga —le pregunta Marcelino a Adolfo.

—No, hombre, la carta es ésta —le contesta Adolfo, enseñándole un seis de oros todo mojado que se saca de debajo de la liga izquierda—. Es que, en el fondo, son como niños estos vascos.

—Por lo visto, Martín Villa les ha propuesto un programa de festejos. Sonríe, Adolfo, que el *lehendakari* te quiere decir algo.

—*Kerrerk dantxak kon mendakaldún?* —le pregunta Garaicoechea, inclinándose ante Suárez.

—¡Ni hablar! ¡Yo sólo bailo con Amparo! ¡Hasta ahí podíamos llegar! —contesta Adolfo muy enfadado, haciendo una raya en el suelo con la punta del zapato.

—*Cantarrak el piopapiopapío-ak?*

—Vale. El piopapío. Pero dile a tus chicos que no me rasquen el lomo con las limas de uñas, que me hacen cosquillas.

(1980)

La Inmaculada Constitución

Menuda cara puso Adolfo esta mañana cuando entró en el despacho y vio a su ficus con peineta y mantilla. Ante la cara de asombro del marqués de Cebreros, el ficus habló solemnemente:

—Passa contigo, Dolfo, que hoy es fiesta. ¿T'enteras?

—¿Y qué fiesta es hoy? ¿San Luis González Seara o San Miguel Herrero de Miñón? Por lo que yo sé la fiesta es el lunes, que es el día de la Inmaculada de la Fuente.

—Pues hoy es la Inmaculada Constitución, Virgen y Mártir. 6 de diciembre, ¿no recuerdas nada, *darling*? ¡¡HOY ES EL DÍA DE LA CONSTITUCIÓN!!

—No me suenes las castañuelas al oído que lo tengo muy delicado después del tratamiento que nos da Martín Villa todos los días. Ahora que lo dices, hoy se cumplen dos años de la Constitución, que según *El Socialista* es de todos. Me lo comentó el Rey el otro día. ¿Y tú crees que es fiesta?

—Qué fantástica-fantástica esta fiesta, esta fiesta en la que descubrí tu amor, sí señor.

—Lo tuyo es grave, bailas como yo.

—Lo mío va de constitucional, tío. Yo me lo monto de legal. Y a mí la Constitución, al contrario que el metro, me va cantidad. Que si vuecencia y servidor estamos aquí es gracias a la Consti.

—Tienes razón. Hoy debería ser fiesta nacional. Trae una baraja que les vamos a echar una mano de mus a Pío Cabanillas y a Rosa Posada. Tú les explicas eso de que la Constitución es de todos, ¿vale?

(1980)

Antes morir que dimitir

Cada mañana, Adolfo Suárez se levanta con el firme propósito de dimitir, pero siempre surge algo y no tiene más remedio que dejarlo para luego.

—¿Y hoy qué pasa? ¿Tampoco dimites? —pregunta el ficus al ver al jefe entrar en el despacho.

—Hoy es imposible. Tengo hora con el ginecólogo.

—O sea, que seguimos en las mismas.

—Ya sabes lo que dice el proverbio chino: «No hagas hoy lo que puedas dejar para mañana.»

—¿Esa memez es un proverbio chino? Es una *tlola* que te ha contado *Calillo*, como si lo *viela*.

—Todo el mundo quiere que dimita.

—¡Pues mira qué ocasión para quedar bien!

—De eso nada, que yo no soy Papá Noel. Yo de aquí no me muevo, aunque no sea más que para fastidiar. Chincha, rabiña...

—Muy bien. Que no se diga que abandonamos la batalla como cobardes.

—Eso, «que no tengas que llorar como mujer lo que no supiste defender como hombre». ¿Quién lo dijo? ¿Napoleón o Churchill?

—Creo que eso se lo dijo el rey don Fernando a su señora doña Isabel el día en que Colón puso a don Fernando de pie.

—No señor, lo que puso Colón de pie fue un huevo.

—¡Uy, lo que has dicho! Verás cuando lo sepan sor Lavilla y sor Díaz-Hambrona, te la vas a cargar. Son capaces de dimitir.

—Aquí no dimite ni Dios, te lo dice uno que sabe.

(1980)

Suárez se va

Amparo Illana está embarazada. Así, como lo oyen. Adolfo Suárez va a ser padre por sexta vez. Pero en La Moncloa no resonarán los llantos y balbuceos del nuevo bebé, porque Adolfo ha decidido dimitir y retirarse.

El primero en darse cuenta fue el ficus de su despacho, que, a pesar de estar muy entretenido jugando al ajedrez con un tablero robot que le regaló para Navidad Gutiérrez Mellado, no se le escapa una.

—Adolfo, de un tiempo a esta parte no haces más que bostezar y contar musarañas.

—Según el libro de Juan Luis Cebrián, el país bosteza, ¿por qué no voy a bostezar yo?

—«El país» no, España, querido. A ti te pasa algo raro. Nunca, en el tiempo que te conozco, te había visto bailar de puntas con Martín Villa. El *pas de deux* de esta mañana os ha quedado muy propio.

—¿Qué tienes contra el ballet? Para el próximo pleno me pongo este tutú, les hago el *pliez-arpegé-pespunté* y verás cómo se queda la oposición.

—Adolfo, esos mareos matinales, esos desmayos, ¿no querrán decir algo?

—¡Silencio! No se lo digas a nadie, ¿me lo prometes?

—Adolfo, parece mentira, a tu edad. Verás como se enteren sor Lavilla y sor Díaz-Hambrona.

—Que se mueran de envidia. Voy a ser madre, ¿y qué? Además, me voy a retirar a Ávila, voy a poner una fábrica de yemas de Santa Teresa y al congreso de UCD, y a la política, que les den mucha autonomía con jamón.

—Lástima que mañana sólo sea 28 de diciembre.

(1980)

Ponencias

El marqués de Cebreros y duque de La Moncloa ha estado muy ocupado estos días intentando domesticar a sus huestes, que últimamente andan como muy desorejadas, con mucho relajo, y el Congreso del partido se echa encima y hay que coger a los cabestros por los cuernos.

La plana mayor de UCD —barones, condes y vizcondes— se ha reunido todos los días en Moncloa (en la corte el «la» no se pronuncia, es una horterada), alrededor del árbol de Navidad para llevar a cabo las ponencias.

—¿Oyes a Martín Villa? Por el estrépito que mete ha debido poner por lo menos dos —comenta Fernandordóñez a Carmela García Moreno, que está terminando de arreglar las lucecitas intermitentes del árbol, que se funden cada vez que se acerca Sanchorrof resoplando.

—Los hombres, ya se sabe, sois unos quejicas. Yo esta mañana he puesto tres y aquí me tienes, con un cuerpo gitano que no me aguanto. ¡Uy, mira quién viene ahí! ¿Pero qué te pasa, Íñigo? Estás todo alterado, hijo.

—Nada, que no me dejan poner.

—Es que, ¿a quién le interesa una ponencia de Cultura, hermano? En cambio yo, como ministro de Exteriores, ya he puesto en tres sitios. Incluso he puesto uno especial para mi asistenta la Punset, para que luego no diga que lo hago de menos.

—José Pedro, ¿quieres un bocata de Polisario con mayonesa o prefieres un canapé de Gibraltar con pimientos? —ofrecen muy atentos los Gemelos Fantásticos, o sea, los Arias Salgado Brothers.

—Pues yo cuando sea mayor voy a ser misionera en África negra para convertir a muchos, muchos chinitos —susurra Díaz-Hambrona a Landelino en un confesionario portátil.

—Pues yo lo que quiero es ser santa. Me lo tengo ganado. No se lo digas a nadie, pero estoy hasta la toca de estar sentado las horas muertas en ese sillón de las Cortes viéndoles la cara a todos. Me han salido unas hemorrocosas que no tienes idea. ¡Qué cruz! Me acuso de odiar a tres señorías, padre.

—¿Se puede saber qué hacías el día 22 de noviembre a las 18.30 horas en al barra del hotel Suecia ligando con una estudiante japonesa de nombre LaHú, mientras los demás estábamos a punto de perder una votación en las Cortes? —interroga Herrero de Muñón a González Seara en un rincón donde Suárez, ayudado por Rohodríguez Sahagún ponía una OTAN que parecía de avestruz.

—¡Yo no era! ¡Era ésa, que es una depravada! —contesta Seara señalando a Punset, que le estaba pasando a Calvo Ortega una receta secreta para las ojeras que la había dado Simone Weil.

—¿Y tú? ¿Estudias o trabajas? —interroga bajo los focos J. J. Rosón a García Añoveros, que no se separaba de la cestita donde llevaba la recaudación del día.

—Cinco por ciento, más dos puntos, más el tercio no reembolsable, son tres mil quinientas las dos horas, y mil cada hora suplementaria —contesta Añoveros a una pregunta que le había hecho Leopoldo von Recoletos.

—Es absolutamente intolerable. El otro día fui al Ministerio de Cultura o recoger un papel y me tuvieron cuatro horas dando vueltas. ¡La administración en este país es una vergüenza! —le regañaba Pío Cabanillas a Martín Retortillo.

De repente se hace un silencio y, en medio de la expectación, Adolfo Suárez pone la última ponencia, que al principio y a primera vista parece algo birriosa. Abril en Martorell, que observaba colgado por los pies de la lámpara de la sala, interviene y, con un pequeño movimiento del dedo mayor derecho, pone la ponencia de pie.

—¡Albricias! —respira aliviado Pérez Millares—. Al principio creí que era un parado, pero ahora veo que es el glorioso roscón de UCD. Tranquilos, que hay para todos.

(1981)

UCD se prepara

El partido del Gobierno prepara a marchas forzadas su congreso, que se celebrará —porque los centristas no tienen un pelo de tontos— en Palma de Mallorca, lugar paradisíaco en estas fechas y en casi todas.

Todos los delegados, tanto elegidos como nombrados democráticamente a dedo, están preparando sus bikinis, sus aceites solares, sus raybans y demás artillería pesada para que de este congreso salga una UCD más U más C y más D que nunca.

El basset Calvo Ortega es el encargado de hacer los preparativos materiales.

—Aquí los dogos, allí los fox-terrier y en aquel rincón los cabestros —explicaba el otro día a sus ayudantes, recorriendo las instalaciones.

—Pues ha llamado el jefe de los pastores para preguntar si habíamos puesto ya los reclinatorios con terciopelo que habían pedido —masculló el bull-dog Meliá.

—Todavía no. Pero ya les hemos puesto un oratorio en el bar y hemos incluido el horario de misas en el menú del día.

—Por cierto, que Marcelino no hace más que llamar por teléfono para decir que quitemos de la carta lo de «Judías con oreja».

—Muy bien, pues lo quitamos, ¿a mí qué me importa? Era una idea de su sucesor Pepito Pérez. Sustituimos el plato por «Judías de Ávila con chorizo» y ya está.

—Me temo que no será muy apreciado por cierta persona.

—¡Estoy harto de tanta contestación gastronómica! Ponemos «Huevos de Abril a la Salgado» para todo el mundo y se acabó.

—¡Y ese tenderete!, ¿qué es, si puede saberse?

—Es el tendido del ocho. O sea, los firmantes del manifiesto que piden democratización del partido.

—Pues ahí de perfil caben como mucho tres, y siempre que no esté Fontán, claro,

—Ésa es la idea. ¿No pedían democratización? Pues ahí la tienen: el que llegue primero que se coloque, sin privilegios ni prebendas. Esto es un partido abierto, flexible, pluralista y moderno.

—Y funciona a pilas, y tiene varias velocidades y cuatro programas con agua fría, y además burbujas.

—¿Y de la marcha atrás qué me dices?

—¡Hombre, apoteósica! En cuatro tiempos. No produce flato.

—¿Y las bujías?

—¡Uy!, garantizadas hasta el 83. Funcionan con altos cargos, enchufes directos, cuentas presurizadas, rápida amortización, cambio gratis de piezas usadas durantes los duros años franquistas y, además, 300 por ciento de desgravación fiscal.

—¿Y el service?, ¿eh?

—De uniforme, como debe ser. Porque UCD no cede. Además ofrecemos champán y caviar, chocolate, caramelos y lotería, masajes, sauna, sala para banquetes y reuniones con descuentos especiales para arrepentidos.

—Todo eso está muy bien, pero no tiene música.

—¿Que no? Aprietas este botón y sale el *Cara al sol*; este otro y empieza el *Himno de Riego*; aquella tecla es para el *No llores por mí, Almería* y, por último, la de *La Internacional ucedista*, que es como la otra pero con sonido disco, cantada por Lauren Castigo.

—¡Qué preciosidad! Me lo llevo puesto.

(1981)

El misterio del centro aclarado

Con el pretexto del Congreso, los líderes de UCD están hablando todo lo que han callado durante años. Antes era dificilísimo sacarles una declaración, pero ahora los periodistas de prensa, radio y esa cosa no dan abasto ante la avalancha de explicaciones, confesiones, análisis y críticas.

—Puede usted poner ahí que el ala parenteral del partido está hasta el moño de Suárez. Y estamos dispuestos a dar la batalla.

—¿Y son ustedes muchos?

—Yo y mi primo. Pero estamos hartos de que cada vez que abrimos la boca para decir algo venga un fontanero y nos saque una muela sin anestesia ni nada.

—Pues acaban de decirme los de la tendencia crítica-a-ganchillo que apoyarán a Suárez, pero a condición de que ustedes renuncien a la enmienda 36 de la ponencia V, dado que tres eran tres las hijas de Elena.

—¿Eso le han dicho?

—Textual. ¿Usted entiende algo?

—¡Es terrible! Si eso sucediera, nuestro grupo tendría que hacer piña con los jóvenes tortugos que se llevan a matar con la rama fucsia de los Martinvillistas y se puede armar la de ande, ande, ande, la Marimorena.

—Pero si la Nochebuena ya ha pasado.

—Pues ahí está la cosa. Por cierto, esta frase es *off the record.*

—No se preocupe. Y dígame, ¿qué le parece Rafael Calvo?

—No está mal, sobre todo entre Fernández de la Hoz y Zurbano hay pisos fenomenales. Hay gente que prefiere Recoletos, pero nosotros en eso somos bastante brogresistas.

—¡Ah!, eso es nuevo.

—¿Brogresista nuevo? No, nosotros de toda la vida. Vamos,

que recuerdo yo que cuando fuimos a Munich a lo del contubernio, ya teníamos incluso tres brogres.

—Fascinante. Pero amplíe un poco cuál va a ser su situación en el Congreso de Palma.

—Estratégica. Tenemos instalado un puesto de pipas justo en el camino entre la sala principal y el cuarto de baño. Claro que en esto he de reconocer que los permocrataspristianos nos han cogido la delantera y han colocado su kiosco de potitos y dodotis entre la sala de prensa y la clase de ballet.

—¿Ballet clásico o moderno?

—A ver si se entera usted de una vez y lo transmite así a la opinión pública: que UCD es un partido de centro. ¿O no sabe lo que es el centro?

—En Madrid la Gran Vía y en Barcelona Las Ramblas, digamos.

—Digamos-digamos. Ustedes los periodistas siempre tergiversando las cosas, fabricando bulos, confundiendo los conceptos y buscándole los tres pies al gato. ¿Es tan difícil de entender un centro plural y democrático? Mire, se lo voy a dibujar. ¡Señor, señor!, luego dicen que la vida de los políticos es regalada... Ya está. Aquí tiene. ¿Qué ve usted aquí?

—Haciendo un esfuerzo, veo el vacío intergaláxico en una noche de luna nueva.

—Sacto. Eso es UCD. ¿Está claro?

—*Help*.

(1981)

Hasta luego, Adolfo

El militante de base Adolfo Suárez limpia estos días su despacho de La Moncloa que será ocupado en breve por el sucesor: Leopoldo, el sonrisas.

—Los cromos de *El imperio hacia Dios contraataca* te los dejo para que me termines la colección —le dice Adolfo al ficus del despacho, que ha crecido en forma de ensaimada después de ver en vídeo la actuación en Mallorca de las estrellas de UCD.

—Llevàme con vos, Adolfo, no me abandonés, che pibe arrabalero, otario de barrio Norte.

—No te me pongas melodramático y guárdate los tangos para Leo Von Recoletos, que los va a necesitar.

—Lo que no comprendo es por qué me abandonas para irte a vivir con Roberto Aza. ¿Qué tiene él que no tenga yo? Te he cuidado, te he aguantado, te he dado las mejores hojas de mi vida y ahora te vas con un fontanero y me dejas aquí con un paseo.

—No te preocupes que volveré. Pero para poder volver primero me tengo que ir.

—¿Y lo que me voy a aburrir con un señor que cada vez que sonríe se funden los plomos? Me han dicho los de la CIA que el apagón de Nueva York fue culpa suya.

—Vamos, vamos, tú haz lo que él te diga porque él hará lo que yo le diga, pero no se lo digas a nadie.

—Te echaré de menos. Han sido muchos años de hacerte el nudo de la corbata y abrocharte los gemelos.

—No eres el único que se va a acordar de mí, pero créeme, no es una adiós, es un *orvuar*.

—Pues eso es lo que yo me temo.

(1981)

¡Bravo por Suárez!

Quedará grabada en mis retinas para siempre la imagen increíble que nos sirvió la cámara de televisión del marqués de Cebreros asistiendo solitario desde su escaño a la ensalada de tiros desencadenada por los asaltantes al Congreso de los Diputados en la aciaga tarde del 23 de febrero.

El hemiciclo parecía estar desierto. Cuerpo a tierra, los diputados habían desparecido del objetivo de la cámara. Sólo vimos dos figuritas empequeñecidas por la distancia del ojo mecánico: la de Adolfo Suárez en su escaño y la de Gutiérrez Mellado, que permanecía de pie en el fragor de las metralletas.

¿Qué extraño mecanismo se puso en funcionamiento en el interior de Adolfo Suárez para no tirarse al suelo, como era lógico en aquellos momentos? ¿Sorpresa, curiosidad, sentido del deber, inconsciencia, responsabilidad, solidaridad con su amito? Quizá un poco de todo, quizá mucho más. Esperemos que algún día este hombre, al que tan poco conocemos, nos lo diga.

Y no fue chulería, porque minutos después, cuando Gutiérrez Mellado fue vergonzosamente zarandeado por los asaltantes, vimos cómo Adolfo, sin exasperarse, supo protegerlo y le ayudó a sentarse en el escaño. Suárez debía comprender la inmensa vejación que estaría sintiendo su amigo el Guti en su calidad de militar y de ser humano. Pero también supo comprender que en aquellos minutos estaba en juego la vida de trescientos y pico representantes del pueblo y que lo más valiente y difícil era esperar y estarse quietos.

(1981)

El regreso de Adolfo

Estaba el duque de Suárez embadurnando con Ambré Solar la espalda de doña Amparo, que yacía sobre la suave y cálida arena de la playa panameña («Tan abajo no, Adolfo, que una cosa es dar crema y otra meter mano»), cuando llegó un guardaespaldas.

—Excelencia, le llaman por teléfono de Madrid.

—Que digan que no estoy, que me ha tragado un balleno o que estoy reunido con la ejecutiva de los delfines.

—Adolfo —interrumpe Amparo—, puede ser algo importante. A lo mejor hemos ganado el concurso de los puntos de Elena.

Limpiándose las grasas de las manos en los michelines de Josep Meliá, Adolfo se dirige hacia la choza de quince estrellas donde reside.

—El duque de Suárez al habla, ¿dígame?

—Qué duque ni qué pepinillos en vinagre. Soy la Petri, la que te limpiaba los mocos cuando eras así de pequeño. Que me recuerdo yo de un día en Cebreros que te empeñaste en clavar una alcayata empujando con la cabeza para no pillarte los dedos con el martillo, y otro día que le arreaste un muerdo al perro del señor juez, y la primera vez que te fuiste a la sierra con el campamento de Falange y llegaste el último porque te pusiste las botas como te las dieron, osá, atadas la una a la otra y decías que eran de tranco corto.

—¿Y qué quiere usted ahora, Petri?

—Que servidora está escribiendo un libro sobre los golpes de Adolfo y quiere saber cuándo vuelves para que me lo presentes.

—Petri, ¿las ranas han empezado a criar pelo ya?

—Que yo sepa, entoavía no.

—Pues cuando empiecen, me avisas y voy para allá.

(1981)

El cambio del siglo

El país está totalmente escorromoñado viendo el duelo entre Adolfo Suárez y Calvo Sotelo, situados frente a frente, mirándose a los ojos, observándose, esperando que alguno haga un movimiento en falso. Cada uno de ellos tiene detrás una serie de gentes que se insultan, se tiran dardos y se disparan bolitas de papel mojado en colza con tirachinas, en plan provocador.

—¡Adolfo, mira qué mancha de huevo tienes en la corbata! —grita Óscar Alzaga, detrás de Leopoldo.

—No mires, Adolfo, que es mentira —le murmura a Suárez Abril Martorell, y añade a voz en cuello—: ¡Leopoldo, en la frente tienes un moco!

—¡Cerdo! —ataca Pérez Llorca, del bando leopoldista.

—¡Inútil! —contesta Arias Salgado.

Y así llevan no se sabe ya cuántos días. De cuando en cuando aparece Agustín Rohodríguez Sahagún, se coloca entre los dos y anuncia:

—¡El partido está más unido que nunca!

—¡Tinín dimite, Leopoldo no te admite! —gritan los calvosotelistas.

—Como dimitas te sacamos de un tirón el cuero cabelludo y se lo colocamos a la estatua de la Cibeles —amenazan los suarista.

De cuando en cuando, sale Martín Villa y hace proposiciones con vistas a un tratado de paz:

—Adolfo, dice Leopoldo que si le das el donuts inflable te hace presidente de la Campsa en Brasil.

—Dile a esa gorda que no me da la gana.

Y Fofito va al otro bando y propone a Calvo Sotelo:

—Poldo, que dice Adolfo que te regala chalet adosado de tres plantas, baños xerigrafiados hasta el techo, con piscina climatizada en la punta del Himalaya.

—Dile que está borracha.

Horas y horas después, Leopoldo da un paso al frente y grita:

—¡Adolfo, que voy para allá! ¡O te apartas o te aparto!

Suárez también da un paso al frente y contesta:

—¡Chufla, chufla, que como no te apartes tú...!

—Está usted en mi camino, señor Suárez —grita Poldo.

—Caminito que el tiempo ha borrado, que juntos un día nos viste passsuuuaaarr —canta Adolfo marcándose unos pasos de tango.

—¡Hortera, que es usted más basto que un bocadillo de chapas! —grita Calvo Sotelo.

—¡Y tú más cursi que un calamar con bisoñé!

—¡Y tú más inútil que el suplente de Arconada!

—¡Y tú más!

—¡Y tú más que más!

Enardecidas por la brillante oratoria de los contrincantes, las huestes arremeten las unas contra las otras.

—¡Pelotas, que sois unos pelotas! —insultan los adolfistas.

—¡Ateos, rojos, lumpen! —contestan los leopoldinos.

—¡Carcas, beatas!

—¡Mira, mira de dónde llevaba colgada Caperucita la cestita!

—¡Puoooffff!

—¡Ggrrroaakk!

(1981)

Se busca centro en buen estado

El espacio de centro es cada vez más reducido y, en cambio, los aspirantes a ocuparlo son cada vez más numerosos. Es como cuando cien estudiantes de veterinaria querían meterse en un escarabajo Volkswagen.

Originariamente, el escarabajo lo conducía Adolfo Suárez y sus muchos chicos, pero éstos, cansados de los apretujones y de que Suárez no les dejara manejar el volante, le abandonaron a media tarde. Unos se fueron a la tartana de González y otros se refugiaron en la Fabiola de Fraga, que aunque incómoda y bamboleante era más segura en las curvas, o al menos así lo creían ellos.

Pasados los años, el escarabajo está muy destartalado y renqueante y, sobre todo en las cuestas arriba, Suárez tiene que bajarse y empujar. Menudos sudores pasa el hombre convenciendo a la gente de que su vehículo todavía funciona.

Los chicos de Roca Chunchén irrumpen y tratan de arrebatarle al duque el invento.

—El centro soy yo y mi ducado —dice Suárez agarrotado al volante, mientras Roca le tira con fuerza de las mangas.

—Mira, aquí el único centro-centro soy yo. Así que ya puedes ir bajándote, que te has quedado más antiguo que el gazpacho y tu centro huele a movimiento que apesta.

—Sacto. Mi centro se mueve, no como el tuyo, que más que centro es una sucursal de Pujol.

—Ya empezamos con el tema sexual. Mira, fíjate si seré yo centrista que muchos de mis chicos fueron ministros durante tu Gobierno, o sea, que si tú fuiste el centro, los que estuvieron contigo se han venido conmigo porque yo soy más centrista que tú.

—Ya, pero menos torero y menos gitano.

En ese tira y afloja llegan los de Coalición Popular y dirigiéndose a Roca y a Suárez conminan:

—Se bajen los dos inmediatamente de nuestro centro.

—Pero, ¿qué me está usted contando? —gritó el duque de Suárez.

—¿Desde cuándo la derecha es el centro? —añadió Roca.

—No solamente somos el centro, sino que somos el verdadero centro —dijeron al unísono Segurado y Alzaga.

—Ya, pero sin reformar —dijo Roca.

—Vosotros y Roca sois iguales, decís las mismas cosas y defendéis los mismos principios. Sois la derecha de toda la vida —protestó Suárez.

—En mi opinión sois todos los mismos perros con distintos collares —sentenció Roca Chunchén.

—Vaya, mira quién habló. Tú predicas fuera de Cataluña lo que no hace tu partido en Cataluña. Tienes dos trajes, uno para Cataluña y otro para el resto, nos ha fastidiado —dijeron Segurado, Alzaga y Suárez al mismo tiempo dándose patadas y empujones.

—¿Sus pasa algo? —preguntó una vieja que pasaba por allí y al ver el alboroto se detuvo a mirar.

Inmediatamente todos dejaron de pelearse y sacaron sus mejores sonrisas para venderle a la vieja sus centros. Y, al final, preguntaron a la atónita viejecita.

—Usted, señora, díganos: de Suárez, Alzaga, Segurado y Roca, todos aquí presentes, ¿quién es el más centrista?

—Centro por centro, yo me quedo con González.

(1986)

A ver quién da un pacto adelante

El resultado de las elecciones hace pensar que el ritmo del verano será el *pacto,* algo a lo que los españoles no solemos ser muy aficionados.

Uno tiende a pactar cuando está en situación de debilidad y de indefensión. Y resulta obvio, y ha sido repetido hasta la saciedad, que estas elecciones las ha ganado todo el mundo. Por tanto, todos esperan que sea el otro el que venga a pedir un pacto y que el otro reconozca así su situación de inferioridad.

Dicho sencillamente: muchos líderes políticos están situados al lado del teléfono esperando que su enemigo les llame par pedirles un pacto. Sobre todo, uno.

—Adolfo, querido. Dice tu hija que si puede usar un momento el teléfono para llamar a la pelu y pedir hora —le dijo la duquesa de Suárez a su santo el otro día.

—¡No! ¡Ni hablar! —contestó el duque abrazándose al aparato.

—Adolfo, hijo, qué pesadito te pones, de verdad.

—Imagínate que me llama Felipe González para suplicarme, para implorarme, humillándose, un pacto para el Ayuntamiento de Madrid y el teléfono está ocupado porque la niña está pidiendo hora en la pelu.

—Pero si Felipe está en Brasil.

—Desde Brasil es automático. Lo sé porque lo he comprobado esta mañana, o sea, que entre recepción y cena oficial me puede dar un telefonazo.

—Eso es lo que te daría yo, un buen telefonazo con el chisme éste en la cresta.

En eso suena el teléfono, ¡*riiing*!, y el duque de Suárez se precipita a descolgar el auricular y dice con voz cantarina:

—¿Sí? Soy Adolfo, ¿qué tal?

—Pero ¿qué te pasa, tío? —dice una voz conocida al otro lado.

—Jo, Agustín, creí que me llamaba Felipe. ¿Tienes alguna noticia?

—¿Noticia? —al otro lado del teléfono, la voz de Agustín Rohodríguez Sahagún sonaba cansada—. Los de AP han mandado un recado diciendo que si queremos pactar que les hagamos una seña.

—¿Y qué habéis hecho?

—José Ramón Caso les ha mandado por fax un dibujo de Asterix haciendo un corte de manga.

—Este Caso es un caso. Pero Alfonso Guerra, ¿te ha llamado para pactar o no te ha llamado para pactar? —el duque se impacientaba.

—Que no, Adolfo, que no.

—Que no qué.

—Que no me ha llamado para pactar.

—¿Entonces para qué te ha llamado?

—¿Pero te he dicho yo que me había llamado?

—Entonces, ¿para qué llamas si Alfonso no te ha llamado?

—Adolfo, creo, y siento decirte, que te están poniendo histérica.

—¿Quién, yo? ¡Estoy supertranquila! ¡Tú sí que estás de los nervios! En este mismo instante está Felipe intentando comunicarse conmigo para rogarme que pactemos con Barranco y no puede hablar conmigo porque tengo la línea ocupada para hablar contigo de sandeces.

—Adolfo, no te lo tomes así. Puesto que nosotros tenemos las llaves de las alcaldías, incluida la de Madrid, no tendrán más remedio que venir a comer de nuestra mano. Adolfo, es cuestión de tiempo.

—De acuerdo, Agustín. Pero ¡¡¡¿cuándo?!!!

—Adolfo, te veo como desesperado.

—Tanto que no sé si tirarme al metro o al barranco, Agustín.

(1987)

La llave de Madriz

Adolfo y Fraga han conseguido llegar a un acuerdo para tumbar a los socialistas en Madrid. Por fin, la derecha tendrá acceso al poder, entrando por la puerta de atrás de la moción de censura, pero que es igual de válida que la principal.

Las negociaciones han sido laboriosas porque Suárez no quería.

—Yo, con Fraga, no voy ni a comprar tabaco.

—Pero si no fuma, ¿cómo va a ir a comprar tabaco, tío? —le decía Rohodríguez Sahagún.

—Bien, pues en cualquier caso puede resultar peligroso aliarse con ellos, ya sabes cómo son, Agustín. Nos odian.

—Y nosotros a ellos. Pero juntos, ellos y nosotros, odiamos el doble a los *sociatas*, ¿no te das cuenta?

—Me doy cuenta de que quieres ser alcalde de Madriz y para ello no reparas en nada.

—Pero Adolfo, me conoces y sabes que estoy dispuesto a sacrificarme, incluso para ser alcalde. No me importa.

—A mí me gusta más la Comunidad. Sólo de pensar en que como alcalde tienes que vestirte de Rey Mago, me da algo.

Fraga en su casa tenía también sus dudas:

—¡Me fastdia cantdad tener que dar a Suárez una parted Madrid! —le decía don Manuel a sus hombres.

—Pero imagine, don Manuel, todo el poder que podemos tener en Madrid. Total los del CDS ya sabe usted que son medio bobos —comentaba Isabel Tocino.

—¿Y no pdríamos hcer una trmpichuela y quedarnos con la Comnidad y el Ayntamiento? —se preguntaba Fraga.

—Don Manuel, hágame caso —decía Ruiz Gallardón—. Es mejor dejarles a ellos la *merdé* del tráfico en Madrid, de las

G&R. 2002

manifestaciones en la Castellana y de las huelgas de autobuses y de metro que son insolubles, ¿no lo comprende?

—«El Barranco al hoyo y el Leguina a por aspirina», ése debe ser el grito de guerra —decía Isabel Tocino.

—Ya, pro me ponenfermo pensar que Rdríguez Sgún se va a asomar al balcón de la casa dla pnadería y se va vstir de Rey Mago —insistía Fraga.

—Nosotros desde la Comunidad, don Manuel, le obligaremos a que sea el Rey negro y doña Isabel Tocino se vestirá de Virgen María en el nacimiento de la Puerta de Alcalá.

En el otro bando, Adolfo le seguía dando vueltas.

—Adolfo, hazme caso —le decía el negociador José Ramón Caso—. Es mejor el Ayuntamiento, porque así el palacio de La Moncloa se convierte en un distrito nuestro, bajo nuestra autoridad, ¿entiendes?, y podemos atosigar. Por ejemplo, le podemos hacer cortes de luz, mandar allí a todas las manifestaciones y construir un centro de desintoxicación de *drogatas*. Es perfecto.

—Bueno, pus nada, ellos se quedan con la Comnidad y nosotrs con el Ayntamiento. Agustín, te ha llegado la ORA.

—Madrid, qué suerte tienes de tenerme como alcalde —exclamó sin poderse contener Rohodríguez Sahagún—. ¡Por fin lo conseguimos!

—Y ellos en la Comunidad ¿a quién ponen, a Tocino o a Tizón?

—A Ruiz Gallardón, creo —dijo Caso—. O sea Agustín, que te lo ponen a *egg*.

—A decir verdad —dijo Adolfo—, si yo fuera madrileño, ¡que Dios me ampare!, contigo de alcalde y con Ruiz Gallardón de presidente me iría a vivir a otro lugar.

—Lo primero que haré, Adolfo, será nombrarte madrileño de honor y darte la llave de oro de la ciudad.

—Te sorprenderá saber que la llave de oro es del que cagó el moro.

—¡Cuánto daño han hecho los socialista a Madrid!

(1989)

La Moncloa como caso

La verdad es que al PP y al CDS no podía haberles salido peor la extraña operación para derribar a los socialistas en Madrid.

No sólo no han podido juntos desensillar a Leguina, sino que han perdido infinidad de votos.

Tanto el Partido Popular de Fraga como el CDS del duque de Suárez se reúnen estos días sin parar para sacar conclusiones y ver qué hacen. Sobre todo el CDS.

—He de decir con absoluta sinceridad —dijo Adolfo Suárez en la primera reunión del politburó de su partido tras la derrota—, y hay que reconocerlo así, que la hemos pringao.

—La hemos pringao, pero también la hemos jodido —añadió perspicazmente José Ramón Caso.

—Señores, un poco de cortesía, por favor —dijo Rosa Posada, presidenta de la Asamblea de Madrid.

—Cortesía, cortesía, estoy hasta los mismísimos de la cortesía. ¡Mira a dónde nos ha llevado la cortesía! —dijo Adolfo mesándose el tupé—. Y yo digo: ¿qué es lo que hemos hecho mal?

—¿Eso es una pregunta o la primera estrofa de un bolero? —preguntó José Ramón Caso.

—No es un bolero, es un tango —aclaró Federico Ysart—: «Qu'es lo qu'hemos hecho mal, al romper el bondoneón, al salir de aquel boliche…» Y luego el estribillo: «Qué sola está La Moncloa sin tu presencia, pebeta.»

—¿Nunca te han dicho que eres un plomo, Ysart? —dijo Caso—. Y además, no sabes cantar.

—Y tú sí, tú cantas muy bien, tú cantas putamadre.

—Señores, cortesía por favor —repitió Rosa Posada.

—Mira, Rosita —dijo Suárez—, estoy hasta los ésos de la cortesía.

—Eso ya lo has dicho antes, Adolfo.

—Es que esa frase es el programa de la semana y hasta mañana no me puedo desprogramar, Rosita, hija, qué quieres que le haga.

—Yo lo que digo es que no hay que desanimarse. Nosotros llegaremos a La Moncloa mucho antes que Fraga —dijo Caso.

—Eres un caso, Caso, de verdad —dijo Ortega—. En primer lugar, Fraga va a irse a Galicia, lo que nos da una posibilidad porque entre Adolfo y Aznar, que parece que será el candidato a La Moncloa, es que no hay color, vamos. La gente se dará cuenta perfectamente de a quién tendrá que votar.

—¿Y a quién tendrá que votar? —preguntó Caso.

—Yo quiero sugerir —dijo Rosa Posada cogiendo su bolso— que en esta reunión acordemos echar a José Ramón Caso del partido y fichar a Alfonso Guerra.

—¿Tú estás un poco p'allá o qué? —dijo Ysart.

—No es mala idea, la chica sabe lo que dice —señaló Adolfo—. Porque si fichamos a Alfonso Guerra, Felipe se queda en bragas y yo a La Moncloa directamente.

—Pero qué manía con vivir en La Moncloa, con la cantidad de pisos que hay en Madrid. Sin ir más lejos, en el barrio de la Estrella, en la calle del Pez Volador, hay uno libre desde hace años. Te lo he ofrecido mil veces, Adolfo —dijo Federico Ysart.

—Quizá no esté mal visto irme a vivir donde vivía Felipe cuando llegó a Madrid —reflexionó Adolfo—, así podré empezar desde abajo.

—¿Desde más abajo todavía de lo que estamos ahora? ¡Pero qué pasa, hombre, qué pasa! —exclamó Eduardo Punset.

(1989)

GALLEGO&REY 2002

Leopoldo von Recoletos,
antes Calvo-Sotelo

Carmenchu y Leopoldo

Pepe Oneto

Entre algunas fotos que tengo en mi despacho de casa hay una, hasta cierto punto sorprendente, en la que aparece —en un gesto insólito en él— Leopoldo Calvo-Sotelo en uno de los salones del Palacio de La Moncloa, poniéndose una bufanda... ¡amarilla! Le acompaño yo, propietario de la bufanda que acababa de regalarle, mi mujer Paloma, la esposa de Calvo-Sotelo, Pilar Ibáñez Martín, y una horrorizada Carmen Rico-Godoy. No sé si la cara de espanto de Carmenchu era por la forma nada *fashion* de colocarse la prenda sobre la chaqueta o por el color amarillo de la bufanda. Carmen siempre había dicho que el amarillo le daba mala suerte y que Leopoldo era gafe, antipático, distinto y distante y, sobre todo, carente de sentido del humor.

Yo me había comprometido con ella a presentárselo, que mantuviesen una charla y así demostrarle que Leopoldo era todo lo contrario: un hombre con un sentido del humor (británico) extraordinario, afectuoso, gallego ejerciente, experto en erotismo (en realidad es erotómano) y que, por su formación, carácter y forma de actuar, tenía condiciones para ser un gran primer ministro... de Luxemburgo o de Bélgica.

Aquel día de la foto creo que se convenció de algunas de las cosas que yo le había contado. Calvo-Sotelo, encantador, desplegó toda su capacidad de seducción, nos habló del origen del ficus, de sus distintas especies, de su papel en la botánica e, incluso, nos contó algún chiste que semanas más tarde Carmenchu puso en boca del propio ficus de La Moncloa, el personaje central de su sección en *Cambio 16*, revista que por entonces yo dirigía.

Y es que Leopoldo Calvo-Sotelo, nombrado recientemente por el Rey marqués de la Ría de Ribadeo, salió del poder tras el espectacular triunfo del PSOE en octubre de 1982 siendo un total desconocido y, probablemente, con una imagen que no se corresponde con la realidad. Ingeniero de caminos canales y puertos y antiguo presidente de Renfe (Red Española Nacional de Ferrocarriles), ejerció la política teniendo en cuenta su formación y su trayectoria. Por eso casi nunca tomaba ninguna decisión importante hasta que no tenía trazado el puente o el camino e instalada la vía, sobre la que avanzar. Frente a la audacia y la espontaneidad de su antecesor, Adolfo Suárez, Leopoldo era la prudencia, el análisis y, por último, la decisión. No dejaba nada a la improvisación, todo lo sopesaba y todo lo corregía en un país que atravesaba entonces por una de las coyunturas más difíciles de su reciente historia tras el fracasado golpe de Estado del 23 de febrero de 1981. Y sin embargo, a pesar de sus dudas y de sus indecisiones, logró sentar a los golpistas en el banquillo de los acusados, resistió todo tipo de presiones y de amenazas, consiguió una sentencia y además que se cumpliera. Dejó el poder cuando, tras la dimisión de Adolfo Suárez en enero de 1981, la UCD (Unión de Centro Democrático) se convirtió más en un sindicato de intereses y de luchas internas que en un partido político.

Brillante, escéptico, extraordinariamente culto, melómano (tocaba a Mozart en el piano blanco de su casa de Somosaguas con especial belleza y sensibilidad), divertido, poseedor de un humor en ocasiones hiriente pero de una inteligencia notable, puede decirse que Leopoldo Calvo-Sotelo fue un lujo para este país. No estoy seguro de que Carmenchu, que tan poco tenía que ver con él, fuese capaz, a partir de aquella foto, de aquella conversación, de captar el alma del personaje, aunque sí algunos de sus rasgos. Aunque tampoco importa, porque lo que Carmen hacía, y lo hacía con brillantez y naturalidad, era humor descarnado o ironía. Las páginas que siguen son buena muestra de lo que digo.

El buscavotos

Maldición. Tantos años preparando el debut ante el público como solista absoluto y, en el momento supremo, al barón Leopoldo von Recoletos fuerzas extrañas se lo arruinan completamente. Y todo por una turbia y siniestra historieta de torturas en oscuros calabozos. Atrozmente vulgar.

El barón Leopoldo Von está como traspuesto. Son muchos años de ver a otros más bajitos, más pobres, más incultos y más imprudentes ocupar con desparpajo y sin complejos un sillón presidencial que los hados le habían destinado en el moisés. Son muchos años de ministro de esto y de lo otro, y meses de vicepresidencia para que cuando el Destino se cumple, se estropee el decorado. De lo más plebeyo tener que rascar los votos de las minorías.

—Si me votáis, haré que vuelvan a radiar el Angelus y, además, en catalán y en vasco. Y a Montserrat Caballé la pongo de locutora del telediario de las 9.

—Pero las líneas aéreas, oye, siguen llevando nombre imperial —grita Marcos Vizcaya.

—Puedo prometer que la rebautizaremos como Hiberiaka.

—No fotis, Leo, titi —le manda decir Roca Chunchén en un telegrama a cobro revertido.

En vista del éxito de las negociaciones, el barón Von Recoletos controla con Rafael Calvo esquina a Miguel Ángel.

—Asumo que me votarán las huestes del partido. Nada de gripes ni partos el día de la votación.

—Han puesto una condición. Tienes que prometer que no vas a sonreír.

—Siempre que Rohodríguez Sahagún no me mire fijo.

(1981)

Preludio monclovita (andante)

El ficus del despacho presidencial en el palacio de La Moncloa recibió al nuevo presidente don Leopoldo Kerensky con una pancarta que decía: «Con Adolfo esto no pasaba.»

Con gesto altivo de la ceja derecha y el mejor acento de Somosaguas, don Leopoldo ordenó: «Ke me kiten a este fegetal de la fista.» Los allí presentes reaccionaron con rapidez.

—¿Tú crees que es prudente deshacerse de Sanchorrof tan pronto? —dijo Pío Cabanillas.

Rosón se explicó clara y directamente:

—Parecería prudente determinar, en primer lugar, en qué área de acción está incluido el supuesto *ad hoc*.

Como la ceja de Calvo-Sotelo-Kerensky cada vez se elevaba más demostrando cuna reciente impaciencia, Pérez Llorca se volvió hacia su asistenta, Punset, que le sujetaba la cola de la bata de volantes:

—Vamos, niño, ¿no ha oído ar Presidente, mi arma?

La Punset se dirigió de mala gana hacia el ficus, murmurando entre dientes:

—Vaya, tú y yo con estos pelos, que no la dejan a una tranquila.

Intentó mover el tiesto, pero no había manera: parecía clavado al suelo.

En esto llegan los hombres de la mudanza con un piano de cola a cuestas, resoplando y maldiciendo:

—Joé, cómo pesa este trasto, que adónde lo ponemos, oiga.

—¡No es un trasto, es un piano! —grita Íñigo Cavero indignado y al borde de la congestión ante tanta incultura.

—Aquí —señala el ficus retirándose con un amplio movimiento y despliegue de hojas, dejando libre el mejor rincón del despacho. Y acercándose a Leopoldo añade—: Esto es para demostrarte mi buena voluntad, pero como metas la pata en la sonata *Appassionata*, que es mi preferida, me paso al PSOE, ¿t'enteras rubinsteincillo?

(1981)

Del piano a la bicicleta

Tenemos nuevo presidente del Gobierno. Un tal barón Leopoldo von Recoletos antes Calvo-Sotelo, que toca Mozart a la bicicleta y pedalea un piano blanco de carreras. Es alto y desgarbado, un poco calvo y bastante sotelo. Tiene aire de prusiano *junker* de clase alta, con cicatriz en la mejilla, aunque un poco davaluado porque es de Ribadeo.

Imprimirá, sin duda, su estilo de barón Von en las reuniones de alta política:

—¿Qué te pasa, hijo? Parece que tienes lumbago —le dice Rosón a Sanchorrof, que anda doblado por el pasillo hacia el lugar de reunión.

—Nada, que me he comprado una bici y bajando por la Cuesta de las Perdices se me estropearon los frenos.

—La bici está muy bien, pero habría que ponerle cuatro ruedas, motor y carrocería —observa Martín Villa, a quien la gracia le ha costado ya cuatro pares de gafas.

—No se lo digáis a nadie, pero esta mañana he visto a Marcelino Oreja en una bicicleta con chófer.

—Pues no os perdáis a Pérez Llorca, que le ha puesto un estéreo a su triciclo.

—Para mí lo peor es tener que tomar notas en estos cuadernos de papel pautado. No me apaño —murmura Pío Cabanillas.

—Menudo está el jefe contigo —mete cizaña Rohodríguez Sahagún—. El otro día le pasaste un papel sin subrayar ni nada, una chapuza, y además tenía tachones y un margen antirreglamentario.

—Por cierto, ¿quién me ha robado el sacapuntas ultrasónico con termostato que me regaló Simone Weil? —pregunta, indignado, Punset.

—Un socialdemócrata, seguro.

—Oye, chati —le susurra García Díez a Íñigo Cavero al oído—, te cambio este cartabón que me compré en Chicago por esa regla tan chupi.

—No.

—Y, además, te doy mi colección de lápices Carandache en gama fucsia *dégradée*.

—No.

—¡Jo, cómo eres! ¿Y sí, además, te doy un cuaderno centimetrado que le robé a Añoveros?

—Vale, pero que no se entere Herrero de Miñón, que luego se chiva.

—¿De quién es aquella frase que dice «do-la-re-do-si-mi-fa»? —pregunta José Luis Álvarez, que está a punto de terminar sus deberes.

—Tú pon que es de Chespir, aunque me suena Chopin una burrada.

—¿Sabéis por qué ha caído la Rosa Posada? —pregunta Rohodríguez Sahagún, jugueteando con un rizo que le cae sobre la ceja.

—Porque la pescó leyendo un tebeo.

—No, simplemente porque el otro día el jefe la sorprendió canturreando por los pasillos la novena de Beethoven. Una bastez infumable.

—A mí, de los barrocos noruegos del siglo XI no me saca nadie.

—Cursi, más que cursi, que te has puesto una bocina en el coche que toca el *adagio* de Albinoni.

—Envidiosssa.

—Ordinaria, plebeya.

—¡Callaos y reportaos, que esto parece una jaula de grillos, caramba!

—¡Uy lo que ha dicho, sor Lavilla: este niño ha dicho «caramba»!

—No molestes a sor Lavilla. ¿No ves que está expuesta?

—De un momento a otro empieza a levitar.

(1981)

A Europa sobre ruedas

No lo tiene fácil la delegación de expertos, presidida por Pérez Llorca, que fue a Europa para acelerar el proceso de integración de España en la Comunidad.

Ya la semana pasada y a modo de avanzadilla, Nacho Camuñas se acercó al Parlamento Europeo y la presidenta *madame* Weil le recibió de uñas:

—¿Qué haber hecho vosotras con *monsieur* Punset? Era un hombró con lequel mí poder hablar de todó, el pobró. ¿Murió en el asaltó al Congresó?

—No, *madame,* Punset estar en viaje de estudios en Badalona —contestó Nacho y, haciendo acopio de todo su poder de seducción, propuso—: *Voulez-vous dancer avec moi, ce soir?*

Y la cosa funcionó. Menos mal que para este menester mandaron a Nacho Camuñas y no a Rohodríguez Sahagún.

La delegación de Pérez Llorca fue recibida en Bruselas con curiosidad y expectación:

—*Incredibile! Sensazzzionale! Che forza, che autenticità! Bravo, bravo!* —los italianos daban grandes y efusivos besos en las plateadas sienes de Pérez Llorca, que se empezaba a deprimir.

—*Ah, ce Tejero! Génial!*

—*Quel acteur!*

—*Dramatismo cento per cento.*

—*Nous ne comprons pan* —interrumpe impaciente y harto uno de la delegación española. Y ante el silencio que se forma en la sala, añade—: Estamos preparados para entrar en Europa y entraremos, ¡aunque sea pagando!

—*Ecoutez-moi, mon petit* —interrumpe el delegado francés—. Esto seg el Megcado Común Europeo. Le festival de televisión seg un poco más abajo, en Montreux. Ustedes les espagnols haber hecho un programa magnifique de televisión: Valle-Inclán, García Lorca, etceterá, pero aquí en Bruxelles sólo hablag de naganjas, cordegós y pesca. No hablag de deputés por los suelos y guardia civil con bigote, ¡pa-pa-pa!

—Nosotros somos más altos que los griegos, y si los griegos están aquí, ¿por qué no vamos a estar nosotros? —y avanzando sobre patines de ruedas en perfecta formación la delegación española afirma su vocación europea dando la vuelta a la sala—: «*Somos demócratas de corazón/ y Europa nos dará la razón/ para vivir, para soñar/ y en el Mercado Común estar.*»

—*Excellent, very good* —aplauden los ingleses ante la muestra de dominio del patín de los españoles—. Perou ser poco práctic para invadir France.

—¡Andé! ¿Hay que invadir Francia para entrar en Europa? Eso no lo sabíamos.

—Infadir, lo que se dice infadir… —comentan los alemanes—, perro un fapuleo de fez en cuando. *Jawohl!*

—¡Pediatría, pocalipsís, logaritmo!

—¿Qué dicen estos griegos, que están enfadadísimos? —pregunta muy triste Pérez Llorca al intérprete.

—Dicen que hasta que no le pongamos a la guardia civil un uniforme como el del ejército griego, o sea, con faldones y corpiño bordado, que no hay Mercado Común ni Santa Melina Mercury que lo fundó.

—¡Agapimú!

(1981)

Divorcio

El ficus del despacho presidencial se aburre como una ostra, porque el presidente Recoletos se pasa la vida mandando y es más aburrido que una tabla de logaritmos.

—Presidente —le dijo el otro día el ficus—, he decidido divorciarme.

Don Leopoldo, muy sorprendido, dejó de subrayar en rojo un documento y le miró con desprecio.

—No sabía que estabas casado.

—Yo tampoco, lo he dicho para fastidiar.

—Está bien, daré órdenes para que te trasladen. ¿Te va el despacho de Marcelino Oreja en Vitoria?

—Caramba, presidente, que yo no he hecho nada... Lo que pasa es que no me hablas y yo necesito calor humano. Además, la hiedra del despacho de Pío Cabanillas está empezando a colarse por esta ventana y me da unas palizas tremendas. El día menos pensado hago una locura y me caso y me divorcio, sólo para fastidiar a Herrero de Miñón.

—Si quieres calor humano, te pongo una estufa, pero no hables ahora del divorcio, que vaya bochorno me hiciste pasar el día que vino a verme el nuncio y le dijiste: «¿La señora y los niños, bien, eminencia?»

—¿Ves cómo eres, presidente? Ni siquiera noté que te habías enfadado. Está visto que no podemos seguir juntos. Divórciame, anda, mándame a un sitio con calor humano.

—Muy bien. Al despacho del general Gabeiras.

—Para qué habré hablado.

(1981)

El síndrome de septiembre

Las vacaciones deberían estar prohibidas. Y sobre todo el regreso de las vacaciones. Sólo traen problemas.

—Mucho crucero por el mar griego, pero tiene su excelencia un color a papaya que tira de espaldas —no pudo menos que observar el ficus al ver entrar la otra mañana al presidente del Gobierno en su despacho.

—Sírvase guardar sus observaciones cromáticas *off de record* —musitó el presidente sin levantar la cabeza de una carta que le acababan de enviar por correo urgente—. Y le ruego encarecidamente que no lea por encima de mi hombro. Me pone nervioso. Es una epístola personal.

—Y tanto. Consigue el gachó que se imponga el divorcio y era para divorciarse de su excelencia. «En vista de que entre tú y yo no hay nada, adiós Poldo.»

—Esta carta no dice eso —observa agudo el presidente.

—¿Que no? «La decisión largamente madurada es el resultado de la recuperación de mi propia identidad», por un lado, y «no hay nada detrás de esta decisión, sino la voluntad de reencontrarme a mí mismo». Macho, y usted perdone, es lo que dicen todos cuando quieren darse el pire.

—Hacerme esto a mí, que acabo de volver de vacaciones. ¡Qué bien se estaba lejos de Moncloa! —divagó el presidente.

—*La* Moncloa, no me sea cursi. Y eso es lo que le pasó a Ordóñez, que durante sus vacaciones decidió que la vaca la ordeñara otro.

—¿Y usted cree que hay otro en su vida?

—Puede que se hartara de que usted le pusiera los cuernos con el fontanero. Es clásico.

(1981)

¿Quiere usted ser ministro?

El presidente del Gobierno, Poldo Recoletos, está poniendo nerviosos a los líderes del partido centrista porque, al parecer, va ofreciendo carteras ministeriales a cualquiera con tal que no pertenezcan a UCD. Ayer lunes, sin ir más lejos, entró en su despacho y, mirando al ficus, le largó de sopetón:

—He pensado en usted para ministro de Agricultura.

—Siempre he dicho yo que cuando los presidentes de Gobierno piensan es peor.

—Creo que es usted la persona idónea para encargarse de los menesteres agrícolas.

—Una cosa es que los franceses tengan una ministra de Agricultura que se apellide Berro y otra que me tome a mí por un cabestro. Además, soy demasiado joven.

—Nunca se es demasiado joven.

—Ya. A este paso La Moncloa se va a convertir en un *kindergarten*. Desde que Rodríguez Incierto es ministro, se sirven potitos en la cafetería, Martín Villa viene con pantaloncito corto, Rosón de marinerito y Arias Salgado se tapa las canas con agua de colonia Carmela.

—Usted debería sacrificarse por el bien del país. La idea de servicio, ¿no le dice nada?

—Ya sabe su excelencia cómo está el servicio hoy día. Pero si me permite darle una idea gratis...

—Si es gratis, será funesta.

—Puede. Pero ahí va. Como le va a resultar difícil contentar a todos, ¿por qué no hace usted feliz al menos a uno y nombra a Pío Cabanillas ministro de Interior, de Cultura, de Comercio, de Trabajo, de Sanidad o de Industria?

(1981)

La coz del portavoz

El presidente Calvo-Sotelo abrió la puerta de su despacho, vio el horroroso panorama, volvió a salir dando un portazo y púsose a llorar con la frente apoyada en la pared del pasillo.

Herrero de Miñón, que pasaba en ese momento con los ojos desorbitados y los pelos de punta, signo inequívoco que precede al ataque epiléptico, se quedó clavado.

—¡Presidente!

—¡Usted es el culpable de todas mis angustias y todos mis quebrantos! —dijo don Leopoldo.

Y agarrando al portavoz de una oreja, abrió violentamente la puerta de su despacho.

—¡Mire el lamentable espectáculo!

El ficus había llenado el recinto de pancartas tales como: «La colza para el que la trabaja»; «Incrustado en su sillón, Sanchorrof cual mejillón»; «Con Adolficus se vivía mejor»; «Con Miñón de portavoz, ucedé 'stá pa'l arroz»; «Miñón: Lavilla no quere trampillas».

—Hay que quitar a ese monstruo de aquí, aunque sea *manu militari* —dijo Miñón, abalanzándose sobre el ficus, pero calculando mal y dándose la cabeza contra las obras completas de Wolfgang Amadeus Mozart.

—¡Protesto, señor presidente!

—Protesta denegada por improcedente, incompetente, insolente e incoherente —contestó el ficus, y añadió—: Y cópieme sesenta y nueve veces «Don Landelino no quiere que le tomen por cretino», y cuando termine, otras sesenta y nueve veces «Como más guapo está Miñón es callado en su sillón». Amén.

(1981)

Ministros en aceite, made in Spain

Varios ministros españoles se reunieron hace unos días a comer en un restaurante para debatir la estrategia a seguir en el asunto del boicot extranjero a las conservas en aceite españolas.

—Me he tomado la libertad de prepararles a sus excelencias —dijo el *maître* obsequioso— unas suculentas gambitas de primera calidad, para abrir boca.

—El ácido bórico será también de primera calidad, presumo —bromeó como siempre García Díez, atándose al cuello la servilleta para que no le salpicara Íñigo Cavero.

—Ya empezamos con ironías fuera de lugar —interrumpió Sanchorrof, haciendo un pre-regüeldo mental—. Si prefieren sus excelencias, tengo también unos mejillones muy apetitosos recién llegados de Pontevedra.

—A estos sospechosos tráigales lo que quieran. Para mí, lo de siempre.

—Sí, señor Rosón. ¡Bocata cicuta para don Juan José Rosón, poco hecho!

—No perdamos más el tiempo y vayamos al grano —dijo Lamo de Espinosa.

—Eso, al grano: ¡Piiitas, pitas, pitas! —exclamó rociando la mesa con migas de pan Pérez Llorca, que estaba de muy buen humor porque llevaba veinticuatro horas si que le doliera la OTAN izquierda.

—Yo creo que el asunto está muy claro. Si los franceses, italianos y alemanes vetan nuestras importaciones de conservas que lleven el rótulo «en aceite», lo que hay que hacer es cambiar el rótulo. Por ejemplo, «anchoas en vinagre», «sardinas en pepitoria», «mejillones en almíbar» —sugirió Sanchorrof.

—Eso tiene un problema. ¿Cómo se dice «pepitoria» en francés? —preguntó Cabanillas.

—*Pepituar*. Es de BUP, vamos —observó Cavero.

—Tú siempre apabullando al personal. Si tuvieras que dormir con los exportadores puestos como yo, no te haría tanta gracia este tema —dijo García Díez quitándose los espaguetis del bigote, muy enfadado.

—Je, je. No sabía yo esas aberraciones particulares tuyas, rapaz —dijo Pío Cabanillas robándole una patata frita a Íñigo Cavero.

—Quita las manos de ahí que luego van a la boca —le sacudió Oliart—. Vosotros veréis lo que hacéis con lo de las conservas, pero hacedlo.

—Eso, tenéis que hacer algo, que no pegáis ni sello —ordenó Rodríguez Incierto, terminando su tercer potito de ternera con verduras y empezando el de compota.

—Gggrroooffff —observó, agudo, el ministro de Trabajo, SS y S.

—Eso mismo dije yo la semana pasada y nadie me hizo caso —exclamó dolido Martín Villa, terminando su butifarra al pil-pil.

—Evidente. Yo siempre tenemos razón —profetizó Pío Cabanillas en clave.

—No vuelvo a este restaurante, últimamente la cicuta sabe a basura, algo raro le ponen —murmuró Rosón.

—Vamos a jugar al geo geo, qué ges, una cosita, con qué letrita es.

—Siempre lo he dicho: no se puede salir a comer con los niños. Con lo bien que me come en casa y la lata que me da en el restaurante —lamentábase Añoveros, intentando que Rodríguez Incierto se terminara su potito—. Vamos, las últimas cucharadas: ésta por Calvo-Sotelo, ésta por Antonio Garrigues...

—El problema es la lata, precisamente. Todavía no hemos encontrado la solución a nuestros problemas —lloraba García Díez.

—Yo creo que debíamos escribir al consultorio de la señora Francis.

—Grrroooffff —opinó Sanchorrof.

—Órdago a la grande, pasota.

(1981)

La esfinge monclovita

El presidente del Gobierno español volvió de su visita a Egipto como traspuesto.

—Presidente, confiésemelo —preguntó enseguida el ficus caminando de perfil por el despacho en plan mural del templo de Knor—, ¿lo dijo o no lo dijo usted?

—¿Decir qué? —contestó como ausente el presidente.

—Esa chorrada que largó el enano de Napoleón y que repiten todos cuando ven las pirámides: «Cuatro mil años de historia nos contemplan.»

—A mí lo que me dejó sin habla fue la esfinge.

—Lo sabía, sabía que en cuanto viera usted a su prima se encontraría a sí mismo.

—La esfinge es yo. Fuimos hechos la una para el otro. Poseemos ambos un conocimiento superior que revelamos, pero sólo a los que saben.

Y colocándose unos enormes auriculares estéreo, el presidente puso sus dos zarpas encima de la mesa.

—Desde luego, lo que hay que hacer para ganarse la vida —comentó para sí el ficus siempre de perfil.

—Veo, veo... —dijo la esfinge.

—¿La madre del cordero Pascual?

—No, otra cosita.

—¿Ves acaso, oh esfinge, a Sanchorrof postulando para el premio Planeta con una novela titulada *El bichito de los calzoncillos de oro*?

—¡¡Gluooooppfff!!

—¿Eso es una revelación o la fabada de ayer? —preguntó.

(1981)

Tensión

Llevaba dos días callado como un vegetal, observando al presidente Leopoldo pasear por las esquinas del despacho cual oso polar en agosto.

—La victoria de Alianza en Galicia tiene la ventaja de que se puede nombrar a Manuel Fraga presidente de la Chunta y enviarlo p'allá, con lo cual quedaría Madrid muy despejado. Habría sitio para aparcar —dijo el ficus finalmente.

—Usted se calla, no opina y se acabó —respondió bruscamente el presidente—. Tengo problemas hasta en el carné de identidad y no estoy para chistes malos.

—El chiste malo es haber echado de televisión a Fernando Castedo porque se negaba a poner *La vida erótica del oso Yogui* los sábados, después del telediario.

—Creo que necesita usted unas vacaciones.

—Yo estoy en plena forma, juego al golf todas las noches con la hiedra de Pío Cabanillas. Cuatro cero, y uno de penalti me metió la golfa anoche mientras a ustedes le arrancaban a Castedo la dimisión como si fuera un juanete.

—Al golf no se hacen cuatro cero, no hay penaltis, ni se juega de noche porque no se ven los agujeros.

—¡Uy va lo que ha dicho...!, como se enteren sor Díaz Hambrona, sor Alzaga y sor Lavilla, se la carga.

—Me pregunto yo por qué no va usted a incordiar un poco al Partido Socialista, donde todo es idílico.

—Si la envidia fuera tiña...

—Le voy a mandar a usted al Estado Mayor, no le aguanto.

—Fenómeno, así podré darles un cursillo de mi especialidad: cómo dar un golpe de Estado y perder peso.

—Vamos a salir mal, usted y yo.

—Pero usted paga la foto. *(1981)*

Oposiciotan

Estaba el ficus escribiendo por quincuagésima sexta vez en el osciloscopio «OTAN, porque ya no somos unos críos», castigo impuesto por el presidente Calvo-Chotelo, cuando éste entró en el despacho haciendo el paso de la oca.

—¿Todavía no ha terminado usted su tarea? —le preguntó estudiando el gráfico.

—Jo...

—Naturalmente. Se está usted hasta las tantas de juerga y ahora vienen los lamentos y las quejas.

—... qué cruz, Señor.

—Implore a quien quiera, de poco le va a servir.

—... del cordero.

—Hable claro, vaya de frente, ya vio usted cómo con argumentos precisos y contundentes deshicimos en el Parlamento a la marrullera y malévola oposición.

—... en la mar salada y el océano Pacífico.

—Vamos, vamos, esas eses más reflexivas, más puntuales. Repítame esa ese, si es tan amable.

—Ssssssssssssssssssssssu tío.

—Perdone que le hable tan crudamente, pero así no vamos a ningún sitio. A ver: empiece otra vez con la ese.

—Ssssotan, caballo y rey.

—No sé por qué pierde usted los estribos de esa manera tan infantil. ¡Pese a quien pese, entraremos en la OTAN y *sin* referéndum!

—*Memorandum, ultimatum, curriculum, medium, summum, valium, desideratum...*

—*Ad hoc.*

—Caca.

(1981)

OTAN, te vas a enterar

El agobio del debate parlamentario sobre la OTAN ha hecho mella en la templanza del presidente Recoletos.

—Pero señor presidente —no pudo contenerse el ficus—, ¿qué hace ahí colgado de la lámpara toda la mañana? Como no baje de las alturas tendré que avisar al psiquiatra de Guerrero de Miñón.

—Estoy colocado por encima del bien y del mal —contestó el presidente enganchando con el mango del paraguas un *dossier* que había encima de su mesa—. Los líderes políticos tenemos que distanciarnos de los pequeños problemas y las rencillas de partido.

—Más dura será la caída.

—Sí, sí, lo reconozco. El otro día en el debate parlamentario perdí la calma cuando Santiago Carrillo nos llamó al Gobierno y al partido de «tú». ¡Nos llamó de tú!, ¡nos tuteó!, ¡a nosotros, que somos abogados del Estado...!

—¿Del estado crítico o del comatoso?

—A mí no me tutea un rojo. «Vuestro Gobierno», empezó diciendo.

—Y añadió: «Es un Gobierno indigno para un país como España.» Eso dijo Carrillo.

Al oír la frase fatídica, don Leopoldo perdió el equilibrio y cayó encima de Rodríguez Incierto, que entraba en ese momento vestido de marinerito dándole patadas a un balón.

—¡Ay, va! —dijo—, ha reventado la cañería de arriba que estuve arreglando ayer. Presidente, ¿estás bien? Tirado en el suelo mientras el ficus, acongojado, le abanicaba con las hojas, el presidente canturreaba.

—Niño, deja ya de no sé qué con la pelo-o-ta.

—La OTAN, pobre —suspiró el ficus—, no sabe lo que se le viene encima.

(1981)

Vivir cada día y retrato en vivo

Estaba Carmen Maura terminando de barrer el estudio de *Esta noche*, porque desde que le dijeron aquello de «nena, tú vales mucho» la mujer tiene que hacer méritos, cuando sonó el teléfono insistentemente.

—Despertador automático. Marque sin colgar su número de teléfono y a continuación la hora de despertar con cuatro cifras.

—Déjese de preámbulos y haga el favor de decirle al señor Castedo que se persone inmediatamente en el despacho del presidente.

—¿De qué presidente, si se puede saber? ¿El presidente del Real Madrid, el presidente del PSOE, el presidente de Seat, el presidente de la Fox...? Como no me des más datos...

—¡Queda usted despedida, señorita! —tronó la voz por el teléfono.

—Entonces está claro, señor presidente del Gobierno. En cuantico que Castedo termine de darle cuerda a Joaquín A-ro-za-mena, se va para La Moncloa con lápiz y papel.

Poco después, Fernando Castedo entró en el despacho presidencial con el libro gordo de Petete debajo del brazo, pero enseguida se encontró con la cruda realidad.

—¡Se siente, eso! —ordenó don Leopoldo con un globo impresionante.

—Eso, eso, que se siente —aclaró Rohodríguez Sahagún.

—¿Le parece a usted bonito que después de pasarme todo el verano en Ribadeo, Galicia, cuando podía haberme ido a correrla a la Costa del Sol, sólo para alimentar mi imagen galleguista, ahora resulta que los gallegos prefieren a Fraga? —el presidente intentaba no perder los nervios mientras hablaba a gritos.

—¡Aplaussso!

—Usted se calla, si es tan amable —le dijo don Leopoldo a

Suárez—. Señor Castedo, desde que está al frente de RTVE ha convertido usted la radio y la televisión en una especie de aquelarre continuo y cotidiano. Mujeres desnudas, travestís, incestos, ovejas provocativas, telefilmes demagógicos en los que los ricos son los malos y los pobres los buenos; en dos palabras: orgía y desenfreno.

—Insistí, lo prometo, en que Victoria Prego se tapara el lóbulo de la oreja para no levantar pasiones entre el personal, pero qué quiere usted, estuvimos arriba y abajo, abajo y arriba, pero no hubo nada que hacer.

—Es intolerable. No se habla en televisión más que de los muertos de la colza, del paro, del divorcio, de los niños sin familia, de la delincuencia y de la situación en las cárceles. De manera que, lamentándolo mucho, nos vemos obligados a aceptar su dimisión y la de todo el equipo directivo.

—¿Qué es esto, la carta de ajuste?

—Despedida y cierre, señor Castedo.

—Más vale prevenir, señor presidente.

—Bla, bla, bla.

—Shabadabadá.

(1981)

Sálvese quien pueda

No se pierdan el apasionante espectáculo de las ratitas buscando como poseídas una salida para abandonar el barco. Toma unión, toma centro y toma democrático, que si te he visto no me acuerdo y a Leopoldo lo encontré en la calle. Cuando las ratas abandonan un barco es signo inequívoco de que se está hundiendo, y cuando un barco se hunde algo suyo se hunde, señor futuro duque de Recoletos (antes Calvo-Sotelo).

Ya lo dijo el otro día el presidente de UCD, Tinín el Rizos:

—¡Los que no quieran seguir en el partido, que se vayan! —exclamó parpadeando para sacarse la espinosa del ojo.

No había terminado de pronunciar la frase, que ya se había producido un tumulto de barones y señoras precipitándose hacia el agujero del donuts que le sirve —servía, perdón— de insignia. Patadas, empujones, gritos de desesperación, aullidos de socorro, llantos, desgarradores lamentos… Una ordinariez.

—¡Tengo preferencia, estoy embarazada! —gritaba Pérez Llorca.

—*Tu quoque, Josef Petrus?* —inquirió Leopoldus poniéndole la zancadilla al zorro plateado.

—¡Pero qué pasa ahí delante, que esto no avanza! —se quejaba Rafael Arias, harto ya de llevar en brazos a Adolfo Suárez.

—Es la madre abadesa que ha taponado la salida —gritaba histérico Herrero del Miñón—. ¡Ha quedado atrapada!

Íñigo Cavero, con medio cuerpo fuera y medio dentro, estaba hasta los mismísimos guernicas de los tirones y empujones a que le estaban atizando:

—Decidle a Seara —gritaba el hombre desesperado— que no me pellizque más en el lomo, que me hace cosquillas.

—Se hará, se hará la del alba y todavía aquí —protestaba de muy

TITANIC

mal coñac Pío Cabanillas, situado al bies para que nadie supiera si iba o venía.

—¡Paso, hagan paso, que las mujeres y los niños vamos primero! —exclamaba muy tranquilo Rodríguez Incierto, que llevaba en una mano el osito de peluche y en la otra su colección de mortadelos.

—Como agarre yo al que hizo el agujero de la rosca tan pequeño, puedo prometer y prometo que se lo hago tragar —le susurraba el duque de Suárez a Fernández y Ordóñez que discutían sobre ética.

—¿Será posible lo que ven mis ojeras? —se preguntaba muy compungido Rafael Calvo haciendo esquina con Santa Engracia—. Si no queréis el poder al precio habitual, lo rebajamos: ¡se saldan ministerios, coches oficiales con cortinilla en la ventanilla…!, vamos, señores y señoras, ¡qué oportunidad!

—Que se calle el paliza éste —gritaba desorbitado Herrero de Miñón—, que el portavoz ¡soy yo!

—Tú portavoz, yo Tarzán —se golpeaba el pecho Óscar Alzaga.

—Venga, id saliendo, pero de uno en uno y con el carnet en la boca —Rosón intentaba poner orden en la debacle.

—Y yo pregunto —preguntaba Carmela García Moreno a Sole Becerril— que, si para apuntarse al PSOE, hay que pedir hora.

—¡Cerdo, inútil! —le gritaba mientras la Becerril a Nacho Camuñas, que aprovechaba la confusión para meterle mano.

—Becerra…

—¡Porque nosotros —seguía Rafael Calvo—, aunque no somos perfectos lo estamos intentando! Y el último que salga que apague la luz.

(1981)

La Pertinaz

De poco le va a servir a Leopoldo Calvo Sotelo haber ganado la batalla por el poder en UCD. En el primer Consejo de Ministros que celebró siendo ya presidente, secretario general y líder absoluto de su partido, se vio que la cosa no tenía remedio:

—Señor Lamo de Espinosa —empezó diciéndole a su ministro de Agricultura—, espero que tome usted medidas drásticas contra la sequía.

—¿Drásticas? —empezó llorando al Amo de la Espinosa—. ¿Qué puedo hacer yo para que llueva, presidente, qué puedo hacer?

—Pues tiene que llover, como sea. Es un problema de responsabilidad del Gobierno y va en ello nuestra credibilidad —insistió el presidente.

—Hacemos lo que podemos —interrumpió Rosón—. Hemos permitido a los rojos que organizaran su verbena al aire libre, a la que según mis fuentes asistieron cuchichui mil personas y nada. También hemos apoyado la promoción a nivel nacional de la hija de Milikito como cantante, pero tampoco ha funcionado. Ahora estamos convenciendo al Partido Comunista para que organice una *kermesse*, pero nos han dicho que hasta que no terminen las liquidaciones de fin de año que no les sale de los martillos. Me permito insinuar la conveniencia de que Su Majestad prepare una recepción en los jardines de La Zarzuela. Es nuestra última oportunidad para atraer la lluvia torrencial.

—Esto es intolerable. Somos la vergüenza de la OTAN, sin una gota de agua en los pantanos —el presidente se empezaba a poner nervioso.

—Yo, desde luego, canto todas las mañanas en la ducha lo de «*L'o acchiapata, l'ho frullata e ne ho fatto una frittata*», pero ni por esas llueve —dijo Pérez Llorca que sabe idiomas.

—¿*Frittata*, eh? ¡Con aceite de colza, como si lo viera! —gritó Sanchorrof, un rato paranoico últimamente—. Me persiguen, me acosan, me están matando, presidente.

—Un *bocatta de colzatta*. ¡Qué idea!

—Presidente, mire a José Pedro, me hace rabiar, no vale —lloraba Sanchorrof.

—Dejad tranquilo a José Pedro que está embarazada, coñe —dijo muy enfadado García Díez, harto de tener a todos los exportadores de conservas metidos en el dormitorio dando la lata.

—Es preciso que llueva. La gente, el pueblo, está empezando a echarnos la culpa. Así que pensad en algo, que para eso os pago.

—Do ado do do de duedo —dijo Rodríguez Incierto.

—Vamos, hijito, quítate el chupete de la boca y repite.

—Que yo hago lo que puedo. En la tele tienen orden de decir en los telediarios que llueve en todas las regiones de España a todas horas.

—Lo que hay que hacer es prohibir los informes meteorológicos, que no se hable del tiempo, que hablen de otra cosa —dijo Rosón dándole un manotazo a Íñigo Cavero—. Deja en paz a mis *madelman*, ¿quieres?

—Eso. Queda prohibido hablar del tiempo en la tele, en la radio, en los periódicos y en todos los lugares públicos. Y el que infrinja la ley que pague un impuesto que se utilizará para cubrir las pérdidas ocasionadas por la Pertinaz —dijo Añoveros.

—¿Pero la Pertinaz no es la muñeca que, cuando le tiras de la orejita, vomita? —preguntó inquieto Martín Villa.

—Ésa es la Loapa de la señorita Pepis, que no te enteras —corrigió el presidente, y añadió dirigiéndose a Pío Cabanillas—: Di algo.

—Yo digo que puede llover o no llover, pero lo que está claro es que lloveremos, vaya si lloveremos.

—¡Agua!

(1981)

Beguin de beguin

Leopoldo Calvo Sotelo estuvo en Londres para hablar con la primera ministra británica de Gibraltar. La cosa empezó mediana, porque en el aeropuerto de Londres hacía un frío de menos cero y había una niebla que no se veía tres en un burro. Por fin, el séquito español descubrió al chorbo de Mundicolor que esperaba con una pancarta que decía: «*Mister* Calvo-Sotelo, *plis*.»

—*It is I* —dijo en perfecto inglés el presidente Leopolo, dándose golpes en el pecho para señalarse a sí mismo.

—¿Está usted seguro? —preguntó el de la agencia, y volviéndose a Lord Carrington añadió—: Dice que él es Calvo-Sotelo.

—*Oh yeah?* (Es asunto suyo, peor para él) —contesto Lord Carrington montándose en su carrito de ruedas, de donde deriva su honorable apellido.

Después de hacer cola con todos los turistas de tercera en la ventanilla de *Other Passports*, que es donde nos toca a los españoles, el séquito presidencial tuvo que responder a las preguntas de los oficiales de Inmigración.

—¿Estudian o trabajan? ¿Saben leer y escribir? ¿Conocen a alguien en el Reino Unido que pueda responder de ustedes en caso de encarcelamiento? ¿Disponen de medios económicos para subsistir? ¿No pretenderá usted dar a luz aquí, verdad?

—No, todavía me falta bastante —contestó Pérez Llorca.

—Yo respondo de él, no se preocupe —interrumpió el embajador español Fernando Arias Salgado.

—¿Así que es usted el padre de la criatura? —dijo el oficial.

Después de varias horas de interrogatorio, el séquito partió hacia el 10 de Downing Street, que es donde vive la señora Margaret Thatcher.

—*Smile, smile!* —decía el fotógrafo en nómina mientras hacía la típica foto de los visitantes a la puerta del histórico edificio.

—¡No! —gritó Pérez Llorca, pero no pudo evitar que, al sonreír el presidente Leopoldo, se cayeran de la impresión las dos columnas que sujetaban el porche.

—*What the hell is going on here?* —dijo la Thatcher, que llegaba en ese momento con la cesta de la compra.

—*Misis* Zacher —empezó a decir el presidente del Gobierno español—, *Yaibraltar is espanish and I am going tu open de door.*

—*He what?* —le preguntó a Lord Carrington la primera ministra, mientras se ponía el delantal para preparar la sopa de puerros y berza.

—Que dice que va a abrir la puerta y que Gibraltar es español.

—¿Espagnol? ¡Olé, olé! —observó la Thatcher batiendo los puerros con la minipímer mientras taconeaba con frenesí.

—¡Ostras, Pedrín! —gritó Pérez Llorca agarrándose el pie que le había destrozado la Thatcher en su entusiasmo flamenquil.

—*I insist: de rock is aur rock* —señalaba enérgicamente don Leopoldo pelando la patata que le había pasado Lord Carrington.

—*Oh, yes. We rock around the clock tonight, baby, aunque in plan latin lover, Iglesias mucho más better than you, kaput.*

—Seamos serios, señora. Voy a abrir la verja de Gibraltar y voy a españolizarlo; voy a llenar Gibraltar de bidés.

—*Beguin the beguin, mister.*

—De *beguin* no, de bidés, pérfida Albión.

—Ya empezamos.

(1982)

Pre-Pleno

Estaba el presidente del Gobierno terminando de arreglarse para ir al Pleno del Congreso.

—He estado haciendo cuentas y no me salen los votos de la mayoría —dijo el ficus tecleando en el ordenador.

—Miles de veces le he dicho que no me distraiga en estos momentos —contestó el presidente muy enfadado porque se había metido el lápiz de las cejas en el ojo derecho.

—Lo siento. Como se le ponga malo un diputado van ustedes de costado. Y encima, los vascos y los catalanes, que no se sabe si van o vienen. Lo tiene usted muy duro, presidente. Súbase el calcetín que se le ve la pantorrilla.

—¿Quiere callarse? Se me ha corrido el rímel.

—Uy, qué nervios. Se ve que esa faja nueva le hace daño. Camine derecho, ¡vamos! Esa barbilla más alta... Se le han descoyuntado a su excelencia las cervicales. ¡Dios mío, socorro!

—¿Qué le pasa, señor presidente? —Arias Salgado, que había acudido al despacho precipitadamente, soltó la LOAPA e intentó colocar derecha la cabeza del presidente, que agitaba los brazos desesperadamente.

—Le está usted haciendo cosquillas —dijo el ficus rociando al presidente con el spray—. Su LOAPA se está haciendo pipí en el sillón.

—Menudo eructo soltó el otro día delante del *lehendakari* Garaicoechea —protestó el presidente, que ya tenía la cabeza en su sitio, aunque de perfil.

—Pero qué bien ha quedado —dijo el ficus quitándole el polvo de la calva—. Claro, que va a tener que pasarse toda la sesión mirando la oreja de Pérez Llorca.

(1982)

Mayoría: se busca, viva o muerta

El presidente del Gobierno español pasa buena parte de las mañanas haciendo cuentas con un ordenador.

—A ver —el ficus se inclinó sobre el hombro del presidente para ver mejor—. A mí me parece que el resultado es correcto.

—¡Pero no puede ser que la suma de mis fieles diputados de UCD sumen «tururú que te vi»!, como pone aquí.

—Desde luego, con una mayoría así no llegamos al 83.

—Si el Partido Socialista fuera responsable, votaría en el Congreso con nosotros, apoyaría al Gobierno de la nación. Pero son unos irresponsables, ambiciosos y malintencionados.

—Muy bonito. Esa frase parece de Alfonso Guerra.

—¡No me mente a ese señor! ¡No lo puedo soportar! —el presidente rasgaba las cortinas de la ventana en un ataque de irreprimible dentera.

—¿Y así quiere su excelencia granjearse las simpatías de la oposición? Sólo la palabra «socialista» le da repelús.

—Si los españoles supieran que los únicos y auténticos progresistas somos los de UCD... Ése será el objetivo de la campaña electoral andaluza.

—Si lo explica la Apasionaria de Oro, la Leona de Sevilla, el Sol de las Marismas.

—Cállese y volvamos a la mayoría. Sesenta y seis más trece más veinte más seis más yo... Caray, aquí pone: «Qué grande eres, pequeño, gu, gu, gu.»

(1982)

De Dallas al juicio

Al entrar en su despacho, el presidente del Gobierno se encontró al ficus llorando amargamente abrazado a Rodríguez Incierto.

—Pero bueno, ¿qué le pasa ahora? —preguntó irritado don Leopoldo, sentándose en su sillón.

—Ha recibido una invitación para ir al juicio del 23-F —contestó el joven Matías ofreciéndole al ficus, para consolarle, su chicle de fresa y su tigretón.

—Excelente, excelente —el presidente se frotaba las manos—. Así verá usted en persona lo que allí ocurre.

—¡No quiero ir! ¡Me niego! ¡Me da miedo!

—Con un poco de suerte, le condenan a usted a unos cuantos años. Aprovechando que va de verde, le pueden tomar por... Yo creo que debería ir. Es más: le ordeno que vaya.

—¡Sádico! ¡Que tiene usted menos corazón que Jotaerre!

—Te vas a enterar, Suelen, que a mí nadie me toma el pelo.

—Está bien —el ficus recobró su paralela con la pared dejando caer a Rodríguez Incierto al suelo. Asumo mi responsabilidad, asistiré al consejo de guerra, pero no porque usted me lo ordene, sino porque yo quiero.

—Ah, no. Usted va porque yo se lo ordeno y mando.

—De eso nada. Voy porque yo quiero, Jotaerre.

—Entonces te quedarás en el rancho, Suelen.

—Prefiero asistir al juicio que estar en este rancho agobiante.

—¿Por qué en el rancho de Jotaerre hay vacas y en el tuyo no hay más que becerriles, eh? —preguntó el pequeño Matías haciendo un globo con el chicle.

—Boby, no te metas en esto.

(1982)

Psicoterapia presidencial

Don Leopoldo Calvo-Sotelo se está empezando a enterar cuán sinceros eran aquellos ¡*oohs*!, ¡*aahs*! que los diputados de su partido le prodigaban cuando decidió él defenestrar a Adolfo Suárez de la presidencia de UCD. De poco le ha servido ser el único poseedor de las llaves de la despensa de cargos.

Los diputados de UCD, al ver que la alacena está casi vacía y que lo poco que hay don Leopoldo pretende repartirlo entre *outsiders* de diverso pelaje, abandonan el barco que zozobra.

El presidente de La Moncloa ha decidido, para evitar la debacle, atender a los inquietos diputados en sesiones de psicoterapia individual y/o de grupo.

—Cuéntame tu problema, hijo mío. Relájate, concéntrate —empieza el presidente con un bloc en la mano izquierda y un boli en la derecha.

—Nadie me quiere, nadie me hace caso, me insultan por la calle —dice el diputado de Almería Paco Soler, tumbado en el diván—. Yo antes ligaba cantidad y, ahora, ni flores. El otro día intenté ligar con una chumbera que estaba sola en el camino y se me fue muerta de risa; me dio una patada en salve sea la parte y mire cómo me dejó.

—A quién se le ocurre ligar con una chumbera —anotaba el presidente—; con una hiedra, como hace Pío Cabanillas, lo comprendo.

—¿Y con quién quiere usted que ligue yo en Almería?

—Bien. Tómese dos aspirinas efervescentes en ayunas, después de la cena, y baje y suba corriendo tres veces diarias el camino que va de Mojácar a la playa. Es muy importante que lo haga con los ojos vendados y con zuecos. Verá cómo se queda usted nuevo. Ánimo y al escaño. A ver, ¡el siguiente! Don De la Cierva, pase, pase y póngase cómodo. En mi sillón no, por favor, aquí, en el diván, acomódese bien, las cuatro patas hacia la pared, cuidado, no me rasgue el tapizado con las puntas de la arboleda craneal. A ver, dígame qué le pasa.

—Estoy frustrado. Una noche, mientras dormía, me robaron mi carro oficial y todavía no lo he encontrado. Cada vez que veo a la Becerril sentada en mi sillón, ocupando mi sitio, me dan como vahídos.

—Reconocerá que en Cultura, entre la Becerril y De la Cierva, no hay color. Vamos, vamos —el presidente empujaba al paciente hacia la puerta—. ¡El siguienteee! Pero Óscar Alzaga, hijo mío, vaya trastazo que te has dado. ¿No puedes dejar de levitar aunque sea un momento? Pasa, y siéntate aquí, en el sofá. Charlemos un poco.

—Sí, pero tú de rodillas —dijo Alzaga, sentadito en el borde del diván—. Vivo sin vivir en mí.

—Pero, ¿no es verdad, ángel de amor, que en esta apartada orilla más clara la luna brilla y se respira peor?

—Mejor.

—Es que no nos concentramos en la misma obra.

—Ya estamos con el cachondeo de siempre. Que si el Opus, que si patatín y que si patatán. ¡Ay, de mí! ¡Ay, infelices! Acabo de clavarme un muelle. Maldito sofá. Por algo prefiero yo levitar.

—Levita, hijo, levita, pero dentro de UCD; no me levites hacia AP.

—Sí, padre; no lo volveré a hacer.

—Bien. ¡El siguiente! Hombre, Miguel Herrero de Miñón, tú, que fuiste mi portavoz favorito.

—Ahí me duele, que yo tenía antes un chorro de voz y ahora grito y grito y nadie me oye. No me hace caso ni mi gato, que se ha liado con el perro de Fernández Ordóñez. ¡Me va a dar un ataque! Quiero que me hagan caso.

—Tienes caspa y espinillas. Te recomiendo que empieces a tomar Oil of Ulay en ayunas. Toma, traga, cuanto antes mejor. ¿Qué tal te sientes?

—Glu, glu.

(1982)

¿Hubo alguna vez un golpe?

Como casi todo en esta vida, la información es una cuestión de dosis: demasiada puede ser tan funesta como ninguna y, en el caso del juicio del 23-F, la avalancha informativa está sumergiendo al personal en la más total de las confusiones. Se lo comentaba ayer mismo el ficus del despacho presidencial a don Leopoldo, quien al oírlo dejó de hacer rayas en su cuaderno y guiñándole el ojo a su palmera observó sarcástico:

—Aquí, piensa que hay demasiada libertad...

—UCD es la Verdad y Leopoldo su profeta —dijo la palmera cursilona, agitando sus hojas.

—Yo lo que digo, señor presidente del Gobierno y de UCD —mientras hablaba, el ficus despegaba el ojo guiñado de don Leopoldo—, es que cuanto más sabemos del 23-F menos nos enteramos.

—Lo que pasó es exactamente lo que pasó —aclaró Calvo-Sotelo estirando su barbilla mientras el ficus tiraba de la frente.

—¿Ve usted lo que le pasa por hacer muecas electoralistas? Esto no lo arregla ni Pío Cabanillas. Parece como si los 33 del banquillo fueran unos santos varones, no hubiera habido asalto armado al Congreso, nadie disparara ráfagas de ametralladora, no se hubieran movido los tanques por Valencia… y el único malo de la película fuera Alfonso Guerra.

—Eso, eso —gritó el presidente, recogiendo una de sus orejas del suelo—. Sucede que...

—UCD es la verdad y Leopoldo su profeta.

—Desde que ha salido en la tele, la chica está tonta.

(1982)

Rumasa compra UCD

Parece, según los rumores de los expertos en política, que Rumasa está a punto de comprar UCD. Como bien saben todos los españoles, Rumasa es esa empresa que compra todo lo que está a punto de quebrar cinco minutos antes de que ocurra.

El zar del imperio Rumasa, Ruiz Mateos, acompañado de su séquito, estuvo el otro día en el palacio de La Moncloa para examinar el estado ruinoso de la central de UCD después de haber visitado detenidamente las demás sucursales, la sede de la ejecutiva de la calle Arlabán y los diferentes ministerios, que efectivamente, como pudo comprobar, ofrecían aspectos interesantes. En la calle Arlabán la ejecutiva estaba a punto de abrir una agencia de viajes para pingüinos, y los ministerios preparaban febrilmente la Liga Funcionarial de Mus por Correo, sin contar con que en la sede del Grupo Parlamentario Centrista se dan cursos intensivos de ballet clásico, moderno y contemporáneo.

Al llegar Ruiz Mateos al palacio de La Moncloa en un soberbio Cadillac blanco descapotable, una serie de niños zarrapastrosos, entre 35 y 50 años, surgieron de detrás de los árboles y empezaron a seguir al coche corriendo y dando gritos:

—¡Señorito, señorito, dénos algo! ¡Por caridad, una limosna! ¡Somos fontaneros en paro!

En la puerta del palacio, el zar Ruiz Mateos fue recibido por la señora de la limpieza, que le hizo pasar al despacho:

—Tomen asiento los señores, pónganse cómodos; están ustedes en su casa —dijo doña Remedios—. En cuantico que termine de depilarse, don Leopoldo estará con ustedes.

Mientras esperaba, Ruiz Mateos observaba el recinto y daba órdenes a su secretario:

—Me gusta, tiene posibilidades. Aquí pondremos el bar con

señoritas vestidas de lagarterana; aquí la máquina tragaperras y un reservado... Los tapices son un poco tristones, habrá que ponerles lentejuelas o algo así. ¡Este Goya, como era sordo y no veía bien los colores... en fin! Hombre, don Leopoldo, encantado de verle, presidente.

—¿Presidente yo? ¿De qué? —el presidente de UCD y del Gobierno púsose a llorar en el hombro de la señora de la limpieza—. Usted no puede comprender. ¡Lo que yo me he sacrificado, lo que yo he sufrido, lo que yo he pasado para poner en pie un partido como UCD... para llegar a presidente!

—Contrariamente a lo que usted piensa, señor Ruiz Mateos —interrumpió Martín Villa sujetando a Óscar Alzaga, que iba a levitar de un momento a otro—, soy de la opinión de que, mejor que un bingo, sería parcelar todo esto y hacer chalets adosados.

—¡Quedas expulsado inmediatamente del partido con efecto retroactivo! —grito Íñigo Cavero, vestido de árbitro y tocando el pito.

—¿Quién? ¿Yo? Eres maravilloso, ¡qué suerte! —dijo Arias Salgado poniéndose de puntas sobre sus zapatillas de ballet y saliendo de la habitación mientras se sujetaba el tutú con las dos manos.

—Bien, señor Ruiz Mateos —cortó la señora de la limpieza—, ¿compra o no compra?

—Fidecaye, señora mía, que soy tonto, pero no estoy loco —dijo Ruiz Mateos antes de salir dando un portazo.

(1982)

El coro de la capilla monclovixtina

Desde el pasillo, el presidente del Gobierno escuchó el lunes por la mañana el celestial sonido de canto gregoriano a varias voces que salía inequívocamente de su despacho. Abrió la puerta y se encontró a sus ayudantes, misales en mano, entonando el *Tantum ergo* bajo la dirección del sagrado ficus.

—Alguien desafina terriblemente —observó don Leopoldo, arrastrando su pata chula hasta la mesa.

—Lo siento, pero donde no hay, no se puede sacar, excelencia —dijo el ficus dándole en la cabecita con la batuta a doña Soledad Becerril—. Señorita, el famoso bajo Boris Jristof, a su lado, tiene voz de tiple. Presidente, no somos el coro de la Capilla Sixtina.

—Evidentemente.

—Pero pensamos que después de su visita al Vaticano le haría ilusión un divertimento musical *ad hoc*.

—La música fatal, pero la letra...

—¿Ves? —Óscar Alzaga se encaró con Martín Villa—. Te dije que no era *Montañas nevadas, banderas al viento*.

—Qué bochorno —exclamó el ficus sonrojándose.

—¿Pod qué? —preguntó muy asombrado el pequeño Matías.

—El pobre insistía —siguió el ficus mientras le ponía el babero para darle el potito del desayuno— en que la letra del *Tantum ergo* era: «Al dico, al dico, al dico petisuisss, ay, qué dico.»

(1982)

Telefonetas

El día que ETA hizo saltar por los aires la central madrileña de Ríos Rosas, muchos de nuestros líderes debieron pensar que había llegado el fin del mundo. Sin poder utilizar el teléfono, razón final de su existencia, ministros, fontaneros y otros trabajadores del dial estaban desconcertados.

—Llame a Moncloa a ver qué pasa —ordenó Alberto Oliart a su chófer.

—Sí, señor —contestó el chófer marcando del número en el teléfono del vehículo—. No sale el número, señor. Me temo que...

—Lo que usted se teme, no tiene color con lo que yo me temo. Siga marcando, llame a todos los números que conozca a ver si alguien contesta.

Cuando el chófer, ocupado en marcar, estaba a punto de empotrarse contra un autobús parado, sonó el ansiado *ring-ring-ring.*

—¡Por fin! Déme el aparato. Ya contesta. ¿Oiga?

—Éste es el contestador automático de don Adolfo Suárez. El señor duque está ocupado en este momento regando los pensamientos de su jardín y no puede atender a ningún otro capullo. Al oír la señal dispone de dos minutos y medio para hacerse el haraquiri.

En el palacio de La Moncloa había un lío de mil demonios. Martín Villa no dejaba pasar a nadie:

—Lo siento. El presidente sólo recibe previa cita telefónica.

—¡A ver qué pasa aquí! —dijo Juan José Rosón, ministro del Interior—. Pónganse todos contra la pared, en fila de uno en uno y con el carnet en la boca.

—¡Exijo llamar a mi abogado! —objetó el ministro de Justicia.

—¡Silencio he dicho! —Rosón pensaba en los diez millones de recompensa por descubrir a los autores del atentado—. Los comandos de ETA se esconden en cualquier lugar. Son hombres, aunque puede haber mujeres, con aspecto de fortaleza... Señora Becerril, ¿dónde estaba usted anoche entre las tres y las cuatro de la madrugada?, ¿eh?

—¡Esto es intolerable! Estaba en el ministerio, que es mi casa.

—¿Casa alquilada? ¿En propiedad?

—Pero Juan José, por favor —interrumpió Pérez Llorca.

—Tú calla, que eres el peor, con ese bulto sospechoso que llevas siempre a cuestas.

—Es mi embarazo de la OTAN, puedo explicarlo perfectamente.

—Señor Rosón —el presidente del Gobierno habló cayéndosele al suelo el carnet de identidad—. Está exagerando su celo.

En ese momento entró el ministro de Comunicaciones, Luis Gámir, con un tam-tam a cuestas.

—Ya podemos comunicarnos con nuestros gobernadores y nuestros... —pero se quedó callado al ver el panorama.

—¿No es cierto, señor Gámir —Rosón se le acercó amenazadoramente—, que tiene usted los treinta años raspados?

—Pe... pero mi... mire que enclenque soy, mire, mire —acorralado, Gámir temblaba—. ¡Además éste es más joven! —y señaló a Matías Rodríguez Incierto que parloteaba por un teléfono de juguete.

—¿Cuántos años tienes? —preguntó Rosón.

—Tiete. Ya toy mayorrr —contestó el pequeño Matías.

—Y ese teléfono tan bonito, ¿me lo prestas, pequeño? —Rosón intentó arrancarle el aparato.

—¡No, e mío! ¡Me lo ha taído mi tío Poldo de Atenas!

Palmoteando el vientre del presidente Rosón suspiró:

—¡Los hay con suerte!

(1982)

Mayoría natural

Argentina e Inglaterra están a punto de enzarzarse en un conflicto armado por el control de las islas que los argentinos llaman «Malvinas» y los británicos, para llevar la contraria, como siempre, llaman «Falkland».

—Un embarazo más pa don José Pedro Pérez Llorca —comentó el ficus del despacho presidencial, leyendo el periódico—. Imagínese, presidente, que nos vemos obligados a elegir uno de los dos bandos.

—He repetido hasta la saciedad que no habrá elecciones anticipadas —contestó don Leopoldo, que miraba por la ventana escrutando con prismáticos el futuro de UCD—. Es preciso llegar a un acuerdo. Algo natural.

—Sería natural apoyar a Argentina a condición de que llame a filas a todos los argentinos que están en España, con lo que por fin habrá sitio para aparcar. Y luego invadimos Gibraltar, así, como una cosa también natural.

—La mayoría natural, eso es —dijo el presidente, dejando los prismáticos sobre la mesa.

—Claro, hacemos la mayoría natural con Argentina. Ellos invaden las Malvinas y nosotros Gibraltar: Argentina y España unidas para aniquilar a la potencia extranjera que nos humilla. A su Gobierno, como al argentino, no le viene mal una guerra patriótica.

—Lo que me faltaba: una guerra con Inglaterra.

—Pues a mí me parece más natural que tener que bailarle el agua a Fraga, a los vascos y a los catalanes.

—¿Qué es lo más natural entonces?

—El yogur, presidente, lo más natural es el yogur.

(1982)

Duque de Despeñaperros

Es enternecedor observar al partido centrista y gubernamental contener la respiración mientras el señor duque de Suárez deshoja la margarita del dilema de Despeñaperros: «Voy a la campaña andaluza, no voy a la campaña andaluza, voy a…»

—No se lo piden ustedes con la suficiente convicción —observó el ficus encendiendo una vela y colocándola en el altar portátil de la Virgen de Regla, llegada de la sede del partido en la calle de Arlabán.

—Es una obligación ir a Andalucía —dijo el presidente don Leopoldo de mal humor—. Primero, es presidente del partido; segundo, se ofreció a colaborar.

—Tercero, le pone histérico tener que pedirle algo a Adolfo Suárez y reconocer su poder. Está usted metiendo el dedo en el sacapuntas eléctrico.

—¡¡No estoy histérico!!

—Mire cómo se le ha quedado el dedito. Adolfo es el único que puede competir en Andalucía con Escuredo, y usted está haciendo campaña en la tierra de María santísima, con esa grasia y ese parmito, ¡madre!, que no se pue aguantá. Del cabo de Gata al de Finisterre, hay que ve la hente cómo está, don Leopordete.

—Ya verá, ya verá cómo los andaluces se darán cuenta de que UCD es responsabilidad, confianza y seriedad.

—Es una casa seria, no tiene sucursales —el ficus encendió varias velitas a la virgen—. Como esta señora no haga algún milagro... Puede ser un gran día.

(1982)

Al andalucd

La campaña electoral andaluza está en marcha. Durante los días de semana, los líderes del partido centrista acuden al palacio de La Moncloa para seguir las clases de baile, dicción y palmas, y poder así hacer un papel impactante en sus romerías de fin de semana por las distintas regiones del vasto Al-Andalus.

—Estoy hasta los pellets de esto —le lloraba Ignacio Bayón a Pío Cabanillas en un receso de la clase de sevillanas—; a mí me suenan igual las sevillanas, que las bulerías que los verdiales.

—Pues a mí me suena todo a muñeira borracha.

—¡¿Sí, eh?! —la profe, la sevillana ministra de cultura que oyó la observación, dejó a Íñigo Cavero, que estaba practicando lo de «vamo con la segunda», «vamo con la tersera», y se acercó a la pareja—. Mientras no sepáis distinguir una bulería de un tanguillo, vais de costado.

—Sí, señorita Sole, pero...

—Peró, peró, pero-pero-pero-pero-peró, pero-peró-pero-peró- pó —canturreó Mayor Zaragoza batiendo palmas y bailando airoso.

—Oye, Federico —la profe se le acercó parándole en seco—, ¡se te va la cadera! He dicho mil veces que no quiero caderas flojas, ¿entendido? José Pedro, ¿quieres mostrarle a éste cómo se hace?

—Lo siento, profe, pero el tocólogo me ha prohibido hacer zapateado durante el embarazo —dijo el ministro de Exteriores y OTAN.

—Muy bien, todos sentados en el suelo, a ver esas palmas, que se vea el ritmo, el contrapunto, sincopadas. ¡Vamos!

—A propósito de sincopadas, señorita Sole —dijo Ignacio Aguirre, que llevaba al portavoz del Gobierno al cuello—, ¿cuándo viene lo de las copas? Ya sabe, degustación de fino, moriles, montilla.

—De Morile a Montilla vengo y voy en carretilla.

—Si tú, como ministro de Transportes y Turismo, le cantas eso a los de allí, te pueden correr a gorrazos hasta la punta de Tarifa.

—Pero si era sólo el principio de una coplilla que m'inventao —protesto Luis Gámir—; luego sigue con que, gracias a UCD de Moriles a Montilla, la gente no irá en carretilla, sino en talgo.

—Eso no rima. A ver, ¿a quién se le ocurre alguna cosa que tenga gracia y, además, contenga un mensaje de esperanza?

—¿Usas muletón?

—¿Quién ha dicho esa estupidez? —preguntó la señorita Sole mirando fijamente a los ojos a García Díez.

—Ésta —dijo García Díez señalando a Rodríguez-Miranda y sin quitar sus ojos de los de la profe.

—Yo lo que he dicho —declaró el ministro de Trabajo— es que hay que ir a Andalucía y decirle a todo el mundo que se hartarán de trabajar. Sigan a UCD.

—Eso, tú ve y promete a los andaluces que van a trabajar y verás cómo nos ponen la Giralda de sombrero —opinó Pío Cabanillas quitándose la castañuela que se le había enredado en los dedos—. Lo que hay que prometer es que todo el mundo va a dejar de trabajar, que UCD terminará con la maldición bíblica de una vez por todas. ¡Guerra al trabajo!

—Eso, que trabaje Alfonso Guerra, que para eso es rojo —dijo Alberto Oliart muy enfadado—. Y, además, es un... es un... es un...

—Payaso —remató doña Soledad.

—¿Payaso, yo? ¿Qué quiere decir exactamente?

—Que si estudias o trabajas, payo.

(1982)

Añicos

Se han agotado las existencias de pegamento que se están empleando para reconstruir la vajilla centrista hecha añicos en la orgía de platos rotos que tuvo lugar tras el resultado «no demasiado favorable» de UC¿qué? en Andalucía.

—Me falta el pitorrito para completar la sopera —exclamó satisfecho Rafael Arias Salgado.

—Eto no ez una zopera ¡ez mi orinalito! —dijo abalanzándose sobre el ministro de Desordenación Territorial el joven Matías Rodríguez Incierto—. Me lo ha doto, mida, me ha doto mi odinalito —y se puso a llorar.

—Entre otras cosas, y ahora que caigo —observó el presidente—, las soperas no tienen pitorrito.

—Es un diseño especial del duque Adolfo —opinó el ficus, sonándole los mocos al desconsolado Matías—. En Cebreros todas las soperas tienen pitorrito.

—¡Pegue los platos y cállese! —gruñó el doble del robot de la campaña andaluza que tenemos como presidente del gobierno.

—Desde luego alguien tiene que pagar los platos rotos —insistió el ficus—. En eso estoy de acuerdo.

—¡Pues yo no pienso dimitir, ea! —dijo enérgico Íñigo Cavero, intentando cruzarse los brazos sin conseguirlo.

—¿Por qué no va usted un rato al jardín a ver si estoy? —le sugirió don Leopoldo y volviéndose al ficus—. Yo no dije que los pague, sino que los pegue...

—Yo, si hay que pegar, me pido a López Jiménez y a Rupérez —le dijo Lamo a Espinosa.

—¡Señor presidente! —gritó desde el jardín Cavero—. ¡Ya le he encontrado, está usted aquí!

(1982)

Letanías de UCD

Qué ilu. Hay cantidad de ucederos que abandonan su destrozado partido. En una de las últimas reuniones, bajo la presidencia del nuevo presidente, el reverendo don Landelino Lavilla —que para virgen no sé, pero para mártir va seguro—, alguien dijo:

—Está bien. Si alguien quiere abandonar el partido, ¡mejor es que se vaya cuanto antes!

Inmediatamente, miles de personas se precipitaron hacia las puertas de salida, muchos con salvavidas, otros a cuerpo.

—¡No empujéis!

—¡Cuidado con la avalancha!

—¡Que no cunda el pánico!

—¡Mujeres y niños, primero! —gritaba descompuesta doña Soledad Becerril, llevando de la mano a Martínez Incierto, que lloraba muchísimo porque Adolfo Suárez, aprovechando la confusión, le había dado con los *madelman* en la cabeza.

Cuando ya pasó el tumulto quedaron solos don Leopoldo y don Landelino, mirándose frente a frente.

—Y eso que habíamos traído veinte mil toneladas de Casera, que si no... ni se sabe —murmuró don Landelino de muy mal café—. ¿Por qué tuvo usted que decir que el que quisiera irse que se fuera? ¡Vaya idea!

—*Ma* ¿qué idea? —contestó don Leopoldo—. A mí no se me ocurrió la idea.

—Debí imaginarme que a usted no se le ocurriría una idea.

—La idea fue mía —dijo saliendo de debajo de la alfombra García Díez y arrancando un bulto de la calva de don Leopoldo— y el bigote también es mío.

—Pues muy bueno lo suyo.

—Evidentemente, es mejor que los inseguros se vayan de una

G&R. 2002

vez y quedemos los auténticamente centristas. UCD es un partido unido, sano y firme.

—¡Firrrrrmesss! —dijo entrando el general Lacalle Leloup, seguido de Oliart.

—¡Ay va, llegó el Lobo! —exclamó don Landelino hincándose de hinojos en el reclinatorio presidencial.

—Dime, mi amor, ¿en serio soy yo tu lobo? —Alberto Oliart miró fijo en los ojos azules de don Landelino, que se puso a orar para no llorar.

—*Mater purisima, Mater castisima, Mater inviolata, Mater intemerata...* —don Landelino pasaba el rosario a toda pastilla.

—Eso, la intemerata y nunca mejor dicho —García Díez, ante la mirada feroz de Landelino, se arrodilló—. *Factorum factica, miserere nobis.*

—*Virgo prudentisima, Virgo veneranda, Virgo predicanda...*

—Yo creo que exageras, Landelino —dijo don Leopoldo para disimular que no se sabía la letanía—. Lo de «virgo» a nuestra edad...

—¡Rosa mística! —siguió don Landelino.

—¡Ah, no! ¡Hasta ahí podíamos llegar! —intervino el general Lacalle El Lobo—. Llamar «mística» al PSOE es demasiado.

—Rosa mística, Turris davídica, Turris ebúrnea.

—Ah, bueno, si es ebúrnea, eso cambia todo —García Díez *dixit*—. Si ya decía yo que era mejor una UCD limpia de polvo y paja.

—*Oremus!* —interrumpió don Landelino, reprobatoriamente.

—Eso, *ahorremus*, que falta nos hace.

—... *tollis pecata mundi.*

—Ya empezamos con lo de Mundiespaña.

(1982)

Moncloa-Little Big Horn

Los políticos de UCD, unos quinientos, quieren irse con Fraga, otros con Garrigues y casi todos con Suárez, el caso es no quedarse con don Leopoldo.

—Con Fraga ¡jamás!, ¡nunca! —dijo el otro día Martín Villa, que está muy ocupado pero nadie sabe muy bien en qué.

—¿Y por qué no? Es la derecha al natural sin aditivos —objetó Lamo, luego existo.

—¡Pedo se come a los niños crudos! —dijo llorando Rodríguez Incierto abrazado a su pato flotador—. ¡Yo quiero ir con Antonio que me lleva en globo!

—Mi dignidad me impide ir en globo —opinó Íñigo Cavero.

—Según mis informaciones, el único que tiene Casera es Adolfo —dijo con voz oblicua Rosón.

—Pues yo no me voy con nadie. Y el que quiera irse que se vaya —así habló don Leopoldo; pero no había terminado, que ya estaba solo en su despacho.

—¡Cobardes! —gritó el ficus—. ¡Abandonáis al general Custer cuando más os necesita!

—Calla y toca la trompeta, soldado —dijo Leopoldo Calvo-Custer arreglando su uniforme destrozado por el fragor de la batalla—. Los viejos soldados nunca mueren, sólo desaparecen.

—Perdone, pero eso no es de este rollo.

—¿Ah, no? Pues entonces diré: *Et tu quoque, Brutus?*

—Peor.

—Entonces, ¿qué era lo que tenía que decir?

—Pues antes de que llegue Toro Sentado González, usted tiene que decir: «Coma sardinas, ñam, ñam, ñam.»

(1982)

UCD, listas y listos

El comité electoral de UCD se reúne todos los días en La Moncloa en sesiones tumultuosas.

—¡Yo soy generoso y renuncio al primer puesto por Madrid —dice el presidente Leopoldo Calvo-Sotelo, con su mejor sonrisa de mutante venusiano. Y añade—: es más, renuncio a presentarme a las elecciones.

—De eso nada —don Landelino clava su mirada de gato triste y azul en el presidente—. Tú te presentas, sales elegido, te vas al tendido alto del Congreso y ves cómo Felipe González ocupa tu puesto en el banco azul.

—¡Ay, qué dolor, qué dolor! —canta el ficus con la voz de la Carrá—. ¡Una mujer en el armario!

—¡Cállese! Y tú —le dice el presidente a Landelino— tendrás que soportar que Peces-Barba ocupe tu trono y te diga cuándo puedes hablar y cuándo no.

—Qué humillación más humillante —opina Íñigo Cavero—. ¿Y no podríamos seducir a los socialistas que son tan amplios para que nos dieran un carguito, algo sencillo, qué sé yo, el Banco de España, el INI... Sólo de pensar en Ordóñez como ministro se me abren las carnes.

—¡Ay, qué dolor, qué dolor, una mujer en el armario! —insistía el ficus muy acalorado.

—Por favor, ¿qué le pasa? —don Landelino fulminó al ficus con la mirada.

—¡Yo no soy una mujer! —protestó Antonio Garrigues, saliendo del armario—. ¡Yo soy liberal y quiero ir el tercero por Madrid!

—Un globo, dos globos, tres globos —contó Lavilla.

(1982)

Encuestas

Estos días, las encuestas están de moda. Las hay para todos los gustos, en amplia gama de colores, diferentes tallas, gran variedad de precios, resultados adaptables a todas las necesidades.

—Pues yo me he comprado una encuesta de rebajas divina —le comentaba el ficus del despacho presidencial a don Leopoldo, que buscaba en los anuncios por palabras de *La Vanguardia* algún trabajillo para primeros de noviembre—. Pero me queda un poco grande, me da más de doscientos diputados para el PSOE.

—Si es que hay que hacérselas a la medida, si no no sientan bien —opinó el presidente apuntando el teléfono, de un anuncio que decía: «Buena remuneración para pasear a diplodocus tres horas diarias.»

—Pues la que se hizo hacer Íñigo Cavero el otro día tenía un defecto en la sisa, porque le daba a UCD tropecientos diputados —contestó el ficus.

—Hay encuestadores que no saben su oficio, eso es todo —el presidente apuntaba otra oferta de trabajo: «Extras para película de terror.»

—Tiene usted razón —siguió el ficus—, porque hoy los encuestadores son como los astrólogos antes, y hay muchos que adaptan las predicciones según quién pide sus servicios, para no perder el empleo. Claro que, en este momento, hasta los encuestadores más fieles a UCD no pueden ignorar el eclipse centrista.

—Encuesta o no encuesta, lo de encontrar trabajo está fatal. Esto tiene que cambiar.

—Si ustedes también van a votar al PSOE, no me extraña lo de los doscientos diputados. Que ya no van a caber en el hemiciclo.

(1982)

A votar (PSOE)

El día de reflexión suele ser un día de discusiones febriles y acaloradas.

—Espero que tengan ustedes muy claro a quién hay que votar en las elecciones de mañana —dijo a sus ayudantes don Leopoldo Calvo-Sotelo.

—Yo zí zé —dijo Rodríguez Incierto haciendo un regüeldo—. Hay que votad al de la doza.

—Saquen a este joven de aquí porque peligra —ordenó Rosón, con autoridad y eficacia.

—El chico lo que quiere decir —interrumpió el ficus, conciliador— es que hay que votar al de la rosa gorda, o sea, a Rosón.

—Yo por un momento pensé que se refería a Rosa Posada —dijo Oliart.

—¡Usted siempre tan romántico! ¡En las nubes!

—¡No hablen de nubes! —dijo enérgico el presidente—. Insisto, debemos reflexionar bien sobre el voto.

—¿El de castidad o el de pobreza? —afirmó Pío Cabanillas, en postura que no se sabía si se acababa de levantar o se iba a sentar—. Yo creo que hay que votar bien sin mirar a quién.

—Sabía que iba a votar al PSOE, lo sabía.

—Usted se calle —regañó el presidente al ficus—, que ya sabemos por dónde respira, se le ve el plumero.

—Yo respiro por los pistilos —el ficus pasaba el plumero afanosamente por la cabeza de los ministros.

—Yo sugiero que, para variar —habló Landelino—, esta vez votéis a UCD. ¡El voto al centro!

—Yo como vivo en las afueras... —dijo el ficus, sujetando al pequeño Matías.

—Landelino, dezponde: ¿En el Pezoe dan Cazera?

(1982)

Transmisión de poderes

La transmisión de poderes entre los gobiernos saliente y entrante no vayan a creer ustedes que es una cosa rápida de aquí te cojo, aquí te pillo. Durante semanas, a partir de las elecciones, representantes del partido ganador, PSOE, se han reunido casi a diario con miembros del Gobierno, que informan a los primeros del estado de los asuntos pendientes de la nación.

Algo terrorífico.

—En relación con el tema militar —dijo Alberto Oliart, ministro de Defensa saliente, en una reunión—, he de decir que hace un par de días hemos conseguido completar, y esto es un orgullo del que estoy francamente orgulloso, la batalla de las Navas de Tolosa.

—¿Pero de qué habla usted? —preguntó Alfonso Guerra, sacándole punta a su hacha portátil a pilas.

—Después de trabajar intensamente día y noche, ¡helo aquí! —y Oliart empezó a desenvolver un enorme paquete que había encima de la mesa.

—¡Mis zodaditos de plomo! —el jovencísimo Matías Incierto empezó a llorar amargamente—. ¡Zon míos! ¡Miz *madelman*!

—¡Criaturita! ¡Le hacen llorar y le quitan sus soldaditos! —muy maternal, Carmen García Bloise intentaba consolar al ministro de la Presidencia—. ¿Quién ha sido el malo, eh?

—Éze —contestó Matías, tirando el chupete a la cabeza del presidente don Leopoldo.

—¿No le da vergüenza? ¡Verdugo de niños!

—Pero si yo sólo miraba —protestó don Leopoldo.

—¿Le parece poco cruel? ¡Sádico!

—¿Pod qué tu badba dazca y la badba de Oliad no dazca? ¿Pod qué? —preguntaba Matías a Alfonso Guerra, que seguía dale que te pego afilando su hacha en medio de un silencio estremecedor.

Colocando el instrumento a un milímetro de la manga de Pérez Llorca, Alfonso, por fin, habluvo:

—Bien. Solusionadas las transferensias en materia militar y del Ministerio de la Presidensia, pasemos a discutir los problemas de política exterior.

—Yo no sé nada, no he hecho nada, no entiendo nada. No me encuentro bien —dijo, descompuesto, Pérez Llorca.

—Pues tiene que encontrarse como sea.

—Eso. Mire en las páginas amarillas, lo que no encuentre allí…

—¡Enséñenos su OTAN, señor Péres Llorca! —dijo, enérgico, Alfonso.

—¡No enseñes nada, José Pedro! ¡Quieto! —Mayor Zaragoza interrumpió, ofendido—. ¿Pero qué piensan ustedes que es esto? ¿Un cabaré? ¿Un *striptease*? ¿Una sauna? ¡Son ustedes unos pornógrafos, unos viciosos y unos guarros!

—Son unos guagos —subrayó Enguique Múgica—. Le quieguen veg la OTAN al pobge hombge. ¡Qué hogog!

Al otro lado de la larga mesa se ventilaban los asuntos culturales.

—Yo a usted la he visto antes —susurraba Salvador Clotas, que es como Alain Delon pero de Vilanova y la Geltrú—. ¿En el Museo del Prado? ¿O fue en el Museo de Arte Moderno?

—En la cola de la pescadería de Santa Engracia esquina a Luchana —contestaba Soledad Becerril muy seria.

—Puede. ¿Estudias o trabajas, tesoro? —parpadeaba Clotas.

—Apártese que apesta a Oil of Ulay.

—Envidiosa, maciza.

(1982)

Fragaribarne, jefe de la leal oposición

G&R.2002

Al enemigo, ni agua
Pilar Cernuda

A Carmen no le gustaba Fraga. Se notaba a la legua, no le gustaba nada y lo demostraba sin disimulos, abiertamente, con esa acidez que Carmen se gastaba con aquella gente por la que sentía un entusiasmo perfectamente descriptible, cero patatero, en el que no dejaba cabeza al títere y además trataba al títere con toda la ironía de la que era capaz, que era mucha.

El Fraga de los artículos de Carmen, el Fraga líder de la oposición de Adolfo Suárez y de los primeros años de Felipe González, es estomagante, déspota, vanidoso, despectivo, mal encarado, impaciente y perturbador; a algunos periodistas nos producía miedo, pero a Carmen le provocaba mucha risa. Lo que ocurre es que a los que sentíamos miedo siempre nos cabía la oportunidad de leer a la Rico-Godoy en *Cambio 16* o *Diario 16* y aquel señor terrible aparecía en su mejor salsa: torpón, metepatas y balbuceante de vocabulario, porque sus pensamientos iban más deprisa, mucho más deprisa, que su expresión verbal, y se trastabillaba en un lenguaje que, escrito por Carmen, era tan hiriente como el propio Fraga con sus adversarios.

Si a eso se añadía que aparecía en los artículos como «La Cosa», «el elefante marino», «Fragaribarne» o «el ex embajador en la corte de Sanyems», pues para qué queríamos más. Tras el temblor por la filípica recibida, nos sentíamos mejor en nuestra propia piel porque Carmen nos vengaba a todos. En sus últimos años, él en Galicia, ella en Madrid, él allá, ella aquí, como el chiste del cazador y el oso, no tuvo oportunidad Carmen de advertir el cambio de talante de aquel a quien consideraba un ogro. Una pena, porque en cierto sentido nos ha escamoteado los artículos de un Fraga gallego hasta dejar chiquitos a los chistes de gallegos, un Fraga al que se le humedecen los ojos por cualquier nimiedad, que reserva todo su entusiasmo —que es infinito— para contar historias de sus nietos y que, a pesar de sus lloros y ternezas, hace lo que le da la gana en política, vuelve locos a sus colaboradores, cita a sus visitantes a las siete y media de la mañana y brama cuando alguien llega dos minutos tarde. Un perfil perfecto para que Carmen le dedicara unas parrafadas de esas que nos obligaban a leer sus artículos y libros sabiendo que describía con dos palabras como nadie y que era capaz de decir en una frase lo mismo que los demás en una página. Y lo de ella salía mejor, mucho mejor.

Carmen sin embargo, en su obcecación por mandar a los infiernos a quienes no le gustaban, falló en sus pronósticos sobre el devenir de la carrera política de Fragaribarne. En uno de sus escritos se lee: «Los gallegos, tan astutos, votan AP tranquilos porque saben que su voto no implicará tener allí a Fraga en carne y hueso gobernando sus destinos.» Y es que Carmen, al enemigo, ni agua. Como debe ser. Ella, que nunca tuvo dobleces, proclamó a los cuatro vientos que le gustaba Felipe y le repateaba Fraga. Otros y otras, más cobardes, han sido y son más proclives a colocarse junto al sol que más calienta. La Rico no, iba por libre, siempre por libre, poniendo buen cuidado en no renunciar nunca jamás a sus filias y sus fobias.

Bendita sea por su autenticidad.

Un, dos, tres, suicídese usted

—¿Qué les pasa a los sñores diptados de la ponencia constitucinal?, ¿tinen gripe o estn jugando al mus?

—Están viendo el *Un, dos tres, vomite otra vez* en la tele, señor Fraga.

—¡Pus dígales que vngan ipsofactamente, que vamos con mucho retraso. Que si no pongo en el primer artículo que Espña es una monrquía republicana, con dos c…

—Dicen que para c… los suyos, de ellos.

—¡Hombre, Manolo! Siéntate, macho, que esto está que arde. Les acaban de preguntar nombres de hombre o mujer que empiecen con *o*.

—Ortensia, Oracio, Omero, está tirao.

—Yo lo que no sé es si Óscar va con *h* o no.

—De todas maneras no se entiende por qué estos dos meningíticos no dicen nada. Parece mentira que sean estudiantes de Medicina y Derecho.

—Tienen pinta de ser de UCD o de AP.

—Cuando al pecero le da la vena cómica, apaga y vámonos.

—El que seguro es de UCD es el Kiki ése y las azafatas, perdonadme, pero parecen las *majorettes* de Tierno Galván.

—Callaos, que acaban de preguntarles al ingeniero nuclear y a la bióloga alimentos de origen animal que empiecen con *h*.

—Güevos no vale, prque, claro, es con *g*.

—Camarero, déle a Fraga un optalidón que anda bajo de forma.

—Gabriel, muévete un poco, que me tapas la pantalla con la nariz.

—Desde luego, para lo que hay que ver, madre mía.

—El otro día vino un amigo mío inglés y estaba yo en casa viendo este programa surrealista, y el hombre, muy fino, me dijo: «Siga, siga mirando, que a mí los programas de juegos me gustan.» Así que estuvimos viéndolo un rato y yo notaba que el *gentleman* se iba poniendo lívido; estaba mudo, impresionado el hombre, y cuando terminó me dijo:

—Te diría, seguro, que no sabía que en España hubiera tantos marcianos y extraterrestres.

—No, peor. Me dijo textualmente:

—Ya sé. Te dijo que tampoco sabía que la televisión española hiciera programas con los enfermos de los hospitales psiquiátricos y que qué lindas estaban las monas del zoo con esas gafas.

—Que no, dejadme hablar.

—Te dijo el hombre, como si lo estuviera oyendo, que así no entrábamos en el Mercado Común.

—Que no dijo nada de eso. Dijo: *This is shit.*

—¿*This is shit*, dijo? ¿Y eso qué es?

—Mierda.

—¡Ah! ¿O sea que dijo «esto es una mierda»?

—Eso es. Después vimos el padrenuestro. Y luego me preguntó: «¿*Please*, qué año es»? Yo le contesté: «Querrá usted decir "¿Qué hora es?", conociendo la resistencia de los extranjeros a aprender el español, qué os voy a contar. Y dice el hombre, que no, que la hora la sabía, pero, en cambio, lo del año lo tenía confuso: no sabía si estábamos en 1977 o en 1967, cuando todavía vivían los que ya se murieron.

—Y tú qué dijiste.

—Qué voy a decir. Dije *shit*.

(1977)

Más ponencias

—A ver si terminamos de una vez lo de las enmiendas y vemos un poco la tele.

—Si no te levantaras tantas veces a llamar por teléfono para consultar con el Cerebros líder, ya tendríamos la Constitución terminada.

—Claro, como vosotros los de UCD sois tres, podéis turnaros; nosotros somos uno cada uno de cada.

—Heces-Barba tiene razón. Los de UCD no hacéis más que levantaros por turno, que si a hacer pipí, que si a por tabaco, que si os habéis dejado documentos en la habitación... No paráis.

—¡Ruego a los sñores diptados que se dejen de cñas y d'una vez portodas se pngan a trabajar! Luego, vremos la tele.

—A mí no me das órdenes, Emanuel Fraga, y para ya con los puñetazos en la mesa, que le has tirado a Solé Tora-Tora el café encima de la hoz y el martillo.

—Callaos y llamad que nos traigan un televisor y unas copas.

—Como se entere el personal que nos venimos aquí a ver la televisión, se arma una buena.

—¿Y quién se va a enterar? Aunque ya se sabe que no sois capaces de guardar un secreto, y no miro a nadie. No sería la primera vez que alguno rompe el pacto de silencio.

—Como el cardenal Cisneros diga otra insolencia sarcástica, le rompo la nariz.

—No va a ser fácil, con lo grande que la tiene.

—¿Llamaron los señores?

—¿Qué le pasa a la moza serrana que viene siempre?

—Ha terminado su servicio, señor.

—Lástima, era del PSOE.

—Tú, desde luego, cuando una chica no te insulta, ya crees que es del PSOE.

—Dejaos ya de líos y de rollo. A ver, ¿qué hay en la tele?

—¡Dios santo, qué programas!

—Centristas, os habéis cargado la tele. Machos, siento deciros que con Franco era mucho mejor.

—*Of course*, no salían ni Felipe, ni Santiago, ni Adolfo ni vosotros y no había más cortes que los de manga.

—Salías tú con sombrero bombín, bajando del avión que te traía de Londres, prometiendo la democracia y la apertura.

—¡Quién te ha visto y quién te ve!, Emanuel.

—No le excites, Roca, que te tira una ídem.

—De todas maneras, hay que reconocer que ya nadie ve la tele. Mira que salgo veces en los telediarios y siguen sin reconocerme por la calle.

—Por eso no ve la tele el personal, porque no hacen más que sacar a diputados y senadores que son un rollo macabeo. Deberían poner *Curro Jiménez* a diario, tarde y noche.

—Es lo que te estoy diciendo. Curro Jiménez Suárez con sus hombres; el estudiante Martín de la Villa y el Algarrobo todo el Santo día.

—Dale aire a Gabi, que se ha desmayado.

(1978)

Bobadas por votos

Lo peor de la campaña electoral que se nos viene encima es que vamos a tener que contemplar de nuevo a los políticos preeminentes haciendo las típicas bobadas para congraciarse los favores del electorado. Van, mucho nos tememos, a desayunar con los camioneros, a conducir un taxi, a hacer la compra en un supermercado, a subir a los andamios, a bajar a las minas y a repartir besos entre las obreras de una fábrica de textiles de Badalona.

Fraga Iribarne ya debutó el otro día visitando el Mercado Central de Madrid. Se puso las botas —en el sentido literal— y departió con los asentadores.

—Estas srdinas pracen exlentes, ¿cuántos hijs tien? —le preguntó a una robusta pescadera.

—¡Mi vida, cómo voy yo a saber cuántos hijos tiene la sardina! Y deje de toquetearla, que se me acostumbra.

—¡Quiero dcir ustd! ¿Cuántos hijs tien ustd?

—Dos de un besugo y tres de un merluzo, mi vida.

—La fmlia es lo únco importnte —dijo Fraga cogiendo en brazos a un crío pequeño—. ¿Estes el mnor? Un buen espñol de mñana.

—De mañana, tarde y noche, mi vida. No llores, criaturita, corazón, que este señor te va a dar un caramelo —el niño lloraba con desolación.

—¿Un cramelo? ¡Guarro, mre lo qu' ha hecho!

—¡Ugenia! —avisó la pescadera a la del puesto vecino—. ¡Tu hijo se ha meado encima del líder!

—¿Y ahra qu'hago yo? —Fraga estaba indignado.

—Yo creía que los líderes no hacían esas cosas en público, mi vida —dijo la pescadera muy sorprendida.

(1982)

Fraga, compréndanos

Ha dicho Manuel Fraga que no basta con condenar el golpismo, sino que hay que comprenderlo.

Qué entenderá el señor Fraga, tan inteligente que no le cabe toda la cabeza en los carteles electorales y le han tenido que cortar un cacho, por comprender.

Dice Fraga que comprende que las Fuerzas Armadas estén dolientes por los atentados terroristas contra altos oficiales —los chóferes y ayudantes que cayeron les importan un comino—. En vista de lo cual los coroneles golpistas tenían la intención de volar por los aires los Ministerios del Ejército, Marina y Aire, así como la junta de Estado Mayor con todos los jefes dentro.

Dice Fraga también que comprende que a las Fuerzas Armadas les duela la desintegración progresiva de la familia y de la unidad de la Patria. En vista de lo cual, los golpistas iban a tomar las sedes del Gobierno y de la monarquía. Lo menos que hubieran hecho con la Familia Real y el presidente del Gobierno es hacerlos prisioneros, una manera muy original de defender la patria. Sólo Fraga parece comprenderlos.

Los golpistas planeaban «neutralizar a una larga lista de personas, partidos políticos y medios de comunicación». Como Fraga pide que comprendamos, hemos ido al diccionario y dice que «neutralizar» es hacer neutra una sustancia química. A ver si comprende Fraga que no estamos por la labor de comprender la intención golpista de convertirnos en residuos radiactivos. Que el señor Fraga nos comprenda a nosotros, que nosotros ya comprendemos a los golpistas.

(1982)

Fragado y aclarado

Después del 28-O, la oposición en España es como la madre, o sea que oposición sólo hay una. Pero la diferencia entre la madre de cualquiera y el líder de la oposición parlamentaria española es que, mientras la primera suele ser una señora que se desvive por que uno no salga a la calle sin bufanda ni vuelva a casa demasiado tarde y nos ha dado de mamar, el segundo, o sea Manuel Fragaribarne, es una especie de mamífero, entre proboscídeo y pinípedo.

Cualquiera que haya charlado un rato con un elefante marino (pinípedo) ve enseguida la semejanza con el líder de los ciento y pico —con perdón— diputados de la coalición Apé-Pe-De-Pé. Cuando a un elefante marino se le pregunta, por la cosa de empezar la conversación fluida, algo así como: «¿Mola un pitillito?», el pinípedo suele contestar displicentemente: «¡Tuabuuuel!», con lo cual uno se tira al agua aunque no sepa nadar ni lleve flotador.

Y cuando algún espécimen de periodista canallesco le pregunta a don Manuel si tiene tan mal carácter como parece, la Cosa se infla y responde:

—¡Essusted tan malducada comaparenta, señita, ladvierto amablemente que ¡YO! fuiembajdor en la corte de Sanyems y ¡YO!! Tengo fam de excente diplmátco, sñita! —y subraya la frase con un carraspeo gutural cuyo sonido coincide con la grabación que hizo el comandante Custó de los becerros marinos después de la fabada que les suministra el equipo del *Calypso*.

Esta semana don Manuel ha sido investido como líder de la leal oposición por iniciativa del presidente del Congreso, Peces-Barba. O sea, que desde ahora como jefe del rebaño opositor parlamentario, tiene a su disposición coche blindado para que no rompa las puertas, despacho con los menos muebles posibles para

CALZADOS
GORILA
54
G&R.2002

que no los deteriore con sus patadas y escolta especial para que, cuando le entre el repente, no se despeñe por las zanjas que tan cuidadosamente el Ayuntamiento va abriendo por las calles de la ciudad. Ya dijo él una vez que las calles eran suyas.

Don Fragaribarne es, además, un líder de la oposición nato, porque ha hecho muchísimas oposiciones y siempre ha entrado el primero. Por ejemplo, hizo oposiciones a ministro de Franco y las ganó; fue ministro de Información y Paradores, y ganó el primer puesto entre todos los ministros de Información y cerró un periódico llamado *Madrid*. Porque don Manuel tiene una cabeza que es demasiado para los pósters, y además una memoria enorme, en eso es como los elefantes.

El memorión del líder de la oposición es proverbial. Si se le pregunta, por ejemplo, con qué jabón se lavó las manos siendo ministro de Gobernación, el día 3 de marzo de 1976, cuando una carga policial, bajo órdenes expresas, se cargó a cinco personas, el ex ministro de Franco y de Arias Navarro responde todo seguido:

—Recuerd qu'estaba en Bonn y que la sñora de los lavabos de la cncillería germana m'ofreció, en atnción alustre visitante quera yo mismo, una pstilla de Heno de Pravia. Recuerdo perfectante que dije: «¡Victoria! ¡Al fin, elaroma de m' hogar!» Y la germánca respndió: «Son cinco muertos», y yo le di genrosamte un billete de dizmarcos y le repetí aquella fras de Napoleón en Bordino: «Quédese con la vuelta, que no Vitoria el que quiere, sino el que puede.»

Un memorión.

(1983)

Almirón, Fraga campeón

Como en los buenos tiempos en que ambos eran oposición, el secretario general de Alianza Popular, Manuel Fraga, y el secretario general del PSOE, Felipe González, se reunieron a almorzar. Sólo que ahora este último es presidente del Gobierno y el primero sigue en la oposición. La idea fue de don Gregorio Peces-Barba, presidente del Congreso, que empezó por comunicársela telefónicamente al presidente González.

—Felipe, se me ha ocurrido una idea magnífica.

—Gregorio, por favor, ¡no! Tranquilo, quieto y callado. Olvídala.

—En serio, Felipe. He organizado una comida entre Fraga y tú aquí, en el Congreso, que es terreno neutral.

—Hay que ver, Gregorio, lo que tienes que inventar para salirte del réhimen y de las comidas que te prepara tu señora madre.

Fragaribarne fue un poco más duro de pelar.

—Manolo, se me ha ocurrido una idea absolutamente genial.

—¡Por fin, miquerido amgo, vausted a dimitir de un cargo que, como los pantlones, le viene grande!

—Manolo, he pensado —modestamente creo que con bastante acierto— en organizar un almuerzo aquí en el Congreso entre Felipe González y usted.

—¡Expoliando a losonrados contribuyentes, de un dinero ganado con el sudor de las frntes de sus obreros, el Goberno solista no reparala hora de gastaren bnquetes, comilonas y otros abusos! Acepto.

Los jefes del Gobierno y de la leal oposición llegaron al Congreso en el día y a la hora acordados. Don Manuel Fraga se agarró un globo impresionante, porque cuando fue a lavarse las manos al servicio, por la ventana oyó a una señora de la limpieza que cantaba a grito pelado:

—«Por la cashe d'Arcalá, con la farda almironá y los fragas aposhaos en la...»

—¡El tema de Almirón es un tema que no tengintención descutir! —bramó don Manuel—. Si ustedes vna hablar de Almirón, ¡me voy!

—No, no, don Manuel, de ninguna manera —se apresuró a asegurar Heces-Barba—. Hemos venido para comer, principalmente.

—Enese caso, y si hay Casera, me qudo —dijo don Manuel bebiendo las aceitunas y masticando el vermut.

—Vamos a ver si podemos ponernos de acuerdo, don Manuel —empezó diciendo Felipe González—, sobre los temas pendientes.

—En la Espña que nosotros deseamos, sñor presdente, no llevan pendientes más que las mujres y los homsexuales.

—Señor Fraga, me refiero a, por ehemplo, los miembros del Tribunal Constitusional.

—¡Me niego a hblar sobre temas sxuales. Cadacual con su miembro y al que Dios se lo dé, el Cristo de Limpias bendig!

—Señor Fraga, están ustedes bloqueando la acción legislativa —intervino Peces-Barba.

—Ustés como Gobierno son quiens debrían bloquear, arrasar, invadir Gibtar; en una palabra, dar una verdera lección a los ingleses.

—Habíamos quedado en que no íbamos a hablar de temas sexuales.

—Insisto, sñor Zález, en dar una verdera lección a Gran Brtaña e invadir Gibtar sin más complaciones.

—Felisita al cosinero de mi parte —comentó el presidente del Gobierno a Peces-Barba—; estas complasiones están estupendas.

—Las encuentro un poc' tiesas —objetó Fraga

—Se le ha ido la mano en el almirón —opinó Peces-Barba.

(1983)

La compra de Fraga

A menudo los políticos dicen o hacen cosas cuyas consecuencias son incalculables.

Por ejemplo, el señor Fraga reveló el otro día en el Parlamento cómo, cuándo y dónde el buen hombre hace la compra: se pone los rulos, un pañuelo en la cabeza, coge una cestita y se va al supermercado una vez cada seis meses.

Don Manuel entra en el súper por la salida.

—Tiene usted que entrar por este lado —le dice la cajera viéndole saltar por encima del molinete de salida.

—¡Hay qu' ver cómo trataste Gobiernotalitario a las amas de casa! —murmuró don Manuel quitándole el carrito a una embarazada y llevándose por delante una pila de jugo de tomate en oferta.

—¿Desea la señora probar nuestro queso Pierdakil que tenemos en oferta esta semana? —le dijo una señorita minifaldera al verle pasar a 50 por hora.

—¡Unatraco, el saquito darroz a 611 pesetas! —exclamó el líder frenando en seco, con lo cual el empleado que iba detrás de él poniendo etiquetas de precios salió despedido, yendo a caer entre la merluza congelada.

—Está usted mirando el precio al revés, son 119 —le aclaró una viejecita.

—¡Un escndalo, linfalción esevidente, desbcada!

—Y de todas maneras, no es arroz, es alpiste. ¿Qué tiene usted, un canario o un periquito?

—¡Yo tengo lo qu'hay qu' tener yl tengo así de grande sñora! —Fraga se dirigió a la caja, mientras la viejecita gritaba: «¡Socorro, un degenerado sexual!»

—¡Oiga, la del pañuelo! —la cajera intentó interceptarle la salida—. ¡Que la conozco y no me hará lo de la última vez, que se largó sin pagar!

(1983)

Alianza Pitufopular

Parece que a algunos congresistas de Alianza Popular, que se fueron en la noche barcelonesa a desfogarse a un prostíbulo, se los expulsó de la santa casa al grito de «¡Fuera, pitufos!» de la *madame*, ya que —y siempre, al parecer, según cuentan las crónicas— era tan alto el nivel etílico de los pitufovisitantes que no dejaban trabajar a las chicas y molestaban a los clientes decentes.

En este congreso de Alianza Popular que acaba de celebrarse en Barcelona, don Manuel Pitufraga acaba de ser proclamado pitujefe-jefe de la derecha española. Si alguien albergaba alguna duda respecto a si Pitufalzaga o Herrero de Pitufomiñón hubieran podido separar en Alianza Popular la derecha civilizada de la derecha escorada hacia el Valle de los Caídos, ya está todo claro hasta 1986.

Para lo que a Pitufraga le sirven Pitufomiñón y Pitufalzaga es única y exclusivamente para dar la impresión de que la coalición de la derecha parlamentaria no es realmente tan caótica, apocalíptica y franquista como el pitujefe Manuel quiere dar la impresión. O sea, que están para hacer pitufomonadas y pitufarabescos, y darle a la cosa un aire progresista y reformista.

Luego está el grupo liberal dirigido por Pitufoschwartz, que no sirve absolutamente para nada y que es como el pitufotontín, que se da constantemente contra los árboles y grita mucho porque la culpa es de los árboles y él se lo cree. Por ejemplo, en su último discurso Pitufoschwartz dijo, primero, que el Gobierno socialista es «autoritario y paternalista», y luego, cuando le preguntaron si no era peligroso la llegada a su partido, la Unión Liberal, de tanto náufrago de UCD, aseguró que no, porque «aquí quien manda sigo siendo yo». Como una pitufocabra, Schwartz.

Pitujefe Manuel pitufhabló largo, tendido y claro, como siempre. Fue muy aplaudido y vitoreado. La gente que estaba allí no se pitufenteró de lo que dijo, porque es imposible comprenderle, pero, conociéndole, se lo imaginaban todo. Al día siguiente leyeron en los pitufoperiódicos las cosas que el nuevo líder carismático de la derecha moderada, generosa, amante de la libertad, del progreso y autonomista pitufodijo:

—¡El pueblospañol ha sidostafado la manra más lamntable!

—Odio ser sordo —pitufodijo el Pitufogruñón, sacudiéndose primero un oído y luego otro—. Odio no entender nada.

—Tú no eres sordo, querido Osorio —contestó, dándole ánimos, María Victoria Fernández España—, es que está afónico.

—¡Nad'ha mejorado! —siguió el pitujefe Manuel—. ¡Casi tod'ha empeorao y s'han abierto uevos frntes de deterioro!

—¡Qué fuerrrrte, qué fuerrrrte! —gritaban las bases.

—«¡Un pueblo esss, un pueblo esss, un pueblo esss…!» —empezaba a cantar transida Pitufomaría Ostiz, pero tal era el estusiasmo que no se la oía nada, así que ella gritaba más. ¡Canta cigarra!

—Una limosnita por el amor de Dios para este partido; el Señor se lo devolverá con creces, y al que Dios se la da, san Fraga se los bendiga, clin, clin —pedía Pitufestrynge mientras pasaba el cepillo.

Pero el pitufolíder Manuel ya estaba diciendo sus pitufúltimas palabras ante el delirio general:

—¡Querdos amigos, quermos una Espña de chicha que sepa chachi!

(1984)

N'OTAN todos los que son

Son fascinantes las discusiones entre el Gobierno de González y la oposición de Fraga sobre el tema de la OTAN. Es lo más parecido a un diálogo de besugos sordos.

—¿Quiere ustd, sñor prsidente, explicarnos d'una vez por todas a los espñoles su propóstos y los desu Gbierno con respecto a un tema tan vital y fundental como es el de l'OTAN? —preguntó Manuel Fraga en el Congreso el otro día.

—Si se lo explico, señor Fraga, ¿me promete usted callarse para el resto de la lehislatura?

—Sñor prsidente, h' de recordarle qu'aquí el gallgo soy yo, con todos los respetos que merece su condción de meridonal.

—Le ruego, señor diputado, que modere su lenguaje —interrumpió el presidente de la Cámara, Peces-Barba, aporreando el martillo—. Limítese a formular su pregunta.

—No'ra m'intención, sñor prsidente, dfender a mis compatrotas y menos a los del prsidente Gnzlez.

—Señor diputado, aténgase a la pregunta, y ¡no pienso volver a repetirlo! La próxima vez se queda usted una hora después de la salida —Peces-Barba seguía aporreando el martillo.

—¡Guuaaa!, Gregorio, cómo eres. Me has amartillado el meñique —gimió el vicepresidente de la Cámara sacando de debajo del martillo su dedo totalmente apaisado.

—Ya decía yo que esto no sonaba bien —contestó Peces-Barba—. Señor presidente del Gobierno, puede usted contestar a la pregunta del diputado Fraga.

—El señor Fraga ignora que el Gobierno no está nada confuso sobre el tema de la OTAN; repito, nada confuso, y que nadie se llame a engaño. En consecuensia, nuestro alto sentido de la responsabilidad no aconseha actuar con presipitasión, señor Fraga, ¡y no nos presipitaremos! Permítame desirle que su insistensia en querer meternos en la OTAN no es trigo limpio.

—Dcía un pscador de mi tierra, que p'atrapar pces había que mojrse el culo.

—¡Le ruego, señor Fraga, que modere su lenguaje y obvie las alusiones personales, aunque se trate de mí mismo y esté mal decirlo! —gritó Peces-Barba agitando el martillo para cortar las risitas y los cuchicheos en los bancos—. ¿Quién se ha reído? ¡Señor Herrero! Estoy harto de sus sarcasmos. Continúe, señor presidente del Gobierno. ¿Y ahora qué le pasa, señor Carrillo?

—Considero, señor presidente de la Cámara, de muy mal gusto que su señoría se dedique al lanzamiento del martillo. Ha estado a punto de dejarme postulante al Coro de Niños de Viena. ¡Esto no es un parvulario ni una subasta de Sotheby's en la que se remata el cuarto de baño de María Antonieta!

—Pudo la palibra, señor presidente, por ausiones —dijo, levantando el dedo, Roca Chunchén.

—Aunque el baño de María Antonieta fuera Roca, usted no ha sido aludido, sino citado. Se siente —pero como Roca seguía con el dedo alzado, Peces-Barba dio un martillazo y dijo—: El baño de María Antonieta adjudicado al señor Roca.

—Señor presidente de la Cámara, ¿puedo seguir hablando aunque sea yo el presidente del Gobierno? —dijo Felipe—. Pues como desía, mire usted, señor Fraga, me pregunta, ¿qué piensa el Gobierno de la OTAN?, le voy a contestar. El Gobierno no piensa nada sobre la OTAN. Este Gobierno mantiene una actitud profundamente ética y no prehusga. Cuando se nos ocurra algo, lo diremos con toda sinseridad...

(1984)

Pacto sin dolor

Aparentemente no tiene mucho sentido, pero la realidad es que el presidente del Gobierno, Felipe González, y el jefe de la leal oposición. Manuel Fraga, se reunieron la otra tarde para hablar de televisión.

González se llevó la labor de punto que estaba haciendo, unos *shorts* modelo pescador en perlé que había visto en *Dunia*, y Fraga un kilo y cuarto de chapas para ir masticando mientras hablaba, receta que le dio una *meiga* de su pueblo para conseguir una buena dicción.

El que ponía la casa, Gregorio Peces-Barba, presidente del Congreso de los Diputados, seguía con su labor de bolillos que había empezado cuando accedió al cargo, y que le tiene entretenido cuando se cansa de prohibir cosas a sus señorías.

—¡Stausted much'mas gordo, sñor prsidente; como decía una de misochoabuelas, «dame solomillo y llámame giliollas» —le dijo Fraga a Felipe dándole un pescozón en la barriguita.

—Le ruego se comporte decentemente, señor Fraga, y no falte al respeto —dijo Gregorio haciendo un bucle con los bolillos y clavando el alfiler.

—Déhale que se desahogue. Los shinos disen una cosa muy sabia, disen...

—Como m'eschusted de nuevo el galtoblanco gatonegro me comol sillón con patas incluidas.

—Simplemente iba a desir que disen los shinos, que el que se pica soha come.

—¿Haido usted hastal China paraprender eso del que se picajos come, pero con las letras cambiadas? —dijo Fraga abriendo mucho los ojos.

—Explícaselo tú, Gregorio, que se me ha escapado un punto.

—En versión original —aclaró con el bolillo en la mano— es

«el que se pica ajos come», pero doblado al chino sale «soja come». Es muy sencillo, señor Fraga, estoy seguro de que si hace un esfuerzo lo comprenderá.

—Yoe vnido aquí, sñor prsidente, apedir d'una manera defnitiva, firme y tajante la cabeza de Calviño —dijo Fraga.

—Gregorio, ¿dónde has puesto la cabesa de Calviño? —preguntó Felipe.

—Juraría que la había dejado por aquí —contestó Peces-Barba buscando afanosamente en el bolso de la labor—. ¡Aquí está!

—¡Sñor Peces, estes el trasero de Senillosa! Que, por cierto, apareció la pantallal domingo pasdo, en esestilo de televsión procaz, soez, burloz, guarreroz y escandalez, ques Televsión Spañola.

—El que quiere peses que se mohe el coso, ya sabe —dijo González—, y además, mire usted, yo, señor Fraga, no llego nunca a ver ninguna de las pelis pornos ésas que tanto le molestan. Me duermo.

—¡Quesfachatez! ¡Mujeres, niños de cortaedad, monjas, hombreshonrados levantadosta las tantas la madrgada para ver las pornocidades de su televsión socialista y usted, sñor prsidente, durmiendo!

—Pero solo, ¿eh?, que conste —señaló Felipe.

—Felipe, por Dios, que ésta es una casa decente —dijo Gregorio azorado.

—Mire, señor Fraga, lo de la televisión es muy sensillo. Se lo voy a explicar y lo va a entender enseguida. ¿Cuántas televisiones hay? ¿Una? Pues la mitad para usted y la mitad para mí, como buenos hermanos. ¿Que salió el trasero de Senillosa? Sacamos el de Osorio. ¿Qué problema hay?

—¡M'opongo terminantmente!

—¿Cómo quiere el pongo, con leshe o solo? —preguntó Felipe—. Yo, personalmente, prefiero el referéndum con dos terrones y en tasa mediana.

—¿Usted debe tomr mcho cola-cao, vrdad? —dijo Fraga escupiendo los huesos de las chapas.

—Esto, Gregorio, es lo que se llama un pacto sin dolor —sentenció Felipe.

(1985)

APriori

En las reuniones de la ejecutiva de Alianza Popular, en la sede de la calle Génova, de Madrid, todo quedó claro desde el principio.

—Noos precupéis de nada, ¡Galicia es mía! —matizó Manuel Fraga abriendo y cerrando la reunión—. Creo qu'está claro. Tan claro qu'es trasprente. ¡Galicia es mía!

—Será Galicia es nuestra —puntualizó Herrero de Miñón, vicepresidente tercero.

—Pos eso —aclaró Fraga—: lo que es vuestro es mío y lo ques mío es mío.

—Una cosa es defender a muerte la propiedad privada y otra muy distinta que la propiedad privada sea privativa de una sola persona —empezó a decir González Albor, vicepresidente primero y presidente de la Xunta Galega—. Quiero decir con ello que, como presidente autonómico de Galicia, es un poco mía también: es mi tierra, es mi casa, es mi salón, mi despacho, mi cocina, mi baño xerigrafiado hasta el techo, es la tierra de mis antepasados, de mis descendientes, de mis acreedores...

—Vale, tío, que estás inundando la mesa de lágrimas —dijo el secretario general Verstrynge pasando el spóntex— ...chinos sois, que se os da la palabra y os tomáis el lagrimal, que una no da realmente abasto.

—No lloréis como mujeres lo que no pudisteis defender como hombres —concluyó una voz no identificable.

—¿Quién ha dicho eso? ¿Quién ha lanzado esa insensatez?

—¿Cuála? —preguntó Herrero de Miñón.

—¿Osas? —Fraga ya estaba como fuera de sí.

—Oso, oso.

—¡Inconcebible!

—Osorio tiene algo que decir, eso es lo que quiero decir.

—Esto está degenerando cantidad —interrumpió Robles Piquer—. Habíamos venido a hablar de la campaña gallega. Mi cuñado tiene razón: Galicia es nuestra, *nossa* Galicia.

—Cuñado, no me toques los cacharros.

—Aparte de eso —dijo Alfonso Osorio—, yo tengo que decir que tengo la impresión de que en Galicia estamos inaugurando poco. Hay que inaugurar más.

—¿Más? Me niego en redondo —dijo llorando Fernández Albor—. Llevamos un ritmo de ocho inauguraciones diarias. El otro día inauguré un puente en un pueblo que no tiene río.

—Naturlmente, el río lo inuguraremos en las elcciones del año 90 —dijo Fraga metiéndose dentro de sí otra vez—. No se pod'hacer tod' al mismo tempo.

—Pero el lunes inauguré una pareja de bueyes sin carro.

—Eso es que alguien robó el carro la noche anterior mientras dormíais.

—Mala sincronización, falta de reflejos. Me llamáis a mí, yo voy, me coloco detrás de los bueyes y por lo menos para la foto salimos del paso —dijo Antonio Carro.

—Y el día que tengamos que inaugurar un zoológico, mandamos a De la Cierva.

—Yo digo que por qué no podemos inaugurar cosas interesantes, como un restaurante de cinco estrellas, un salón de masaje-sauna, un bar *top-less* —dijo Fernández Albor sonándose—; siempre inauguramos cosas a la intemperie y aburridas, con lo que me enfrío los pies y me baja la tensión.

—Es precisoloqu'es preciso y no se necesitamás de lo necesario —dijo Fraga levantándose para dar por terminada la reunión.

—Eso es sencillamente genial y emocionante —dijo Fernández Albor llorando más—. Quiero utilizarla en la inauguración de mañana en Lugo de la fábrica de chupetes. En gallego esa frase es, puede ser, definitiva.

—Que está otra vez aquí el electricista —dijo Verstrynge—, que dice que el que se salten los plomos cada vez que habla don Manuel no tiene mucho arreglo, así que eso es lo que hay.

(1985)

Desconcierto a estribor

La situación es como surrealista. La izquierda en el poder hace exactamente todo lo que haría la derecha, con lo que la derecha en la oposición no vende una escoba.

—Y ahora, encima, van a reconocer a Israel; tócate lo que puedas —dijo Óscar Alzaga, líder del Pedepé, en una reunión de la Coalición Popular.

—Deberíamos oponernos, aunque no sea más que por principio —observó Segurado, líder de Uele.

—¿Pero cómo nos vamos a oponer a algo que llevamos predicando ni se sabe el tiempo?

—Un poco nublado, con aguaceros en el norte; pero, en general, hace buen tiempo —dijo Jorge Verstrynge leyendo el periódico.

—¡Es vidente que tendrmos qu'asternenos igualente en lo del refréndum y en lo d'Israel! —dijo Manuel Fraga.

—En el referéndum nos abstenemos porque nos preguntan, pero en lo de Israel, tío, como no nos preguntan nada, nos tenemos que jorobar —opinó Jorge Verstrynge.

—¡No me llames «tío», porque te cuelgo del mástil de la bandera! —dijo Fraga, poniendo los ojos en blanco.

—Cállate, Jorge, de verdad, en serio —dijo Herrero de Miñón—, que le da. Lo que pasa es que tenemos la obligación moral de explicar al pueblo qué significa que el Partido Socialista en el poder reconozca a Israel.

—Sí, sí... ¿y qué significa? —preguntó Segurado.

—Hombre, José Antonio...

—Pues está muy claro lo que significa...

—Siñifica qu'es una vergüenza, un bochornnacional yuna tomadura de pelo, no importa lo qu'hagamos nostros —dijo el líder Fraga.

—Ah, ya, ya veo —comentó Segurado— la qu'hagamos; claro, si está muy claro.

—Ostras, Pedrín —murmuró Herrero de Miñón levantándose.

—¿Dónde vaustez, sñor Herro? —preguntó amenazador Fraga.

—Voy al baño, con permiso.

—¡Usted nova a ngún sitio con mi permiso, yo soy el qu'hago y deshago!

—Ya decía yo que qu'hago aquí —le dijo por lo bajinis Herrero a Verstrynge.

—En fin, señores, recapitulemos. Ellos reconocen Israel, ellos nos dejan en la OTAN..., es necesario encontrar un nuevo diseño de política que podamos manejar con cierta soltura.

—Sí, sí, un nuevo diseño, pero que tenga las solapas anchas, la sisa holgada y el pantalón con muchas pinzas, una cosa cómoda y en colores alegres, fuschia, púrpura y así —dijo Segurado.

—No me refería en absoluto a este tipo de diseño —intervino Alzaga.

—Tú, porque eres un antiguo; si pudieras irías con casulla por la calle —dijo Verstrynge.

—¡Sujetadme, que lo destrozo!

—No os peguéis, que no resisto la violencia —gimió Segurado, al borde de la histeria.

—Stá claro, es obvioyevidnte, que desde que gobiernal socialismo stamos invadidos por la plaga de la insgurdad ciudana —concluyó Fraga levantándose, tirando la silla por la ventana y dando por terminada la sesión.

(1986)

Delfines Apagados

El congreso de Alianza Popular que tuvo lugar en Madrid la semana pasada fue una sesión a medio camino entre la psicoterapia de grupo, una reunión de Alcohólicos Anónimos y una clase de gimjazz para delfines de la tercera edad.

Se decidió que había que acabar con el caciquismo, la indisciplina, el feudalismo y los métodos poco ortodoxos y democráticos de comportamiento dentro del partido. Las listas para acceder a los puestos directivos de la ejecutiva eran abiertas, lo que significa que cada cual tuvo que aguantar su propia vela sin poder escudarse detrás o a la sombra de nadie.

—Éste no es mi partido, que me lo han cambiado, tío —comentaba uno de los 2.300 compromisarios asistentes al congreso.

—Hay que democratizarse, lo ha dicho Fernando Suárez.

—Si lo ha dicho Fernando Suárez, no hay nada más que hablar. Es una orden. Un hombre que echó los dientes trabajando en un gobierno franquista y en el sindicato vertical, cuando dice que hay que democratizarse es que va en serio, sabe de lo que habla y tiene toda la credibilidad.

—Los caminos de la democracia son insondables.

—Pues mira, te voy a decir una cosa. De la democracia orgánica a la democracia y punto no hay más que un paso. Los auténticos demócratas de toda la vida hemos sido nosotros. Para ser demócratas de verdad, antes hay que haberse licenciado en democracia orgánica.

—Muy bueno. ¿Se te ha ocurrido a ti solo?

—Solito, con estas manitas y un cubito de Knorr.

—Calla, calla, que eso me recuerda que tengo mucho APtito.

—Cómete un bocata de Gallardón o un filete de Robles. Míralos qué simpáticos se han vuelto ahora que van solos en las listas.

En ese momento se acercó a ellos Osorio y, arrodillándose con las manos juntas, les suplicó:

—Mi Oso por un voto.

—Me quedo con el oso y mira cómo río, ja, ja, ja —contestó uno de los delegados, francamente sarcástico.

—Llora como mujer lo que no pudiste defender como Oso —dijo el otro, y añadió—. Ahora somos un partido centrista, abierto y demócrata, y no un Osario de residuos orgánicos de la democracia franquista. ¿No te has enterado de que hay que dar paso a la juventud?

—¿Y qué hacemos con Fraga?

—Entre tú y yo, Fraga amaga la braga, haga lo que haga. Es preciso que aparezcan delfines, jóvenes, dispuestos a llamar a las cosas por su nombre. Yo, cuando sea mayor, quiero ser un delfín.

—Por eso vas todos los días al delfinario, como Calero, Aznar y Rato, que os he visto dando saltitos en el agua y haciendo cabriolas y moviendo la cola.

—La política exige sacrificios, ya sabes. Glup-glup…

—Y encima salpicando. Esto no tiene nombre, ni APllido.

(1986)

Su pelota ya no vota

Preguntas que no se le han hecho todavía a don Manuel Fraga Iribarne y que a mucha gente le gustaría hacer pero no se atreve u osa.

La nueva ejecutiva de Alianza Popular se reunió la semana pasada para apuntalar bien la estrategia en la campaña del referéndum OTAN, sí-no-psst.

—¿Seguimos predicando la abstención o qué? —preguntó Osorio.

—Stá claro: ¡L'hemos dichuna vez, l'hemos dicho mil vez y lo diremos cuantasvez seanecesrio! ¡Nosotros, Alianza Ppular s'astiene! Este refréndum no va con nosotrs. ¿Losocialistas quierenacer uno? ¡Que l'hagan! ¿Que quieren poneren pligro lasguridad d'Spña? ¡Que la pongan, que pongan lo que les venga en ganas!

—Claro, claro —dijeron los jóvenes recién llegados Rato, Caso y Calero—, que pongan, que pongan.

—Que te pongas, que te llama por teléfono un elector confundido.

—¡Que nostoy, questoy runido! M'has interrumpido, ¿dónde staba? —preguntó Fraga.

—Estabas poniendo —dijo Verstrynge sonriendo.

—¿Puedo hacer una pregunta, Manolo? —preguntó Robles Piquer.

—¡Nosporto que me llames Manlo, lo sabes! Sñor Fraga o simplemente exlencia.

—Yo también quería preguntar una cosa —interrumpió Herrero de Miñón—. ¿Podemos decir en la campaña: «En la duda, abstente»?

—N'ostá mal. ¿Se t'haocurridoa tisolo?

—Reconozco que me lo dijo mi asistenta y pensé que podía servir.

—¿Las asistentas suelen servir? —preguntó Osorio.

—El eslogan, que si sirve el eslogan.

—Os preveng contra las sistentas; en gneral todasellas son d'izquierdas, rojas y zurds. Suelen dar mjor resultado los mayordomos —puntualizó Fraga.

—No te fíes, yo conozco un mayordomo, ese que pasa el algodón por los azulejos para ver si están limpios, un maniático…

—No t'enrolles, Gallardones.

—Bien, pues este maniaco del algodón dijo el otro día que por qué Alianza no había preconizado la abstención en aquel referéndum que hizo Franco, no sé si te acuerdas.

—M'acuerdo perfctamnte. ¿Esos todo?

—Entonces fui y despedí al mayordomo, por insolente y porque me estaba arruinando; no gano para algodón.

—En cualquier caso, tngo que recordles qu'hay qu'hacer todo lo posble por que nadiese día vayalas urnas —dijo don Manuel mirando a los ojos a cada uno.

—Yo lo he arreglado para meter esos días a mi señora madre en la UVI.

—Mis hijos, de los que no me fío en absoluto, pasarán esa semana en Londres.

—Yo le he prometido a mi señora un visón si no vota.

—Durante la semana del 12-M, por no votar ni siquiera jugaré al *squash*, así podré cantar eso de «mi pelota ya no vota».

—Bien. Que spueda decir aquella famosa frasde: «M'astengo, luego existo» y también «Un hombr'un astención».

—Eso, *votus interruptus*…, ¿verdad, jefe?

—M'astengo d'opinar.

(1986)

Fraga, a todo gas

Parece como si una de las bombas tan de moda en el Mediterráneo occidental se hubiera desviado de su trayectoria para caer directamente en la sopera de Coalición Popular.

Los líderes de Apé, Pedepé y Peele no se ponen de acuerdo sobre la crisis libia: Fraga apoya a los americanos, Alzaga no y Segurado se lo está pensando.

—Y creo que es un error apoyar sin más a los americanos en este asunto —dijo Alzaga a Fraga en una reunión de emergencia que tuvieron los líderes después del bombardeo.

—¡Lo qu'es un errores que me toquen losjones! —exclamó furioso Fraga—. Tú drás lo que quieras, pero creo qu'Spña debestar al lado de la sñora Thatcher y del sñor Reagan, qu'actúan decididamente contr'el terrorismo yen defensa prpia —contestó Fraga con decisión, autoridad y atragantamiento.

—Yo querría decir algo —intervino Segurado ahuecándose la gola.

—¡Pos dilo d'una vez!

—Muy liberalmente, yo me pregunto: ¿No es cierto? Si no debemos pensar en nuestra propia defensa, es decir, si se me permite la expresión, si apoyar la acción de Estados Unidos en legítima defensa, ¿no supondría exponernos y por tanto descuidar nuestra propia autodefensa?

—Yo pienso un poco así —opinó Alzaga—, pero en menos palabras.

—Yaos he dicho cientos devez que no penséis porqu'es peor. La situción es clara: América bombardea Libia, Libia bombardea Spña, los socialistas se van al grete y gobernamos nostros con el apoyo de Tados Unidos. Es sencillode comprnder, incluso para vostros.

—Visto de ese modo, he de reconocer, ¿no es cierto?, que es una táctica electoral que no se me había ocurrido.

—¿Y cuándo se l'iba ocurrir algusted, sñor mío?

—Lo malo es que detrás de los americanos y de los libios vienen los rusos, y empezamos otra vez con la quema de iglesias.

—¡Bien! Yo me pido quemar a Gerardo, primer.

—Y yo segun, a Julito.

—Creo precisamente, Manolo —dijo Alzaga en tono conciliador—, que defender a Estados Unidos así, sin más, puede no ser muy popular en estos momentos y puede perjudicarnos en las elecciones.

—El Partido Socialsta no resistría una guerra nuclear total —dijo Fraga abriendo los brazos y poniendo los ojos en blanco.

—Jo, así cualquiera, también acabamos con la drogadicción.

—Y'insiston qu'el fin justifica los medios, sobretodo en situción d'emergencia. He llamdo a Reagan y l'he dicho que pued'utilizar el tejado de nuestra seden la calle Génova como base para sus bombarderos *Efecient'once*.

—¿Y qué te ha contestado?

—Ha sido amable yeducado y m'ha dicho: «Agua, Manolo.»

—Vaya, qué mala puntería. ¿Y tú qué le has dicho?

—¿Qu' le voya decir? ¿Con gas o sin gas?

—Qué gastón eres —opinó Alzaga levantándose—. Pues te digo que el dinero no lo es todo en la vida. Hay otras cosas, Manolo.

—Las cosas buenas d'este mundo, o tienen gas o lo producen, ¡gluoff!

—¡Va por usted, Gadafi!

(1986)

Votar PSOE es votar futuro

Se mastica la tragedia. No más tarde del próximo día 23 por la mañana, y tras el seguro descalabro de la derecha, más que *en*, *contra* las urnas, muchas cosas van a cambiar forzosamente en Coalición Popular.

Hay pocas cosas que la derecha acepta con resignación y, desde luego, el fracaso no es una de ellas. Los partidos que forman Coalición Popular disponen de cuatro años para arreglar sus asuntos internos y cualquier arreglo pasa por sacudirse el caudillaje de Fraga. La derecha conservadora ha cambiado en diez años, pero su líder, como se ha visto ampliamente en la campaña, no. O se buscan otro o seguirán en la cuneta mucho tiempo, dispersándose en multitud de partidos.

Hay mucha gente que piensa que sería conveniente que la derecha gobernara en un plazo no muy largo y que se estableciera una alternancia en el poder. Pero a la hora de meter el voto en la urna, significando con ello que Fraga será presidente del Gobierno, la mano tiembla y el voto no entra.

(Los gallegos, tan astutos, siempre votan Alianza Popular tranquilos y alegres porque saben que su voto no implicará nunca tener a Fraga en carne y hueso, día a día, gobernando sus destinos.)

Fraga es antiguo y su métodos más. Ha hecho la misma campaña electoral que Hitler en 1933, erigiéndose en salvador de una situación caótica. Pero no sólo la situación de España no tiene nada que ver con la de Alemania, sino que en aquella Alemania Hitler era una cara nueva, alguien no relacionado ni conectado con la situación desastrosa que existía en el país. Fraga, sin duda, no tiene esta cualidad.

La derecha sólo puede gobernar en una democracia con el voto prestado de las clases populares. Porque la gente de derechas es poderosa, pero poca; es una de las dolorosas lecciones que la democracia impone a la derecha. Los pobres, los semipobres, los pseudopobres y los protopobres son muchos más en España. Y cada uno tiene un voto. Y luego, además, las clases altas y medio altas votan poco. La hora de votar les pilla a menudo en París, en Londres o en Roma preparando la boda de la hija, en el yate o en una reunión de negocios.

En su campaña, Fraga, por ejemplo, no ha dejado de decir ni un solo día que el PSOE no se merece la «O» de obrero, porque es la «O» del sindicato vertical. Cuando él gobernaba, los obreros que no estuvieran en esa «O» estaban en la cárcel.

Durante esta última campaña se ha dicho también sin cesar que no es bueno hablar del pasado y que hay que hablar del futuro. Pero no se puede ni siquiera en la vida privada enfocar el futuro sin relacionarlo con el pasado. El pasado impregna el futuro y éste siempre se construye en función de aquél. Es inevitable.

Y, además, no hablar del pasado no quiere decir que éste no exista. De lo que se trata es precisamente de superar el pasado y dejarlo ahí para que no vuelva. Por eso hay que votar de nuevo PSOE y darle la mayoría absoluta.

Por eso y porque lo están haciendo francamente bien.

(1986)

Alianza en la charca

La derecha retoza en la charca buscándose a sí misma y de paso a ver si les sale un líder. De momento, y mientras llega el día del gran encuentro general, también llamado «Congreso», las criaturas de la charca preparan, en corrillos cuchicheantes, las estrategias a seguir o a no seguir, según.

El puercoespín Miguel H. lleva la voz cantante en uno de los grupitos.

—Desde que el oso Manuel se mandó mudar, en esta charca reina el caos.

—El oso Manuel se fue de aquí porque estaba hasta los butragueños de que le metieras los pinchos por doquier y a cualquier hora, te recuerdo —dijo el hipopótamo Carlos R. P. salpicando a todo el mundo al cambiar de postura.

—Calla, calla, que bien que te gustaban mis travesuras, que se te partía la boca de la risa. Incluso recuerdo aquel día que le regalaste una nuez y dentro había una piedra, qué bestia.

—Portaos bien que ahí arriba está el buitre Sahagún esperando a ver si nos peleamos y le puede llevar algún bocado al pavo real Adolfo, ese presumido, es que no le aguanto, oyes —dijo la castora Isabel T. llevando ramitas afanosamente para hacer un dique en la charca.

—Anda, pues es verdad, mírale ahí arriba —dijo el puerco espín Miguel H. y, dirigiéndose al pingüino Osorio, añadió—: Hazle un corte de pico bien hecho.

—No puedo ahora, estoy incubando, ¿no lo ves?

—Pero ese huevo, ¿de quién es?

—Del avestruz Fernando S., que me ha pedido ese favor —contestó el pingüino muy azorado.

—Pero bueno, qué cara tiene el avestruz —observó el puerco

espín, dirigiéndose inmediatamente hacia donde estaba el avestruz con la cabeza enterrada.

—¿Se puede saber qué haces? —preguntó el puerco espín Miguel H. dándole con todas las púas en el trasero.

—¡Ayyy! ¿Estás loco? —contestó el avestruz—. Estoy pensando.

—Urdiendo maldades, intrigando, complotando, eso es lo que estás haciendo. Que se te ve el plumero, querido —y de nuevo le pasó el peine de púas por el trasero.

—Estoy de ti hasta el moño del copete, puerco espín —empezó a decir el avestruz con voz profunda, mirándole despectivamente desde lo alto de su cuello—. Quieres organizarnos a todos la vida y mandar más que nadie; pues te voy a decir una cosa: no te saldrás con la tuya, ya lo verás.

—Pero qué paza aquí, a qué viene tanta bulla, ya oz estáis peleando —apareció el zorrino o mofeta Mancha de Andalucía.

—A ti nadie te ha dado vela en este entierro —dijo el avestruz Fernando—. El puercoespín y yo hablábamos del tiempo.

—Del tiempo que hase que no me haséis alguna putada, queréis desí.

—Pero bueno, ¿tú quién te has creído que eres? Mofeta de mierda, enana, pero será posible... —dijo el puerco espín Miguel acercándosele peligrosamente con el peine de púas.

—Como des un paso más te echo el aroma —pero no había terminado su amenaza cuando algo le topó por detrás.

—Perdón —dijo el cangrejo Albor—, es que creo que me he perdido. ¿Voy bien para Pontevedra?

—Considerando que delante suyo está Valencia, si continúa caminando llegará a Lisboa, con lo cual creo que va usted por mal camino —aclaró el puerco espín nerviosamente.

De repente se oyeron campanas repicando.

—Es lo que peor llevo de la charca, los maitines —se lamentó el lirón Rato, que dormía encima del hipopótamo Carlos—. No hacemos nada, pero eso sí, lo hacemos muy temprano.

(1987)

Espíritu de servicio (al fondo a la derecha)

Los figurones de Alianza Popular están enzarzados en una ardua y fatigosa lucha por el poder dentro de su partido. Sólo que ellos no lo reconocen. Oyéndoles hablar a la prensa, lo único que hacen cuando se reúnen es contarse chistes de cuartel, intercambiar cromos de los Dodotis o pasarse recetas de cocina.

El otro día, por ejemplo, cuando la estepa castellana parecía la tundra siberiana y el viento polar azotaba los campos de golf, el supercuñado de Fraga, Robles Piquer, invitó a tomar café en su casa a los supuestos dirigentes de AP para intentar llegar a un acuerdo. Fuera de la casa, los periodistas interrogaban a los políticos según iban llegando:

—Señor Herrero, ¿significa algo que se reúnan ustedes en casa del cuñado del señor Fraga? —preguntó un plumífero.

—Mire usted, yo, el único significado que le veo es que Robles Piquer tiene casa y otros muchos no pueden decir lo mismo.

—¿Usted no tiene casa? —preguntó el plumífero, incrédulo, viendo ya los titulares en primera: «Herrero no tiene donde caerse muerto.»

—Yo tengo casa, señor mío, y también le digo que tengo más sentido del humor que muchos de ustedes, ji, ji, ji —y se fue dando saltitos y mascullando, dejando al plumífero totalmente perplejo.

—Señor Osorio, ¿viene usted dispuesto a dar la batalla? —le preguntó una chica envuelta en una bufanda a otro líder.

—Considerando que mi nombre es Abel Matutes, lo de la batalla me parece un detalle sin importancia.

—¡Uy, perdón, señor Matutes! Es que no le había reconocido, como va usted tapado con esa especie de casco...

—¡Vengo a sacrificarme, si es necesario! —exclamó Matutes tirándose al suelo e hincándose de rodillas con los brazos en cruz—. Por mi patria, por mi partido y por mis ideales.

—¿Qué le pasa? ¿Ha entrado en trance o ha visto a San Manuel? —preguntó un periodista a otro.

—¡Yo he venido aquí a servir, como siempre! —remató Matutes.

—Pues si no le dan aquí trabajo, yo necesito una asistenta, oiga.

Dentro, al calorcillo del brasero de la mesa camilla, los líderes intercambiaban opiniones y estrategias.

—Creo que estamos todas, sólo faltan Fernando Suárez y Hernández Mancha, que se han excusado y no vendrán porque están con la gripe.

—Pues qué raro que hayan excusado su presencia, porque yo no les había invitado a que vinieran —comentó Robles Piquer.

—Desde luego que esos dos no se van a salir con la suya —gritó exasperado Herrero de Miñón—, eso está claro: ni con la suya, ni con la mía ni con la de éste. Cada uno sale con la mujer que tiene y, si no le gusta, se aguanta.

—Chico, desde que has estado con el Papa estás peor. Por cierto, ¿qué te dijo el Papa?

—«*Piacere rivederlo, signore* Alzaga», que traducido al español significa: «Estoy encantado de saludarle, señor presidente.»

—Pues yo juraría que quiere decir otra cosa, pero si tú lo dices.

—Exactamente, lo que yo te diga, que tenéis que viajar más, queridas.

—No me hables de viajar, ¿quieres? Que me paso el día de Bruselas a Estrasburgo, de Estrasburgo a Ibiza, de Ibiza a Mallorca, de...

—Qué pena que no vas a Bata de vez en cuando.

—Calla, calla, en bata jamás; yo, siempre, mi corbata y mi chaqueta.

—Bueno, ¿qué hacemos con Suárez y con Hernández Mancha: los matamos, los asamos, los hacemos en *pudding*, los envenenamos o les inoculamos el sida?

—Qué barbaridad, al fin y al cabo son compañeros —dijo Robles.

—¿Compañeros? Caínes, eso es lo que son. Por lo menos, hay que eliminarlos —opinó Abel Matutes.

—Pues si Abel dice que hay que matar a Caín, que no se hable más. A ver, ¿a quién le tocaba dar las cartas?

(1987)

El regreso de los muertos vivientes

Envuelto en una nube de estrógeno, aclamado hasta las lágrimas por las mujeres a las que tanto debe y a las que tanto quiere, Manuel Fraga hizo su regreso triunfal como líder de la derecha española que va a por todas en las próximas elecciones generales.

La aportación española a la ciencia política consiste en que los muertos vivientes aparecen entre «esas extras personas con las que en política hay que compartir la cama». Resucitados como Pío Cabanillas, Martín Villa, Otero Novas, Miguel Herrero of Muñón, Segurado, Abel Matutes, Marcelino Oreja y Javier Rupérez, tendrán que compartir lecho en el propio Fraga, Ruiz Gallardón, Hernández Mancha e Isabel Tocino.

La nueva cama se denominará Partido Popular y será de roble. El único peligro consistirá en que los muertos vivientes pueden morder en el cuello a los vivos y convertirlos rápidamente en ávidos cadáveres, sedientos de sangre a la búsqueda de carótidas frescas en las que hincar los afilados dientes.

Los pilares de UCD que ahora se han ido con Fraga saben mucho de eso, pero él también lo sabe.

—A mí, Manuel, me da un poco de repelús tener a Martín Villa y a Cabanillas en los alrededores —le comentó Marcelino Oreja a Fraga en una de las conversaciones preparatorias a la operación.

—No te precupes, Marzlino, ques'tá tocontrolad —contestó Fraga.

—A lo que no voy a poder acostrumbrarme, querido Fraga, es a tu manera de hablar. Deberíamos comunicarnos por escrito.

—Nme pongas delos nervios, Oreja, que se m'entiende perfectmnte, ¡coño!

—Eso sí, eso sí, pero eso no son razones. Manuel, a Isabel Tocino no le gustan las palabrotas, ni a mí tampoco.

—¡Digo que los de Ucedé harán lo que sles diga qu'hagan!

PP
G&R.2002

—Que no, Manuel, que yo por las groserías no paso. Nadie va a qu'hagar aquí. Hemos de ser generosos y pacientes, y respetar sus derechos humanos. ¡Aunque tú no lo creas, Martín Villa y Pío Cabanillas son humanos!

—No's toyó muy sguro —murmuró don Manuel partiendo un lápiz en dos.

—¿No puedes dejar las manos quietas un momento? Me has destrozado cuatro lápices y son belgas. Cielos, ¡qué hombre!

—¡Társelos, mchos para meter en cintra a todos los quese creen qu'el montesorégano!

—Yo creo, Manuel, que los viejos están a nuestra merced y con tal de pintar algo pintarán lo que les digamos, y los nuevos, como han demostrado, son unos ineptos chiquilicuatros.

—¡Eoes! Unos neptoschilikfshktréssht.

—Déjalo, Manuel, déjalo. ¡Y no la tomes con mi sillón Luis XV, joer! Mira lo que has hecho, lo compré en un anticuario en Addis-Abeba, era de la reina de Saba.

—¿Saben ellos loquese les viene'ncima?

—Ellos no sé, pero yo me estoy empezando a percatar. La próxima entrevista la tendremos en un hangar.

—Marzlino, ¡vamos a tritrar a los cohnos socialistas!

—Sí, Manuel, los vamos triturar.

—¡Llegarmos a La Moncloa!

—No, Manuel, yo llegaré a La Moncloa y tú a Galicia.

—¡T'adviert, Marzlino, que sin mi'statura y mi carisma stás p'al arroz!

—Como te empieces a poner borde, me vuelvo a Europa.

—D'acuer, Marzlino: con mi carisma y tu'statura llegarmos dond'haya quellgar.

—Ya empezamos con la retranca gallega. Santa Fabiola, patrona de las parejas imposibles, échame una mano para aguantar a este tormento.

—¡Dnada te servirá rezar commujer lo que nosupites fender com'homre!

(1989)

Los Piñeiros

Parece lógico que si la moción de censura en el Ayuntamiento y la Comunidad de Madrid depende de dos votos, tanto la izquierda como la derecha se lancen como desesperados a la conquista de los dos hombres que los ostentan.

Es la democracia en su estado más puro. Hay que conquistar el voto uno a uno en dura lucha con el adversario. Ojalá que fuera así siempre, porque como en el caso de la batalla por Madrid, de nada sirven los grandes inventos tecnológicos de masa tan cómodos para los grandes partidos políticos.

Las buenas gentes, en lugar de verter lágrimas de cocodrilo sobre «el espectáculo lamentable» que supuestamente están dando los Piñeiros y al resistirse a decirle que sí a la derecha, harían mejor en tentarse la ropa porque estas situaciones se van a repartir en el futuro próximo a nivel nacional. La pluralidad de opciones políticas exige pactos constantes, compromisos y negociaciones.

—¿Se puésaber que l'ha ofrecido Leguina a Piñeiro? —preguntó Fraga a Ruiz Gallardón, dando la patada a una mesa en la sede de Alianza Popular.

—Cualquiera sabe, don Manuel. Probablemente, dinero, cargos, un chalé, un coche o un jamón.

—¿Cómoes posible? ¡Si él l'ofrec'un jamón, por qué nosotros no le ofrecemosun tocino, vamos, digo yo!

—Pero don Manuel, nosotros no somos tratantes de feria, no podemos rebajarnos a chalanear como gitanos.

Mientras le daba mordiscos a la difenbachia, don Manuel se lamentó.

—Eso es lo qu' nos pasa, que como smos tan finos nos ganan por la mano, ¡cachis en los moros!

Adolfo Suárez, por la otra parte, que lleva encima una depresión de caballo porque no le sale nada bien últimamente, se reunía con su pareja Agustín y Caso.

—No me explico cómo habéis consentido que Piñeiro nos abandone. Agustín, vuélvete a cortar el pelo como antes, que nos traía suerte.

—No me da la gana, que se reía de mí todo el mundo y ahora ligo más.

—Tú puede que ligues más, pero yo... ¡Santa Teresa, que he hecho yo para merecer esto! Malo es que yo me rebaje a apoyar a Fraga, pero que encima me salga el Piñeiro de punta y se me ponga gallito, es una barbaridad.

—A mí no me regañes, porque yo he hecho lo que he podido, Adolfo. Le he ofrecido a Piñeiro de todo: un coche, un seguro gratis, un apartamento, un comedor completo, un viaje a la India para dos personas, un crucero a Brasil, vino, mujeres, champán y caviar. Pero nada.

—¿Le has ofrecido a la Posada?

—No le gustan las rubias. Me dijo que a él quien le gusta de verdad es Enrique Curiel.

—¡Joé, pero eso es inalcanzable!

En ese momento Leguina hablaba por teléfono con Barranco:

—Qué suerte, tío, ¿tú sabes lo que ha pasado?

—Yo sólo sé que me encontré un día a Piñeiro en un atasco y me dijo: «Dile al Leguina ése que si me cede su sillón, me abstengo en la moción de censura.»

—Qué cabrón. ¿Y tú qué le dijiste?

—¿Qué le iba a decir? Que eso estaba hecho.

—Pero, ¿tú eres gilipollas o qué?

—¿No te das cuenta? ¡Era una emergencia y estábamos en un atasco impresionante! Me sentía solo y deprimido. La verdad es que estoy deseando que manden ellos a ver si resuelven los atascos, porque esto no hay quien lo arregle. Pero..., pero... ¿qué pasa? Me ha colgado el teléfono. Será grosero.

(1989)

G&R.2002

Por consiguiente,
Felipe presidente

Carmen Rico-Godoy

Felipe González

He seguido a Carmen Rico desde los primeros trabajos en *Cambio 16*, hace ya tres décadas, hasta su *Fin de Fiesta*. El día «del Carmen» no podía arrancarme del libro, de su ritmo, de su calado, de su autenticidad. Lo acabé de un tirón tal como me había advertido mi hija María.

Carmen hablaba como escribía y escribía como hablaba. Esto, que parece lo normal, es lo menos frecuente, lo que la hacía insoportablemente coherente. Aunque mucha gente pensaba que era su mordacidad lo que le molestaba, en el fondo chocaba más su coherencia en una sociedad de bailes de disfraces, de adaptaciones cínicas.

Detrás de su mirada directa y asombrada, de ojos aumentados por el cristal de sus gafas, siempre sentí una emoción oculta. Todo el mundo la veía como una mujer fuerte y sin duda lo era. Como era capaz de hacer comentarios mordaces, uno tras otro, artículo tras artículo. ¿Qué nos habremos perdido, en su ausencia, sobre la «guerra del Perejil»? Pero era una combinación de María y Ana, esquizofrenia de las gemelas de *Fin de Fiesta* que habitaban en Carmen. Pasión por la vida, desprecio por las mitomanías.

No he tratado mucho a Carmen Rico, pero me sentía cerca y la sentía próxima. Lo suficiente como para conocer su repugnancia por el ditirambo. Por eso quiero detenerme aquí, recordándola en sus artículos, en sus novelas, en las tertulias, en sus rebeldes pitillos y en su ternura desgarrada.

Me gustaba Carmen. Me sobrecogía su lucha por la vida y frente a la muerte.

El nuevo Gobierno

El cambio ya no hay quien lo pare. Los hábitos y costumbres del ejercicio del poder están cambiando a velocidad vertiginosa y de manera radical.

—Los Consejos de Ministros ya no son lo que eran.

—¿Qué pasa con Fernando Morán, que llevamos ya seis minutos de retraso y no viene? —preguntó el vicepresidente del Gobierno, Alfonso Guerra, sentándose en la mesa, mientras sacaba de su cartera sus elementos de trabajo: un paquete de chocolatinas y su hacha portátil, a pilas, con cuatro velocidades y despertador—. Que estos diplomáticos ya se sabe cómo son; tienen que llegar tarde para que se note que llegan.

—Creo que el avión que le trae de Bruselas viene con retraso —informó Javier Moscoso, ministro de Presidencia—. Estará al caer.

—¿Quién está al caer? ¿El avión de Morán? —preguntó Guerra.

—¡Aquí no se cae ningún avión sin que yo me entere! —espetó Enrique Barón, ministro de Transportes que aparecía en ese momento—. Y perdonad el retraso, pero había un tráfico de mucho cuidado por la carretera. Si yo fuera Boyer, pondría la gasolina a 40 duros, a ver si así la gente aprendía a usar el metro. ¿Dónde está Morán?

—¿Soy yo acaso el guardián de Morán? —Moscoso estaba irritado—. Vamos a ver. Morán se empeñó en ir a Bruselas en el avión regular de Iberia y luego pasa lo que pasa. O sea, lo normal.

—Entonces será que se ha envenenado con el zumo de naranja que dan a bordo —opinó Miguel Boyer, ministro de Economía—; o cambiáis el zumo de naranja o me cambio yo el estómago. Somos incompatibles.

—No te enrolles, Boyer —dijo irrumpiendo el ministro de Cultura, Javier Solana, con el casco de la moto y la bufanda al cuello—. ¡Chicos, no os doy la mano porque apesta a manillar! Del ministerio a La Moncloa hemos puesto la Kawasaki a tope.

—¿Qué quiere desir eso de «hemos»? —preguntó el Guerra.

—El chófer y servidora. El chófer venía detrás hecho un flan.

—Una cosa es no abusar de lo del coshe ofisial y otra andar hasiendo el hili en moto por la carretera, ¿estamos? —advirtió Alfonso Guerra metiendo la segunda en el hacha.

—Si buscáis pelea la vais a encontrar —opinó el ministro del Interior, que entraba en ese momento—. Os aviso que estáis rodeados.

—*Mare de Deu!* ¡El *sheriff* de Barrionuevo! —exclamó el ministro de Defensa, Narcís Serra.

—Oyes, ¿cómo te montas tú la cosa del limpiagrapos, ¿eh? —le preguntó Javier Solana jugando con el llavero de la moto.

—Primero se le pasa un trapo húmedo, luego se le echa encima unas gotas de vitriolo de Johnson, se frota bien con un cepillo duro —lo mejor es la cabeza de Rohodríguez Sahagún— y luego se pasa todo por la minipímer. No hay grapo que resista y, en cambio, tienes un brillo muy natural.

En esto entró don Felipe González, presidente del Gobierno, abrió la boca y habluvo, pero no salió sonido alguno.

—¿Ves? —le reprochó Maravall a Barrionuevo—. Con tu fórmula de *shock* el presidente se ha quedado sin voz.

—¡Que venga inmediatamente el portavós! —ordenó Alfonso Guerra llamando a gritos a Eduardo Sotillos, que traía la voz arrastrando de un cordelito:

—Nada, que no quería venir si no le daba Casera.

(1982)

El apagafuegos

Ser presidente del Gobierno en este país es lo más parecido a ejercer de bombero mayor. Don Felipe González, por ejemplo, se pasa el día apagando fuegos. Cuando menos se espera, resuenan en el palacio de La Moncloa las sirenas de alarma.

Mientras se coloca a toda pastilla el casco y las botas del uniforme de bombero, ayudado por el ficus de su despacho, don Felipe pregunta:

—¿Dónde ha sido? ¿Cómo empesó? ¿Fue provocado o fortuito? ¿Es siniestro total o desastre parsial?

—La banca. Parece que Boyer ha dicho algo que no les ha gustado a los banqueros. Están como hienas.

—¡Sielos, lo que faltaba! Los siderúrhicos de Sagunto, la Polisía, los obispos, los abortistas, los antiabortistas, y ahora los banqueros, sin contar los pescadores, los hueses, los agricultores y los médicos. ¡Me quiero ir a mi casaaaaa!

—Luego, luego. Ahora tiene usted que ser bueno y acudir lo antes posible a apagar el fuego. Mire que empieza como una cosita de nada y va creciendo, creciendo...

—¡Estoy harto! Que vaya Alfonso Guerra, que para eso me visepreside.

—¡Uy! Eso es intentar apagar un fuego echándole gasolina. No. Va usted personalmente y le da a Escámez un beso en la boca.

—¡Uuuaggg, qué repelús!

—Son las servidumbres del poder, presidente. Siempre se lo digo.

—¿Y si se lo doy en la frente?

—Eso hacía su colega Calvo-Sotelo y fíjese cómo le fue. Al principio duele, pero luego se acostumbra uno.

(1982)

Bienvenido, don Felipe

Después de pasar su primera noche en el palacio de La Moncloa, el nuevo presidente del Gobierno español, el socialista Felipe González, entró en su despacho muy temprano por la mañana.

—Bien, vamos a trabahá —dijo en voz alta, abriéndose paso entre los cientos de rosas que inundaban el despacho. En el silencio de la madrugada se oían ronquidos estentóreos—. ¡He disho que vamos a trabahá!

—¡Cielos, el presidente! —gritó el ficus, despertándose bruscamente—. ¿Qué hora es?

—La hora del cambio. Por sierto, ronca usted a ritmo de seguidilla.

—Lo siento, pero entre las emociones de estos días, la mudanza, la sesión de embestidura...

—Será de investidura.

—De investidura suya de usted como presidente del Gobierno y de embestidura de don Manuel Fraga como líder de la oposición, porque el hombre se pasó la sesión embistiendo... He dormido fatal, he soñado que don Leopoldo seguía aquí de presidente, fíjese.

—No se me enrolle y vamos a trabahá —dijo don Felipe, llenando de papeles la hasta entonces impoluta mesa del despacho.

—¿A que usted tampoco ha dormido en su primera noche en este palacio? Confiese que ha soñado que usted y Alfonso Guerra ganaban el Festival de la OTI.

—Se lo voy a desir con toda sinseridad. He soñado que un ficus me regalaba una rosa.

—Ya empezamos con el vacile —dijo el ficus, poniendo una rosa y poniéndose colorado.

(1982)

Trabajo a destajo

Llevamos una semana de Gobierno socialista de currele fino: hemos devaluado la peseta —pobre santa—, hemos designado tropecientos altos cargos —tenemos a todos los progres colocados— y hemos subido los precios petrolíferos a la terraza.

Así, el presidente González, cuando entró en su despacho a última hora de ayer, parecía cansado.

—¡Vaya semanita, tío! —dijo el ficus que estaba sacándole el brillo a las bolas de petanca.

—¿No ha leído usted las ordenanzas? Al señor presidente, cuando está delante se le llama «presidente» —objetó el secretario presidencial, Julio Feo.

—¿Y si está detrás? —el ficus dejó caer con suavidad las bolas de acero encima de los pies del secretario Feo.

—Como se ponga borde, le mando al jardín.

—Ya feo lo que quiere decir.

—¡Ya está bien! —interrumpió el presidente—. ¡No se puede trabahá con esta bulla!

—Las tantas de la *nuit* y todavía hay que seguir trabahando —mascullaba el ficus, saltando por encima de las barricadas de carpetas para volver a su esquina—. Moncloa no está preparada para este ritmo de trabaho ni para este volumen de papeles, aviso. Y ensima, mi fertilisante a shoshesientas pesetas la media arroba. ¡Ya sé! No había más remedio que subir los presios de los crudos, porque los otros se resistían, los muy astutos. El señor Miguel Boyer ha sido muy valiente. Y esto lo digo con toda sinseridá, vamo, que soy totalmente sinsero en esto.

—Menos rollo y a trabahá —rogó el presidente.

—Qué fijación, oyes.

(1982)

El futuro de Rumasa

El ficus estaba de morros cuando el presidente González entró en su despacho.

—¿Quiere usted hacer el favor de no dar la espalda al presidente? —le regañó el secretario Julio Feo intentando dar la vuelta al ficus.

—¡Como me toque le arreo un codazo que el que le dio Kempes a Balbino se quedará en caricia! —gritó el ficus huyendo valientemente por el despacho.

—¡Dehen ya de pelearse ustedes que esto no es la Usedé, caramba —ordenó el presidente.

—Mire, don Felipe, yo me pedí primer para ser interventor de Mantequerías Leonesas o incluso de Loewe... ¡Es que tienen unos modelos tan ideales! —contó el ficus.

—¡Lástima fue no haber podido vender la cosecha de ficus! —murmuró Julio Feo.

—A lo mehor todavía podemos pagar a Rumasa con los ficus —añadió el presidente pensativo—. Nos quitamos de en medio a éste, al de Pilar Miró y a otros cuantos.

—No sé si saben que los ficus somos incompatibles con el Opus y las abejas, tan prolíficas. E insisto: solicito ser nombrado interventor de Loewe o, en su defecto, del hotel Botánico de Tenerife.

—Imposible, pero ¿qué le parece Lavanderías Turísticas? —sugirió Julio Feo.

—¿Un negocio para lavar a los turistas? —protestó el ficus—. No le veo yo futuro a eso de «mi alemán está más blanco que tu francés» o «a mi finlandés le pongo suavizante y no rasca». Pero yo pienso que, cuando todas las empresas expropiadas estén al borde de la quiebra, se las vendemos a Ruiz Mateos.

(1983)

El asalto a Fort Rumasa Holding

La expropiación del grupo Rumasa por el Gobierno socialista en una maniobra envolvente y relámpago ha pillado en calzoncillos a muchas almas que creían estar controlando los acontecimientos. Y las personas que van por la vida de enterados no perdonan fácilmente que el gobierno, cualquier gobierno, pero si es de izquierdas más, tome decisiones o haga movimientos sin su conocimiento.

El día en que el Séptimo de Caballería, a las órdenes del capitán Chuck Boyer y del general Phil Gonsales, desencadenó la emboscada y tomó por asalto Fort Rumasa Holding, nada hacía presagiar semejante ataque. Por la mañana, el general Phil Gonsales reunió a los oficiales del Séptimo en la cantina, como era habitual todos los miércoles.

—*Well* —dijo el general—, tomaremos por asalto sorpresivo Fort Rumasa Holding a las nueve pe-eme. Empero, estáis todos involucrados y, por tanto, mantened la boca serrada hasta el momento desisivo. Romperemos la reunión para llegar al Congreso y responder a unas cuantas preguntas de Gran Jefe Manuel y volvemos a reunirnos a las osho *o'clock*. Y enfatiso lo siguiente: *top secret*, el que hable se la carga. ¡Es una orden! En boca serrada no entran abejas, *okey, boys*?

—*Okey, boss*. Mas, sin embargo, los periodistas están con la abeja detrás de la oreja y pueden hacernos preguntas indiscrecionales.

—Pues contadles lo que queráis: una de tiros, una de Bogart o el final de *Dinasty*, ¡pero por las barbas de Blas Infante, huro que el que cante se arrepentirá de ello!

Fuéronse los oficiales al Congreso a despistar.

—¿No es cierto, alférez Solchaga —preguntó un periodista al oficial de Industria detrás de una columna—, que el capitán Chuck

Boyer y el teniente Al Guerra simpatizan sobre el evento del Abeja Holding?

—Juro que no sé nada, no vi nada, no oí nada.

—¿De qué se habluvo en la reunión de cantina de esta mañana? —preguntó otro periodista amenazando con el bolígrafo al mayor Barrionew—. ¡Vamos, habla!

—De la repoblación forestal del Monte de Piedad y del trasvase Jurado-Dúrcal.

—No se lo digáis a nadie —añadió el coronel Morán—, pero las reuniones de cantina son un coñazo, sólo se habla de modas.

Así que todo el mundo fuese a casa a poner a parir en familia al Séptimo. Que si no dan golpe, que si se pasan el día hablando de cosas tontas, que aquí no ha cambiado nada, que si todo sigue igual… hasta que aparecieron dando el queo el hijo pequeño y la tía Concha, unos teleadictos irrecuperables:

—¡Papá, mamá, el Gobierno ha despropiado Rumasa! ¡Hijos, éstos sí que son rojos. Han tomado Rumasa por asalto! —tras lo cual todo el mundo se precipitó a ver las telenoticias.

—¡Intolerable! ¡Avasallante! ¡Dictatorial! ¡Me han engañado! ¡A mí!

—¿No querías cambio? ¿No querías acción? ¿No querías decisiones?

—¡Me temo que, a simple vista, esta acción es inconstitucional!

—Llevas años piando por un equipo de mando que mande, un gobierno fuerte y decidido, y aquí lo tienes. No sé de qué te quejas.

—Me han tomado el pelo, me debían haber avisado. ¿Sabes cómo quedo ahora? ¡Como un imbécil! Esto no hay quien lo resista.

—Pues a mí me parecen irresistibles. ¡Qué majos!

(1983)

Los Verdes

Aprovechando que el presidente del Gobierno estaba reunido con sus ministros, el ficus daba enormes saltos y gritos por todo el despacho de La Moncloa:

—¡Hemos ganao, hemos ganao el equipo verde!

—Se calle y vuelva a su sitio —dijo el secretario del presidente, Julio Feo—. Además, eso no rima.

—Me es intransferible que no rime. El caso es que hemos ganao los verdes. En el Parlamento alemán han entrado los ficus y la Guardia Civil por primera vez en la historia.

—Pero qué dice, por favor. ¿Qué tendrá que ver los ficus y la Guardia Civil con los ecologistas? ¿Sabe usted quiénes son los ecologistas?

—Naturaca, tío. Los ecologistas son los que ecologan. Y, además, fíjese cómo ecologamos de bien los verdes. No hay más que ver lo ecológicamente buena que está la Petra Kelly.

—En política está usted muy verde, me parece.

—Mejor es estar verde que ser Feo.

—¿Sí? Pues mejor es ser Feo que rarito.

—¿Ser verde es ser rarito? ¡Se lo voy a decir al general Aramburu y al general Topete y se la va a cargar.

—Estúpido, mire lo bien educado que es el ficus que le hemos regalado al presidente por su cumpleaños. Está ahí sin decir nada, decorando, como es su obligación.

—No es *un* ficus, es *una* ficusa, ignorante.

—¿Si? ¿Y en qué se distingue un ficus de una ficusa?

—Las ficusas son verdes, pero no hablan, ¿verdad, chata? —dijo el ficus mirándola fijamente a las hojas.

—Mi-ca-sssa —balbuceó la ficusa, señalando a un guardia civil que pasaba por el jardín.

(1983)

Gobierno viajado

Este Gobierno viaja mucho últimamente, y eso está muy bien porque la tragedia de los anteriores era que no viajaban lo suficiente. Viajar es fundamental para tener temas apasionantes de conversación.

—Esos zapatos son de Sacks, me apuesto un rumasa —comentaba Boyer observando los pies del presidente González a la entrada del Consejo de Ministros.

—De eso nada, son totalmente míos —protestó enojado el presidente.

—Quiere decir —aclaró el portavoz—que te los has comprado en Nueva York.

—Que no, caray —el presidente levantó el pie derecho y le enseñó la suela a Boyer—. ¿No ves que pone «Made in Spain»?

—Felipe, baja el pie que te canta —observó Barrionuevo, que como buen ministro de Interior tiene un olfato de sabueso.

—En Roma hasen unas camisas sin botones —contó Alfonso Guerra— que son muy cómodas y resistentes.

—¡Ya las conozco! Son unas que se atan a la espalda, ¿verdad? —intervino Lluch.

—Ésas son camisas de fuersa, ignorante —sentenció Guerra.

—Es que como yo casi no viajo, sólo de hospital en hospital...

—Pues yo como lo más que viajo es a Logroño —dijo desafiante De la Quadra Salcedo—, me compro todo en la planta de oportunidades de Galerías Preciados y, además, así hago patria.

—Se nota —Boyer palpaba la corbata de fibrana auténtica del ministro autonómico—. Quiero decir que haces muy bien, que todos deberían seguir el ejemplo de este patriota. Yo también hago patria, sólo me compro la ropa en Loewe.

—Lo he visto, Fernando —le susurró el ministro Barón al de

Exteriores—. No mires ahora, pero llevas el calcetín derecho verde y el izquierdo azul.

—¡Malditos rusos! Me los compré en Moscú. Me engañaron.

—Prefiero ir desnudo en Nueva York que vestirme en Moscú —dijo el presidente González observando la caspa sobre el hombro de Guerra.

—A ver cómo le explico luego yo esa frase a la prensa —intervino el portavoz del Gobierno—. La van a malinterpretar. ¿Podría suavizarlo?

—Como no sea con Oil of Ulay —opinó Solchaga.

—Ya empesamos con las historias frívolas —dijo Alfonso Guerra indignado—. Otra como ésta y te quemas, Felipe.

—Más imposible. No sabéis cómo es el sol del Caribe, tengo dos bolas de fuego tal que aquí…

—Presidente, por favor, sin señalar.

—En los hombros, me achicharré, y eso que llevaba puesto el pareo, que si no…

—Pues debías estar ideal —opinó Moscoso—. Para las quemaduras no hay como frotarse con el aceite de jojoba.

—Jobar, qué corte. Yo que había venido a hablar de Faca —Narcís Serra suspiraba agarrado a sus carpetas.

—En una *boîte* muy exclusiva de Nueva York, la faca hace furor este año. Se baila así, todos en fila, un pie para acá, un pie para allá —explicó Boyer practicando— y con la cadera haces: ¡faca!

—Ésa es la raspa, carroza.

—O la conga de jojoba.

(1983)

La monada de Gibraltar

Lo de las colonias británicas es fundamentalmente un problema agropecuario, porque en las Malvinas tres cuartas partes de la población autóctona son ovejas y Gibraltar está mayoritariamente habitada por monos.

—Misis Zacher es tan sensible y tan protectora de los animales ella —comentaba el ficus del despacho presidencial a don Felipe mientras le cortaba las uñas a una osita panda de peluche llamada Che-Lin—, que cuando vio entrar en su despacho a don Fernando Morán le empezó a tirar cacahuetes y palomitas.

—¿Osa usted llamar «animal» a un ministro?

—Yo no oso nada, pero tampoco se meta con mi osa Che-Lin que no ha hecho nada. Además, tengo un gran respeto por los animales. Nunca osaría comparar a un oso con un ministro, ¿sabe?

—Yo lo único que sé es que el tema del Peñón no es para tomárselo a shunga, que es muy serio.

—Para serio, don Fernando, que le expuso a misis Sasher el asunto con toda claridad y absoluta sinseridad, al marhen de cualquier otra considerasión.

—Ya empezamos...

—Pero don Fernando les ha explicado a los ingleses la morandina, y a mi entender la solución de Gibraltar pasa por la «monandina», o sea, que los monos se autodeterminen y elijan si quieren ser españoles o británicos.

(1983)

Oposición-poder, poder-oposición

Ya están consolidados el partido de la oposición en el poder y el partido del poder en la oposición.

—Tenemos PSOE hasta el año 2002 —musitaba para sí el ficus del despacho presidencial y, al ver entrar a Felipe González, añadió—: ¡Enhorabuena, oh líder!

—¿Y eso es malo?

—Jesús, qué carácter. ¡Sólo he dicho «enhorabuena, oh líder»!

—Le oí desir que tenemos PSOE hasta no sé qué año. ¿Eso es malo? Parese que le molesta.

—Yo lo único que digo es que no acabo de acostumbrarme a ver a Alfonso Guerra sentado en el sillón de Martín Villa dando los resultados oficiales de las elecciones. ¿Usted me comprende, presidente?

—No.

—¡Felipe, compréndeme, por favor! —imploró el ficus enroscándose al cuello del presidente—. Tú siempre has comprendido a los incomprendidos.

—¡Quite sus sucias ramas de encima del presidente! —el secretario Julio Feo se abalanzó sobre el ficus—. Al presidente se le llama «presidente», no Felipe.

—Que me agarre por el cuello no me importa, pero no soporto los besos de tornillo —dijo González abriendo la ventana y respirando hondo.

—Son servidumbres del poder —protestó el ficus.

—¿A don Leopoldo también le daba besos de tornillo?

—Don Leopoldo era el poder. Ustedes sois la oposición. Es una cosa rarísima, como caminar con los zapatos cambiados de pie.

—Nadie puede caminar así —dijo Feo intentándolo.

—Pues Moscoso puede y lo lleva bastante bien, ¿no?

(1983)

«Operación Virgen»

Estaba el presidente del Gobierno reunido con sus colaboradores en La Moncloa, cuando de repente se abrió la puerta con gran estrépito.

—¡Qué nadie se mueva! —gritó una voz que salía de un amasijo de hojas verdes con casco—. ¡Esto es un registro!

—Pero qué carajo un registro —reaccionó el secretario del presidente dando codazos al ficus y su tropa de plantas—. ¿Qué hacen ustedes vestidos de geos?

—¡Nosotros, geos, tú Feo! —contestó el ficus amenazadoramente—. Es la «Operación Virgen del Pilar».

—Soy virgen, ¡lo juro! —dijo avanzando la palmera de Eduardo Sotillos—. Puedo incluso demostrarlo.

—Cállate, cursi —le contestó el ficus sujetándola—. ¡Todos contra la pared! ¡He dicho contra la pared! Moscoso, vamos, la cabeza contra la pared, una, dos, tres veces. Vale, que vas a tirar abajo el muro.

—¿Tiene usted orden judicial de registro?

—De registro no, pero de peinar el barrio, sí —contestó el ficus sacando una peineta—. Señor Boyer, a usted tengo orden de peinarle esos rizos locos.

—¡Querido amigo! —dijo Javier Solana abalanzándose sonriente sobre el ficus—. Creo que le voy a condecorar. Es un honor para mí, para España y para el partido.

—Menudo partido: Viena 2-Real Madrid 0 —dijo Feo.

—Y eso que el árbitro era un desastre —contestó la palmera de Sotillos.

—Para empesar, esto no es el barrio del Pilar —puntualizó Alfonso Guerra—y aquí no tenemos secuestrados, ni vírhenes, ni nada de nada.

—Pues si no tienen Casera… ¡nos vamos! —ordenó el ficus.

(1983)

El aborto del ídem

Qué mal día tuvo el que inventó este proyecto de ley de despenalización del aborto, que es una caricatura hipócrita y que, en cambio, ha levantado ampollas en la sociedad española enfrentando a la madre Teresa de Calcuta con el Lucero del Alba.

—¿Quién es esa cantaora flamenca que no me suena a mí de haberla escushao? —preguntó el vicepresidente Alfonso Guerra, que buscaba sus cascos de oír al Gobierno tras el tiesto del ficus del despacho presidencial—. Lo de Lusero del Alba lo he escushao yo antes.

—Lo dudo —opinó el ficus—. Es una paya que se manifestaba a favor del aborto en la puerta del Congreso cuando llegó un poli, la arrastró por el brazo y, ¡zas!, abortó allí mismo.

—Quién, ¿el poli? —preguntó asombrado Guerra poniéndose los cascos que habían aparecido dentro del televisor—. ¿El poli abortó?

—No, Lucero del Alba, que abortó allí mismo de un Ledesma divino con ojos de justiprecio y nariz de curatela. Una vergüenza. ¡Una criatura inocente arrastrada del brazo por la Fuerza Pública frente al Congreso!

—A ver si me entero: Ledesma estaba al alba en la puerta del aborto de los diputados y de repente congresó divinamente, porque vino un poli y arrastró al justiprecio de un brazo. Lo que no entiendo es lo de la curatela, que deduzco que es la tela que cura, claro.

—O sea, una tirita. Eso es lo que es este bodrio de ley, que tiene tan descontenta a Lucero del Alba.

—¡Ya lo tengo! —gritó el señor Guerra—. Albal, el papel de aluminio que resiste si tú resistes.

(1983)

Una buena amistad (sólo son buenos amigos)

Después de incluso años de tirarse los trastos a la cabeza y de no entenderse para nada, ahora parece que ha nacido una hermosa y tierna amistad entre los gobiernos francés y español.

El primer ministro francés, Pierre Mauroy, y su colega español, Felipe González, pasaron juntos el fin de semana en una finca del Patrimonio en la serranía de Cuenca, llena de árboles, liebres, osos y ciervos.

—*Oh, les belles cornes!* —exclamó admirativamente don Pierre Mauroy al ver un hermoso ejemplar de venado—. ¡Olé, toró!, ¡olé, toreadóg!

—*Ne pas un toró, cher Pierre, c'est un cierv* —aclaró González agarrando al primer ministro francés de un brazo y echando los dos a correr delante de la cornamenta que les seguía a toda pastilla por el bosquecillo.

—*Alors, un cierv complétement locó, ce toró* —se lamentaba el señor Mauroy resoplando en plena carrera.

Cuando llegaron al porche de la casa, ambos políticos se dejaron caer derrengados en los sillones de mimbre.

—¡Aaayyy! —gritó una voz debajo de don Pierre Mauroy, que dio un respingo.

—*Oh, l'escolte, je l'espachurré comme une tomate.*

—*Comme les tomates de les camions españols que vous espachurrez casi tous les jours* —comentó duro Felipe González dándole un manotazo a un oso que intentaba quitarle su *bloody* Mary Margaret.

Por fin cómodamente sentados, con la copa en la mano, ambos primeros ministros contemplaron el crepúsculo, escucharon el melancólico piar de los pájaros y decidieron empezar a despachar los temas de Estado.

—*C'est bó* —suspiró el señor Mauroy.

—*Cuá*?

—*Ces bottes me font un dagne terrible. Pued je me le quitter, cher Philip?*

—¡Ufff! —exclamó el señor González tapándose la nariz—. *Vos pinrels chantent cantité, Pierrot.*

—*Vous estudiez ou vous travaillez, cher Philip*? —dijo el premier francés inclinándose peligrosamente hacia su anfitrión.

—*Llámemez moi samplemente Gonsalés, monsieur* —cortó Felipe separando su sillón un poquito.

—*Un pitillite*? —ofreció Mauroy aproximando su sillón.

—*Premierement, le Marché Comun; aprés, ya vérons.*

—*Ya vérons, ya vérons* —languideció el francés—. *Ce se lo direz vous a tods. ¡Qué pesad! Vous entrerez dans le Marché Comun, je le promets. Oh, Julieta, Julieta, wherefore are thou?*

—*Mais, ¿quesque sé ce merdé?* —gritó Felipe sacudiéndose de encima a Pierre Mauroy—. *Une chose est que nous seames amis et une otre muy distinte que vous vous aprovechez de moi! Je vous dis: premieremant, le Marché Comun; secondemant, stop les terroristes en France; truasiememant, libre chemin pour les tomates espagnols; quatriememant, pas de shmuak de tornilles! Vous comprenez? Je ne resiste pas les shmuak de tornille, monsieur Mauroy!*

—*Je m'excuse, excusez-moi, s'il vous plaît, Philip, ¿vous m'excusez? Dites-moi, vous m'excusez?*

—Sí, hiho, sí: el excusado, bahando las escaleras, al fondo a la deresha.

(1983)

La calle es pobre pero honrada, Felipe

Divino lo del presi, que dijo el otro día sin inmutarse que el Gobierno no negociará bajo presión de la calle, y se quedó tan ancho.

—¡¡¿No se le cae la cara de vergüenza de haber dicho semejante estupidez?!! —oyóse una voz estruendosa en el jardín del palacio de La Moncloa.

El presidente González se asomó a la ventana y vio al ficus con una pancarta enorme que ponía: «Si no fuera por la calle, estarías arando, mushasho.»

—¡Entre usted ahora mismo, ocupe silensiosamente su lugar y déhese de bobadas! —ordenó el presidente Felipe González.

—De eso nada, monada. ¡Quiero negociar primero mi convenio de plantavit y el plus de trabajo insalubre! —contestó el ficus a gritos sacando otra pancarta: «No negociaré nunca bajo presión de La Moncloa!», mientras seguía dando alaridos—. ¡¡¿Cuánto tiempo hace que no vas por la calle?!! ¡¡¿Qué tiene de malo la calle?!! ¡¡¿Te da miedo la calle?!! ¡Antes bien que te gustaba presidir manifestaciones callejeras! ¡En primera fila ibas pidiendo árnica!

—¿Quiere dehar de dar gritos?

—No me da la gana. ¡La calle es mía y a ti te encontré en La Moncloa!

—Se está poniendo usted pesado.

—¡Y usted más hortera que un bocata de chapas! ¿Qué passa contigo, carisma? Que ya ni hablas, ni sales a la calle, ni te diriges al Parlamento, ni na de na. ¡Que está usted más callao que el diplodocus del Museo de Ciencias!

(1983)

La sangre de san Pantaleón es alargada

Estamos salvados. La sangre de san Pantaleón se ha licuado y no habrá catástrofes este año.

Por si no lo saben los ateos, infieles, rojos y masones, que no se licue la sangre que está en el monasterio de la Encarnación de Madrid significa desastre seguro. Por ejemplo, está científicamente demostrado que dicho hecho no se produjo ni en 1914, año de la Primera Cagada Mundial, ni en el período comprendido entre 1936 y 1939, fecha de la Gran Cruzada Mágica.

—No sé por qué está su excelencia tan preocupado con el País Vasco, con la CEE, la OTAN, la presunta invasión yanqui en Centroamérica... —dijo el ficus del despacho presidencial viendo a don Felipe llorando en el hombro de Barrionuevo—. ¡La sangre se ha licuado! No passa nada.

—¿Que no pasa nada? —contestó el presidente—. Lo que no pasa es nada bueno. Todo son complicasiones.

—Para una buena noticia que sucede, como es lo de la sangre de san Pantaleón, y usted no le da importancia. Parece periodista, presidente; siempre se tira a lo peor, a sensacionalista, a las malas noticias.

—¿A que lo mando a usted a freír torresnos a otro sitio? —contestó el presidente, molesto—. Además de ser un plomo, tiene sangre de horshata.

—El pobre san Pantaleón haciendo esfuerzos por salvarnos de la escatumbre, el holofausto y el desgraste cacitastrófico, y usted nada.

—Se me está empesando a helar la sangre.

—¡Milagro! ¡Milagro! ¡Milaaagrooo!

—¿Se ha vuelto loco?

—Llamo a la señora de la limpieza, que ha puesto V.E. el escritorio perdidito de lágrimas.

(1983)

No es lo mismo ser que estar negro

Hay que estarle agradecido al presidente Teodoro Obiang, de Guinea Ecuatorial, porque en su visita a España ha hecho lo que les gustaría hacer a la mayor parte de los grandes jerarcas del mundo y que muchas veces no se atreven porque les da corte. Cuando se les saca de casa se ponen paranoicos.

Cuando el avión aterrizó en Madrid, el presidente guineano no quería bajar. Felipe y su séquito esperando... y nada.

—Que bajen los gorilas y cacheen a todos los que están ahí abajo —ordenó Obiang mirando por la ventanilla.

—Excelencia, es imposible, no se van a dejar, son muy suyos.

—Pues entonces no bajo —y se sentó otra vez en su asiento—. Por ejemplo, ¿quién es aquel señor con cara de vendedor ambulante de gomas para los paraguas?

—¡Excelencia, es el secretario de don Felipe González, el señor Feo!

—En efecto. Pero insisto, ¡no bajo si no es en presencia de mi abogado! Además, ¡a aquel hombre que está allí le conozco, es una tía de la suegra de Niquitanipongong y me va a asesinar en cuanto pise tierra!

—Excelencia, es el ministro de la Presidencia, el señor Moscosong, y es inofensivo a menos que se le pongan tres terrones en el café.

Después de muchas discusiones, el presidente Obiang apareció en la portezuela del avión, mientras los guardaespaldas le hacían bajar las escalerillas como si fuera don Tancredo. Felipe González, muy cortésmente, le tendió la mano, pero Teodoro se le echó al cuello abrazándole.

—Si hay que morir, moriremos los dos, macho mío. Por cierto, en las fotos eras más guapo y más alto, y no olías a *aftershave*.

—Tranquilo, tranquilo —respondió Felipe dándole palmaditas en la espalda—, que éste es un país libre, democrático…

—Sactamente, eso es lo que yo me temo. Yo de ti no me separo ni por lo civil ni por lo religioso.

Ambos hombres de Estado se fueron hacia el palacio de La Moncloa agarraditos de la mano, para charlar de sus cosas. Cuando traspasaron la puerta para dirigirse a la salita, los gorilas españoles no dejaron entrar a sus colegas guineanos.

—Dejen las armas en el guardarropa, que van ustedes armados hasta los dientes.

—De esho ñada, yejo la llendaduda en el gualdadopa y luego pieddo el numedito y me quello ñin lliendes.

Mientras todo el follón sucedía fuera, Felipe y Teodoro sentados en un sofá hablaban de temas apasionantes y trascendentes.

—¿Qué quiere usted tomar? —preguntó Felipe solícito.

—Un café, gracias. Ya sabe que todos los negros tomamos café, mam á Inés, cha-cha-chá. —Cuando lo probó, Obiang casi se atraganta—. ¡Es espantoso!, ¿de dónde lo han sacado?

—Me temo que de Guinea, señor —dijo el camarero.

—Mira, Felipe, para café-café, el de Francia. *Oh, là là, quel café!*

—Pero si en Fransia no hay café, Teodoro.

—Por eso, lo importan de Brasil y de Colombia.

—Ya. Y hablando de Fransia, ¿qué tienen los franseses que no tengamos nosotros?

—Te lo diré. En primer lugar, a las francesas y, en segundo lugar, el franco. Ustedes también tuvieron uno, pero se les murió y ya no es lo mismo.

(1983)

El plantón de Atenas

El viaje a Atenas del presidente González (antes Felipe) para parlamentar con sus colegas francés, griego, portugués e italiano ha sido un éxito. No terminaron a puñaladas, ni se agarraron de las solapas —González llevaba una campera— ni llegó la sangre al río, porque por Atenas no pasa ninguno.

Fue una reunión bajo el lema de la solidaridad. España ya no entra ni en el Mercado Común ni en la OTAN. Tampoco nos dejan entrar en la OUA (Organización de la Unidad Africana), porque no somos negros. Pero que nadie se deprima, porque seguimos en la OTI y en Eurovisión, de segundones, pero lo importante es participar.

Para empezar, al presidente González casi no le dejan entrar en la reunión de Atenas. El Feo griego le tapó la puerta al verle llegar:

—*Akatapimái, parakaló.*

—¿Qué dise?

—Yo creo que dice que hace calor, presidente.

—Ojí, calor. No se puede entrar sin chaquetíkimu —aclaró el griego.

—¿Qué es esto, una discoteca? Haga usted el favor de desirle al señor Papandreu, al señor Mauroy, al señor Soares y al señor Craxi que estoy aquí fuera esperando, que esto es ¡intolerable!

—*Gonsalopoulos, enea lambda alfa sigma pi* —dijo el griego al volver de hacer la consulta.

—Dice que ellos han dicho que se quede fuera, que no entra, que la CEE es un club privado y se reserva el derecho de admisión.

—¿Todo eso ha disho?

—También han dicho *pi*, pero no estoy muy seguro…

—Quiere decir 3,1416 —salta el listo de turno.

—Ya me lo desía el horóscopo. Dificultades los días 3, 14 y 16 —se lamentó Felipe.

—Yo esos días estoy ovulando —confesó Sotillos.

—*Mais Felipe, que hacem vosé akí?* —preguntó Mario Soares, que se encontró a González en la puerta—. *Amigu miu! Saravais!*

—Saravais a enterar ustedes si no nos deháis entrar en la SE-E-E —dijo González enfadado sentándose en un escalón.

—*Me perque voglio entrare en la Che-e-e?* —le consoló Craxi ofreciéndole un chupachús—. *E una cossa molto aburridísima, caro...*

—No me importa que sea caro, he disho mil veses que entraremos aunque sea pagando. Eso sí, a plasos.

—*Mon cher Filip, si vous entrez dans la CEE, yo me quité* —exclamó Mauroy de morros.

—¡Guarros! Los franseses no pensáis más que en el sexo. Los nabos, los melones y los pepinos. ¿Y de la so–li–da–ri–dad qué?

—*Egó conotsia éna solidaritaki, pero staba un poko flákeida* —opinó Panpadreu pasándole a González la mano por el cabello—. *Kuánto peliki.*

—¡Basta! ¡Es nesesario que España entre en la SE-E-E!

—*Una bella canzione, e rock o heavy metal?*

—*C'est une conneri infantine.*

—¿Saben lo que les digo, colegas? Que estoy harto. En la SE-E-E serán dies, pero yo tengo dos.

—Señor presidente, con los del caballo del Espartero hacen cuatro —le sopló Sotillos al oído.

(1983)

Ranking de macizos

El Gobierno socialista ha superado este verano la prueba de «cachas al aire» con resultados entre pechés-pechés y *comme-si comme-sa.*

Por ejemplo, el ministro de Cultura, Javier Solana, ha quedado entre dos predecesores suyos de UCD: en bañador, Solana está más macizo que Íñigo Cavero pero infinitamente peor construido que Soledad Becerril.

La muslada de Barrionuevo es más elástica que la de su colega Rosón, aunque ambos están empatados en modelo de pinreles horrendos.

Felipe González pierde mucho en bañador, ya que no le coinciden las rodillas con el gracejo sevillano, pero presenta mejor aspecto que sus antecesores: Adolfo, que parecía el buen hombre un anuncio de tintorería en seco, y Calvo-Sotelo, que llevaba sus bermoldos como si tuvieran pinchos por dentro.

Al vice Alfonso Guerra le han visto pocas personas en burguerrys, pero un vecino que se lo encontró le dio dos duros para que se comprara un bocata, y otro le intentó adoptar como niño de Biafra.

En cuanto a Enrique Barón, parece como si saliera despavorido de un descarrilamiento de la Renfe que le pillara en calzoncillos.

Los michelines del ministro Morán son muy internacionales, entre modelo OTAN y modelo Varsovia. No como su predecesor en Exteriores, que tenía michelines de Oreja.

Pero sin duda el *number one* es Boyer, que si vestido de ministro parece un viajante de peines turco, en bañador parece que acaba de bajar de un yate de 60 metros. Menudo disgusto se llevó Soraya cuando le dijeron que el cachas de gafas era ministro de Hacienda.

(1983)

Ruidos de gorras y escapularios

En el palacio de La Moncloa se están oyendo ruidos extraños, indefinibles, casi imperceptibles, pero insistentes. Al presidente González le tienen inquieto.

—Será la mierda que decían ustedes que había aquí debajo de las alfombras, presidente —opinó el ficus del despacho viendo a Felipe con la oreja pegada a la pared.

—Vaya, llevaba un tiempo calladito, pero no hay bien que meses dure. ¿Qué será este plos-plos? Escushe.

—Está chupao, señor presidente. Son gorras de plato, de esas que llevan en el ejército, entrechocan y se juntan para susurrar.

—¿Cómo van a susurrar las gorras de plato?

—Las gorras entrechocan y los que las llevan susurran. Cuando Adolfo, se oía el mismo ruidito. Me lo sé.

—¿Y ese otro splass? ¿Qué puede ser?

—¿Eso que parece como cuando se abre la nevera y el paquete de mantequilla cae al suelo? Son miles de escapularios marchando en columna de a tres.

—¡Virhen Santa!

—Nunca mejor dicho, señor presidente. O sea, que con la iglesia hemos topado y con el Ejército tampoco.

—Que no cunda el pánico.

—Yo estoy de lo más tranquilo.

—¡Entonses, no se trepe a la lámpara! ¡Quédese quieto y, sobre todo, calladito!

—Confieso, presidente, que cuando oigo ruido de escapularios y gorras vivo sin vivir en mí.

—Mire lo que ha conseguido: se ha ido la lus y nos hemos quedado a oscuras.

—A os curas y a os militares tamén.

(1983)

El aborto

Espectáculo fascinante el de los próceres y padres de la patria asistiendo al complicado y dolorosísimo parto del aborto en el hemiciclo del Congreso.

Tras nueve meses de gestación, el ministro de Justicia, Ledesma, enseñó a sus señorías el ajuar que amorosamente había ido reuniendo: camisitas, faldones, calzapollos y dodotis, adquiridos en Prenatal, y toquillitas amorosamente tejidas en punto de canalé por la mayoría socialista y el Gobierno.

—¡Considero un atropello, señor presidente de la Cámara —dijo levantándose de su escaño el portavoz de Apé, Herrero de Muñón—, que todo el ajuar sea rosa! ¿Y si es del sexo masculino? Es una prueba más de cómo los socialistas desprecian las reglas.

—Ruego al señor diputado Carro Martínez —interrumpió Peces-Barba dando martillazos en los nudillos del vicepresidente— que observe el debido respeto a una persona en estado de gravidez, que precisa toda clase de cuidados, atenciones y respetos.

—Sobre todo —añadió el portavoz socialista Cuscuslluela— porque la criatura viene de nalgas, o sea...

—Con el permiso de sus señorías, voy a romper aguas —anunció Ledesma—. Una, dos y ¡splassh!

—¡Oh, qué ideal! —dijeron todos los diputados socialistas contemplando extasiados el aborto—. Cuchi, cuchi, ajito, miñiñi, uy, si hasta levanta el puño.

—No ez ed puño, didiyoyas, zino un codte de mangaz —dijo el abortito—. Zoy una mieda, ni ziquieda me habéis degado sed un aboto hecho y dedecho, capudancios.

(1983)

Menos santos que inocentes

Hay casualidades que matan, como por ejemplo que el último Consejo de Ministros del año se celebre el día de los Inocentes. El presidente González, con cinco millones de votos en cada ojera, recibió a los ministros, que entraron ordenadamente en tropel.

—Felisidades en el día de vuestro santo —dijo el presidente.

—Gracias presidente. Se ha llevado mi coche la grúa, he tenido que ir corriendo a por él con el tráfico que hay, casi no llego —jadeó el ministro de Cultura, Javier Solana.

—¿Dónde habías mal aparcado el coche? —preguntó ladeando la cabeza como el inspector Colombo, inquisitivo, el ministro del Interior.

—Donde lo tiene todo el mundo: en la puerta de El Corte Inglés.

—Mira que os tengo dicho que vayáis a Galerías Preciados, que es vuestra obligación —advirtió enojado, o sea, normal, el ministro de Economía, Hacienda y Comercio.

—No t'enrolles, Miguel Boyer, qu'emo venío aquí a trabahá y a sacá al paí adelante. Por consiguiente, empesemo.

—Muy grasioso, señor Moscoso —dijo el presidente.

—No aceptáis una broma, oye. Pues bien, primer asunto pendiente. Como los funcionarios dicen que llevan una vida perra, en cada ministerio se adjudicará una partida de «varios» para comprar casetas especiales para canes, de forma que los que lo deseen puedan refugiarse en ellas y roer el hueso tranquilos.

—Encantador el primer tema. ¿Segundo?

—Segundo ha ido a comprar tabaco, pero ahora vuelve.

—¡El segundo asunto o tema!

—Ahora viene lo tuyo, Serra. Decreto-ley para cambiar el uniforme del Ejército español por algo semejante al uniforme del Ejército griego, dados los lazos de amistad entre ambos países mediterráneos. ¿De qué se ríe, señor Solchaga? ¿Le hace gracia?

—Por un momento pensé en el general Santa María con la minifalda.

—¡Basta! Prosiga el secretario del Consejo.

—Decreto-ley par instalar en el Ministerio del Interior un sistema robotizado japonés para lavar la guerra sucia. Decreto-ley para comprar cama de una plaza al ministro de Trabajo, Almunia, con la intención de que pueda dormir solo en lugar de tener que hacerlo con Nicolás Redondo y Marcelino Camacho. Decreto-ley por el que se nombra a don Alfonso Guerra primo hermano de Gustav Mahler. Otros nombramientos: embajador en Quito, señor Pon i Pon; director general de Curvas, doña Charo López; director general de Machadas, don Miguel Muñoz. Decreto-ley por el que se nacionaliza el Instituto Británico de Madrid para que los hijos del señor Maravall puedan ir por fin a un colegio estatal. He terminado. Eso es lo que hay. Y son lentejas.

—Bien. Aprobado todo porque son la una menos sinco y a la una me voy —dijo el presidente—. Señor Morán, ¿tiene alguna obhesión o el dedo es natural? Si quiere desir algo, dígalo ahora y clarito.

—Pues no sé si oso.

—Ose, ose.

—Pues que hay un chachicha de chicha que chabe chachi.

—Lo siento, pero eso tiene que quedar para el próximo Conseho. Ahora se levanta la sesión. A ver, chicos, una, dos y tres, eso es, y cuando ya está levantada, se tira por la ventana. Muy bien.

(1984)

Entrevista

Han prometido que se van a ver, que se van a contar sus cosas y van a tomar una copa juntos. Quedaron antes de las elecciones vascas.

—Sharly, tío, te montas en el tren y te vienes a La Moncloa a tomar un fino y sharlamos de nuestras cosas —dijo Felipe González.

—Ez, vienes tú a Jauría Enea por una vez —contestó Garaicoechea— y en plan fino nos tomamos unos chiquitos, oye.

—Yo a Hauría Enea no voy.

—Pues a mí no me gusta ir a La Moncloa, porque tu perro me muerde.

—¿Y a medio camino? Tú bahas y yo subo.

—¿Cómo que yo bajo y tú subes? ¿Ya empezamos, Felipichu?

—Nos lo hugamos a los shinos.

—A los dados.

—A los shinos.

—A los dados.

Y así pasaron infinidad de días. Los fontaneros del presidente del Gobierno español, Felipe González, y del presidente del Gobierno vasco, Carlos Caraicoechea, buscaban soluciones para encontrar un lugar neutral donde pudieran intercambiar los cromos repes y las estampitas en tres dimensiones de la Macarena y la Virgen de Begoña.

Un buen día ambos coincidieron haciendo una escala técnica en el excusado de un submarino que buscaba una sortija que había perdido Raventós en aguas del Cantábrico.

—¿Se puede? —preguntó Felipe González llamando a la puerta.

—¡Se va pudiendo, gracias!

—¡Carlos Garaicoeshea! No me lo puedo creer. ¿Tú aquí? —dijo Felipe abriendo la puerta.

—Cielos, Felipe, no entres así en los sitios, porque un día te llevarás un disgusto. ¿Qué haces aquí?

—Ho, pues que de ver tanta agua, tanta agua...

—No me refiero a aquí-aquí, sino al mismo barco que yo.

—Efectivamente, estamos en el mismo barco. ¿Y qué? Si no te gusta ir en submarino, viaja en taxi.

—Bien. Vayamos al grano.

—Siempre fuiste un poquito pollo, pera pero pollo, y lo del grano se explica: es algo natural. Los posos, al grano.

—Muy agudo. Dime, Felipe, ¿esas ojeras son *prêt-à-porter* o hechas a medida? Te sientan bien, te dan un aire de gorila que ha ganado el *slalom* gigante. Muy sexy, sí señor.

—Grasias, Sharly. Tiene rasón Adolfo Domíngues: la arruga es bella. La tuya está un poco torsida, pero te va muy bien, te hase huego con el apellido.

—Uuuummm... Esa colonia que llevas, ¿a que es de GAL? Deja una huella inconfundible. Me hace recordar cuando yo paseaba por la *cashba* y de repente se armó un tumulto; yo no sabía qué hacer, estaba asustado y sentí una mano en mi hombro, una mano fuerte...

—Pues te has colado, porque es «Embruho de Sevilla». Y ahora que me fiho, ¡te has operado las etas, te has puesto siliconas! Es normal a tu edad... Ya sabes, no pesan los años, pesan los kilos.

—Los kilos de caspa es lo que te hace ir cargado de hombros. Después, ambos políticos comentarían a los periodistas: «Ha sido una entrevista necesaria, en la que hemos repasado los temas pendientes.»

(1984)

Cocochos

Según el portavoz gubernamental, el tema del pesquero ametrallado por la Marina francesa no se abordó en el último Consejo de Ministros.

—Como se te escape una sola palabra ante los periodistas de que hemos tratado el tema del pesquero *Valle de Orchondo* quedas inmediatamente despedido —le avisó el ministro de la Presidencia, Javier Moscoso, a Miguel Ángel Molinero, portavoz suplente de Eduardo Sotillos.

—¿Y si los periodistas me aprietan las clavijas? —dijo el Molinero—. Son capaces de torturarme.

—Si osan, les llevamos ante el tribunal de La Haya.

—Oyes, hablando de La Haya —interrumpió el titular de Justicia, Ledesma—, por qué no hacemos algo para que a la pobre princesa Carolina de Mónaco le den la nulidad en Rota. La muchacha está en pecado, va a tener un hijo y todavía sigue casada con el justiprecio anterior. Presidente, intente mediar en el asunto, que V.E. tiene mano en el Vaticano.

—Hay que reconocer que la Carolina está como un tren —dijo Barón.

—Hemos venido aquí a hablar de merluzas y lubinas, y no a pasar revista a las titis —dijo enfadadísimo el ministro Romero.

—¿Titis? ¡Qué manera de hablar másss impropia! —exclamó asqueado el ministro de Educación y Ciencia—. Tienes el vocabulario de un gendarme francés.

—Tú es que eres más fino que el corderito de Norit.

—¡Basta! Hablemos de cosas serias —interrumpió el presidente del Gobierno—. No pienso mediar en el asunto de Carolina de Mónaco.

—Pues no lo veo yo tan claro, porque el tema puede hundir a la prensa del corazón —opinó el ministro de Sanidad.

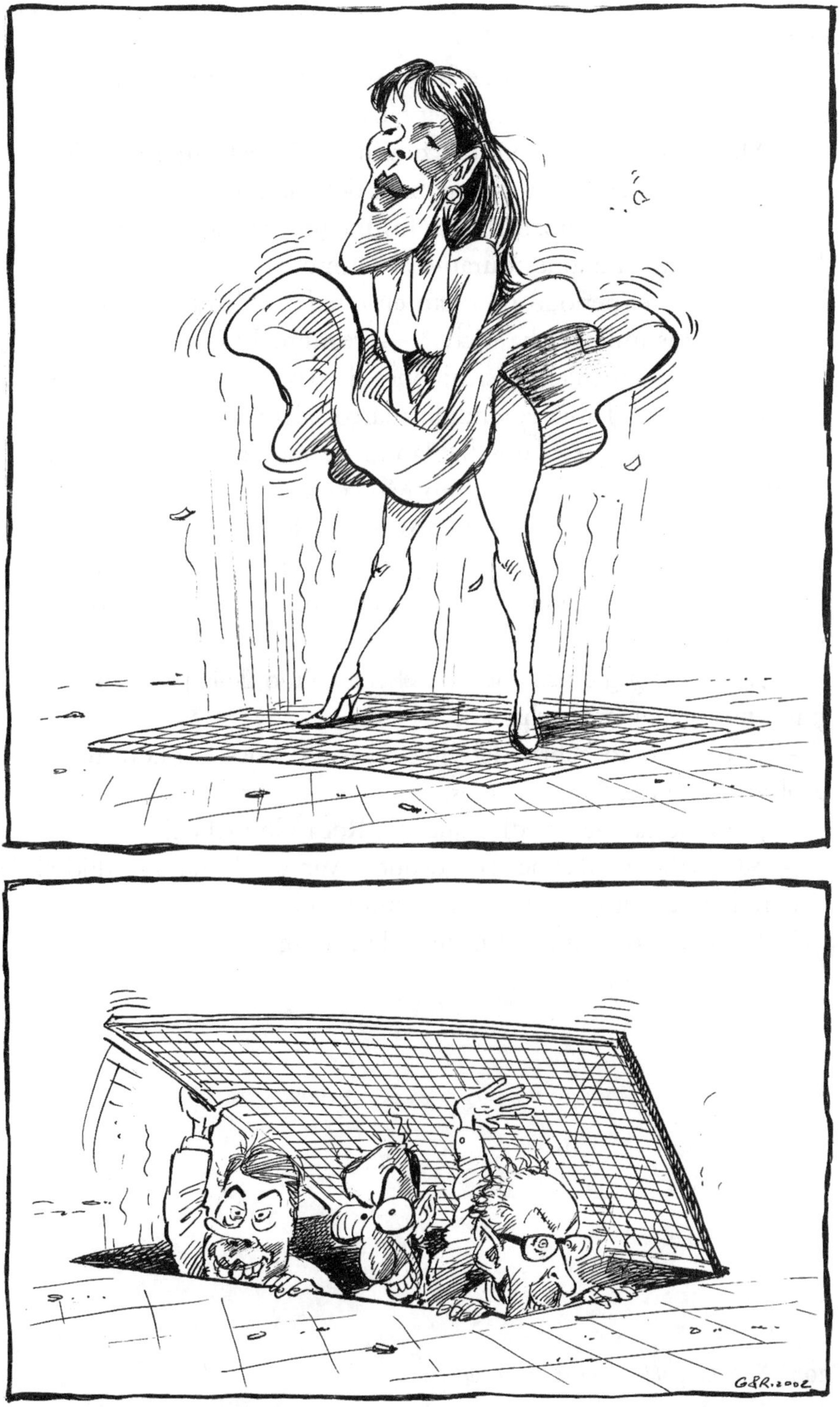
G&R.2002

—¿Sabéis cuánto han pedido los medios de comunicación del Estado? —preguntó Javier Moscoso.

—¡No me puedo creer que los medios de comunicación estén embarazados! —dijo Fernando Morán muy asombrado.

—Me refiero a los medios de comunicación del Estado-Nación.

—¿Que la Nación está embarazada del Estado?

—¡No me interrumpa! Insisto: los medios, etcétera, han perdido mochicientos millones durante el último periodo.

—Si tienen el periodo no están en estado —dedujo Morán.

—¿Cuántos millones ha dicho? —preguntó Boyer.

—He dicho mochicientos millones de pesetas.

—Menos mal, había entendido marcos alemanes.

—Vamos a ver, ¿estamos hablando de marcos alemanes o de Carolina de Mónaco? —preguntó Moscoso.

—Que no te enteras. Estábamos hablando del embarazo de la Nación, del periodo de los medios de comunicación y de que la Rota pide indemnización de troñocientos millones de yens por el *Valle de Orchondo.*

—¿De yens? ¿Qué tiene que ver el yen con lo de la pesca? —preguntó por preguntar Solchaga.

—¿No has oído hablar del yin y el yang? Pues la nueva teoría es el yen, que está entre medias.

—¿Te refieres a las medias que usa Roca Chunchén?

—Señores y señoras, les ruego que vayamos al grano —dijo el vicepresidente Alfonso Guerra con autoridad.

—De acuerdo. ¿Sabéis el último de Morán?

(1984)

Cumbre en sillas de tijera

Nos han visitado los líderes crepusculares socialistas Willy Brandt y Bruno Kreisky, que son los mejores amigos políticos que ha tenido Felipe en Europa a lo largo de su carrera. Hasta octubre del año 82, ambos actuaron como mentores de González en plan paternal-socialista: «Felipe haz esto; Felipe no hagas esto otro; Felipe eso que dices está bien; no te fíes de Mengano; Felipe quédate quieto ahora; no metas las manos en la sopa; lávate los dientes, organízate con el dinero de bolsillo y no despilfarres...»

Según las imágenes que nos han mostrado la televisión y las fotografías de prensa, Brandt y Kreisky no están ya para muchos trotes, y más parecen preeminentes políticos soviéticos que socialistas en lucha. Brandt, sobre todo, ha dado un gran bajón desde que, hace unos años, se casó de nuevo. Uno no se casa impunemente a esa edad —ni a cualquier otra si hay que cumplir— con una señora que, además, es periodista y tiene tres veces menos años que él.

Pero el caso es que Kreisky y Brandt llegaron a Madrid derrengados del viaje, pero encantados porque hacía sol.

—*Sapíamos que no nos ibas a defraudarr, prresidente* —dijo Brandt jadeando al salir del coche que le llevó al palacio de La Moncloa a almorzar.

—Amigos, no podía defraudaros. Me ha costado trabaho que saliera el sol, tengo una oposisión muy batalladora y caprishosa, pero lo hemos conseguido —dijo González respetuoso—. Claro, que además he tenido a Eduardo Sotillos dies días sin cantar para que no lloviera.

—Perdone, pero el otro día canté veinte en copas, ¿recuerda? —intervino Sotillos cayéndose de la lámpara.

—¡Oh!, ¡aj!, ¡uj! —exclamó muy expresivamente Brandt, abriendo mucho los ojos—. *Eine muñeca Repollen en perrsona. Dankeshoen, Felipe.*

Y Brandt cogió a Sotillos en brazos encantado.

—*Meine muñeca Repollen, qué ilusionen!*

—*Es parra mí, yo la quierro. Dans muñecan Repollen is mein!* —dijo Kreisky abalanzándose sobre Sotillos para arrebatárselo a Brandt.

—Amigos, habrá para todos. Salgamos al hardín a tomar el sol.

—*Meine kinder, ¿no tienes unos sitz más incómodos? ¿O es que no te llega el dinerro que te mandamos?* —gimió Willy Brandt al ver las sillas de tijera alrededor de una mesa en el jardín.

—Esto tiene grasia, porque a punto estuvo de caer un gobierno por culpa de unas sillas de tihera —dijo Felipe riéndose—. En fin, hablemos de Contadora.

—*Ya lo feo clarro —dijo Kreisky—: le darrán el Oscarr de Hollywood, es una guten película de miedo.*

—*¡Qué tonterría más tonta! Cómo fan a dar el Oscarr a Contadora* —exclamó Brandt—. *Contadora llegará prrimera en la carrera de Ascot, austriaco pequeño e insignificante. Contadora es buena mula.*

—*Yegüa, meine Führer.*

—Yo quisiera saber, compañeros, amigos, ¿qué pensáis de Contadora, qué puede haserse en Contadora? —preguntó Felipe muy serio.

—*Yo, perrsonalmente, la prefiero con soda y zitrone.*

—*Idiotecen. Hay que fénderla por párrcelas a los árrabes.*

—Mus.

(1984)

Cataluña en Castilla

Llegado el buen tiempo, ya se sabe: silla de tijera para los invitados ilustres que van a almorzar al palacio de La Moncloa. Esta vez le ha tocado al venerable ex honorable Josep Tarradellas, primer presidente de la Generalitat catalana en su nueva etapa posfranquista, que vino a Madrid con su esposa.

—Mucho cuidado con lo que pones para comer, Carmen —le dijo el presidente a la presidenta la mañana en que los ilustres visitantes iban a almozar al palacio.

—Voy a poner *escudella i carn dolla.*

—¡Carmen, por el amor de Dios, te lo pido!

—He dicho *dolla*, Felipe, ¿qué pasa contigo? De tanto oír a Mahler os estáis quedando sordos.

—Perdona, y ¿qué es eso de la *escudella i carn dolla*? A ver si, por pasarnos, metemos la pata.

—Es como el cocido. Igualito, con sopa y todo.

—Y si es igualito que el cosido, ¿cómo vamos a saber que es *carn* de eso?

—Mira, Felipe, vete un rato a jugar al billar y déjame tranquila, que tengo muchas cosas que hacer.

Los señores de Tarradellas fueron recibidos con todos los honores y, enseguida, la conversación se puso muy interesante, tocando temas importantes y esenciales.

—¿Qué, en Madrid no encuentra usted que hace mucho calor? —preguntó Tarradellas.

—Más calor que en Barselona, pero menos que en Sevilla.

—Claro, pero en Barcelona el calor es más humit, y se nota más. Par el reuma esto es fatal.

—En Sevilla el clima es menos seco que en Madrid, pero no tan húmedo como en Barselona.

—Este cocido madrileño está espléndido, delicioso —dijo Tarradellas mirando a Carmen Romero.

—Aquí, en Madrid, a este plato le llamamos *carn dolla* —apuntó la señora de González.

—Sí, claro. Nosaltres, en Francia, teníamos unos amigos madrileños, y los sábados él nos hacía un cocido exquisito igual que éste, que por cierto está, cómo diría yo, un poco salat —explicó Tarradellas—. Me temo, Felipe, que están dispendiando en exceso la sal, y hemos de ser ahorrativos, parcos en el gasto, por ejemplo la sal…

—Sal de aquí, sal de aquí —ordenó disimuladamente el presidente del Gobierno a su perra mastina que se había acercado peligrosamente al olor de la comida.

Y como el animal entendiere, como todos los de su especie, solamente lo que quiere o le conviene entender, se dispuso, con las patas delanteras en la mesa, a saborear la comida.

—¡Quíteme de en medio a Castilla, ¿quiere?! —le dijo el presidente a un guardia que paseaba por allí cerca.

—Felipe, el hecho de que Madrid respete la individualitat de Catalunya no quiere decir que haya que sacrificar a Castilla. No es eso, no es eso —dijo Tarradellas quedando atrapado en la silla de tijera al intentar cambiar de postura.

—¿Pero de qué Castilla está hablando, honorable? —preguntó el presidente—. Esta Castilla a cuatro patas es un trasto, hay que tener musho cuidado; le da usted la mano y lo próximo que hase es masticarla.

—Qué gracioso, mira que ponerle a una perra el nom de Castilla. ¿Cómo se le ocurrió, Felipe?

—Primero le puse de nombre LOAPA, pero cuando la llamábamos estaba siempre comunicando.

(1984)

Almuerzo simpático

Fue muy divertido, porque cuando los invitados americanos —el presidente Reagan y su séquito—entraron en la Bodeguisha donde González y su equipo invitaban a almorzar, había una silla menos que el número de comensales.

—¿Podemos sentarnos de una vez? —preguntó el embajador norteamericano en España, Thomas Enders, que llevaba sus 2,10 de estatura doblados para no darse con el techo abovedado de la Bodeguisha.

—Eso, a sentarse, ya, ¡maricón el último! —gritó Julio Feo, secretario del presidente español, dándole una palmada en la espalda a Larry Speaks, portavoz de la Casa Blanca.

—¿Americanos sientan últimos? ¿Ser costumbra españoles primero?

—¡No, no, no! —aclaró Morán volado—. Americanos se sienten primero, *please*.

—Lo que yo te diga: americanos primero y luego maricón el último, que no t'enterass —aclaró Julio—. Qu'es una gracia para relajar el ambiente.

—Se aparten, que yo me he traído mi sillita —interrumpió Boyer, arrastrando una butaca de mimbre filipino.

—Vaya, hombre, tú siempre dando la nota —dijo Morán, apartándose para dejar sitio al sillón de Manila.

—¿Qué nota? —preguntó Boyer asombrado.

—Pues noto un poco de dolor aquí —dijo Felipe llevándose la mano al brazo.

—*Yeah, mí también, but that was de morcilla de yesterday* —contó Reagan sonriendo.

Toda la delegación norteamericana celebró las palabras de su presidente con grandes carcajadas, y la delegación española, contagiada, empezó a reírse también.

G&R.2002

—Jefe, ¿de qué se ríen? —preguntó el embajador de España en Washington a Morán.

—Creo que se ríen de un chiste de uno de Lepe que contó el año pasado Felipe.

—Seamos serios, señores —puso orden Felipe—. Ahora que estamos solos podríamos abordar un tema importante.

—*Very good your conferencia about reaganomics, mister president* —dijo Sotelos a Reagan, poniendo los ojos en blanco.

—Pelota, a mí no me dice eso cuando doy una conferencia sobre boyeronomics —dijo Boyer, dándole a Sotillos una patada por debajo de la mesa.

—*Shall we talk about girls now that we are alone?* —preguntó Enders, que había estado silencioso.

—*Girls?* ¿Qué es eso? ¿Un nuevo misil, modelo guerra de las galaxias? —preguntó Felipe.

—Modelo Guerra, Alfonso —murmuró entre dientes Boyer.

—*Girls* —tradujo Enders—, o sea, chicas, tías, titis, niñas, muñecas.

—¡Anda, jefe, a Reagan le gustan las muñecas! —susurró el embajador al oído de Morán.

—A ver. Y qué. ¿No está casado con una Nancy? Pues eso.

(1984)

Otanoitus interruptus

Una vez superada la no-crisis del Gobierno después de las vacaciones, el tema ahora es el mete-saca de la OTAN, que provoca ronchas en el gabinete y entre los socialistas ilustres.

—Esto hay que aclararlo de una vez —dijo el ministro del Interior, Barrionuevo, en el último Consejo de Ministros—. ¿Entramos o salimos de la OTAN? Porque sepan ustedes que en mi provincia han ganado los partidarios de salir. ¡Y yo con estos pelos!

—Si Almería no quiere integrarse en la OTAN, no veo que eso pueda hacer tambalearse los cimientos de la civilización occidental —contestó Boyer sujetándose su media sonrisa legendaria.

—Te voy a dar un sograpo así de grande, que estoy harto de tu aire suficiente de genio de la economía mundial —intervino Barrionuevo levantándose para atizarle.

—Señorita, Barrionuevo, hijo —musitó Morán, impidiendo con la muleta que el ministro del Interior se abalanzara sobre Boyer.

—La desisión de quedarnos o integrarnos o salirnos de la OTAN la tomaré a su tiempo —sentenció Alfonso Guerra.

—Pues más vale que sea pronto, porque no aguanto más a mi familia poniéndome entre la espada y la pared —dijo Julián Campo.

—Como ministro de Obras Públicas, debes tirar la pared y hacer una autopista del baño a la cocina y así se acaba tu problema —opinó Ledesma, el titular de Justicia—. Peor es lo mío, que, para una vez que voy a dar una conferencia, me arman un cirio impresionante. ¡Y la culpa la tienes tú, De la Quadra Salcedito!

—¡Pero si yo no he hecho nada! —protestó De la Quadra.

—Corramos un tupido velo sobre que no hases nada, ¿no te parese? —observó Alfonso Guerra dándole una patadita por debajo de la mesa.

—¡Rayos y centellas! —maldijo Morán en arameo, porque la patadita la había recibido él en su escayola y, apuntando hacia Guerra, añadió—: Lo has hecho con alevosía.

—No, lo he hesho con el pie —contestó Alfonso.

—Señores y señoras, ha llegado el momento de adoptar una desisión —empezó diciendo Felipe González, que había estado absorto revolviendo sus papeles.

—¡Vaya, por fin! —respondieron todos—, ¡menos mal! ¡ya era hora!

—... y digo esto con toda sinseridad, en tanto y cuanto es absolutamente nesesario que todo el mundo sepa cuál es nuestra posisión, que es muy clara y la van a entender enseguida. Punto uno...

—Voy a buscar a los niños al colegio y vuelvo —le dijo por lo bajo el Romero al Campo.

—... cohes la hebra, la metes por aquí, la sacas por este lado y la reconviertes con una puntadita, crack...

—Solchaga, tío, que me estás arruinando la labor —gritó Almunia arrancándole al ministro de Industria su encaje de ganchillo.

—... por consiguiente, punto dos, es hora de anunsiar nuestra desisión que además es algo irrevocable...

—Jo, qué parto —opinó Ernest Lluch, echando mano de los fórceps.

—... y hay que deletrearlo para que quede bien claro: ¡Tres hohitas madre tiene el arbolé! —concluyó Felipe.

—¡Gracias, san Judas, sigo siendo ministro! —murmuró Barón.

(1984)

París-Madrid pasando por Togo

No se sabe muy bien la razón, pero el caso es que los franceses han dejado de alimentar a los etarras con *croissants* y *pâté de canard* y han decidido empezar a tratarles a patadas como hacen generalmente con todo el mundo.

—*Ah, non! Mais c'est pas possible! Les etarras sont enmerdants, alors, enlevez-moi ça d'ici, allez hop!* —dijo Fransuá Mitterrand a su primer ministro Fabius César tras su regreso de las ceremonias por el aniversario de la Batalla de Verdún, durante las cuales estuvo agarrado de la mano de Helmut Kohl mucho rato, cosa que sin duda debió marcarle a Mitterrand desde el punto de vista psicológico.

—*Mais monsieur le président, très bien* —contestó Fabius.

—*Mais que siñifi très-bien-très-bien, vous-vous cachondez de moi?*

—*Vous êtes le président de la France et des français.*

—*Bah oui, Fransuá, c'est mua, mua* —confirmó Mitterrand besándose en el espejo.

—*Vous avez parlé des etarras avec Philip et lui vous a enrrollé.*

—*Je ne parle pas avec Philip, mon cher Fabius, Philip parle avec moi. Il m'a dit: «Donnez-moi l'extradition des etarrás y moi je vous donnerai des pommes, des poires et de scoubidoubiduá.*

—*Ah!, la vie en rose.*

—*L'important c'est la rose, mon cher.*

—*La rose de pitiminí ou l'arros blanc?*

—*Ah, Fabiu, cette main que violá* —dijo Mitterrand mirándose su mano—, *cette main qui a touché la main de Kohl ne tremblera pas pour firmer l'extradition des etarrás.*

Una vez firmada la extradición de los etarras, Mitterrand llamó a Felipe González por teléfono para contárselo personalmente.

—*Ya era heure, hoder!* —le dijo Felipe González al conocer la noticia.

—Ah non, Philip, jamais de la vie, joder! Kohl et moi nous avons fait de manités, c'est tout. Pas de scènes, s'il te plaît.

—Fransuá, pour l'extradition de trois etarrás, je t'aime, mais, et les autres, ques que tu va hacer avec? Ils ont en huelgue de hambre, tu sais.

—C'est pour ça que je vais les envoyer à un endroit où tout le monde est en huelgue de hambre. Personne ne mange presque jamais là.

—Vous les envoyerez a Incosol, pour adelgasser? —preguntó Felipe indignado—. *C'est pas vrai!*

—Pas Incosol, au Togó, Togó, mon cher Philip. Vous connaissez Togó?

—No, moi connais Dos Hermanas, Alcázar de San Juan y Almendralejo, mais Togó, connais pas. C'est dans la Guide Michelin*?*

—Pas de Guide Michelin, *pas de Club Méditerranée, pas de Wagons Lits, pas de Marbella Club, pas de Maxim, pas de McDonalds, pas de television... lo que se llame rien de rien.*

—Il y a de nègres?

—Ça oui, il y a de negres, mais je ne les vous conseille pas. Les nègres ne sont pas bons pour la prostate et font monter le cholestérol.

—Le français, comme toujours, ne pense qu'a manger.

—Est-ce qu'il y a autre chose à penser, mon petit satyre?

(1984)

Gobierno caliente

Según avanzan los fríos invernales, la cosa política se va calentando. Los miembros del Gobierno acuden a los Consejos de Ministros con los dedos cruzados, la frente tensa, la pata de conejo colgando del llavero y la estampita de san Judas Tadeo disimulada entre los papelajes, por si acaso.

—Tío, llevas un calcetín rojo y otro azul —dijo el otro día el ministro de Agricultura, Romero, señalando los pies de Fernando Morán—. Muy rojo, muy rojo, pero llevas algo azul para que te traiga suerte, ¿eh, churrito?

—El calcetín azul me da más calor en el pie malo, ¿pasa algo? —preguntó Morán muy enfadado al ver que quince tíos, los ministros, se inclinaban para ver sus calcetines—. ¡Éste me lo ha regalado Cesión (¿?) y éste otro la Thatcher! —añadió quitándoselos y blandiéndolos en el aire.

—¡Jo, Fernando, por favor, qué olor, qué peste! —gritaron todos a coro recogiendo sus carteras y marchándose al otro extremo de la habitación.

—Te crees muy listo, forastero —dijo Guerra reculando.

—Es un truco que no falla nunca para perderles de vista —comentó muy satisfecho Fernando Morán, sacando su CEE portátil.

Mientras, en un rincón, los ministros cotilleaban:

—Se cree muy interesante porque es mayor —murmuraba Solana, mostrando su labor de *petit point*—, pero es un antiguo, hija. Para una noveleja que ha escrito, ya piensa que es el no-va-más de la cultura.

—Me han dicho de buena tinta que, después del Congreso, hay algunos que van a dejar de ser ministros —dijo Boyer ajustándose su corbata de China.

—¿Ah, sí? ¡Cuenta, cuenta! —intervino Maravall, echando la hebra a su LODE.

—Yo, desde luego —dijo Barón—, estoy de lo más tranquilo. No se me ha caído ningún avión en el último año, o sea que yo sigo. Pero me han dicho que Guerra está muy devaluado.

—Si es que lo de haz el amor y no la guerra está más pasado que el puré de lentejas —opinó Moscoso.

—El otro día le oí a Narcís decir a gritos: «¡Aquí para guerra, yo que tengo a los militares y un tanque vale por mil Mahlers!»

—Eso me huele a intoxicación y perdona, ¿eh? —dijo Barrionuevo.

—La verdad es que nos tienen tirria..., pero es la envidia, hija —intervino De la Quadra—. Lo hacemos de *computer mother*, pero ya ves, no nos lo agradecen nada, oyes, sobre todo la prensa. Sólo hablan de Leguina.

—El otro día te brillaba la nariz en la tele, así que te voy a dar un lápiz *stop-grease-instant* que va de fábula —le comentó Lluch a Felipe, que acababa de entrar con las tijeras de podar en la mano, porque venía de trabajar en el huerto.

—¿Los tomates bien, presidente? ¿Los puerros engordan? —preguntó Ledesma.

—¡Como os cashondeéis de mi huerta, os enteráis!

—Felipe, no juegues con las armas —dijo Barrionuevo horrorizado, señalando las tijeras—, que las carga el diablo.

—Señorito —interrumpió Solchaga—, ¿me puedo ir a mi casa? Estoy harta.

—Tú aquí a reconvertir, pitufo, ¡mira qué listo!

—No le haga caso, Felipe, que todos disen que se quieren ir a casa, pero lo disen con la boca pequeña —comentó Alfonso—. Ustedes-vosotros estáis hasiendo un servisio al pueblo. ¿Tamos?

—Debe ser por eso que el pueblo últimamente nos señala cuando dice: «El servicio al fondo, a la derecha.»

(1984)

El COCOM y otros cocos del montón

Llegó Boyer el otro día hecho una fiera al Consejo de Ministros.

—Pero, ¿puede saberse por qué no estamos en el COCOM? —preguntó y se dio de bruces con una lámpara de pie, porque desde que en diciembre del 82 tomó posesión de su cargo, siempre lleva la mirada clavada en el horizonte y nunca ve por dónde pisa.

—Es la tercera lámpara que te cargas en una semana, tío —dijo Moscoso, ministro de la Presidencia, o sea, del amueblamiento del Palacio Presidencial de La Moncloa.

—Porque aquí no se firma ningún COCOM —contestó Morán—, que bastante CACAOM tengo yo ya con lo de la CEE, la OTAN y la madre que los parió.

—Jo, con los diplomáticos de carrera —suspiró Javier Solana, dándose aire con un abanico pintado por Miró.

—Unos golferas —subrayó Boyer.

—Sujetadme que me lo cargo —dijo Morán.

—¿Cómo vas a hacer una guarrada semejante en público? —preguntó Boyer bajando la vista veinte centímetros del techo.

—Morán ha dicho «cargar», no eso, tío, que tú necesitas un sonotone —dijo Ernest Lluch, ministro de Sanidad.

—Tú ni me hables, ¿sabes? —la voz de Boyer—, que tienes a toda la profesión en huelga. ¿Y si nos ponemos malitos?

—O rompemos aguas o algo —dijo, preocupado, Romero de Agricultura.

—En caso de romper aguas o de parto prematuro, llamáis a Luis Yáñes, que es hinecólogo —dijo Alfonso Guerra—. Tenemos todo previsto, como siempre, aquí en estas carpetas.

—Pues yo, si tengo que hacerme atender por Yáñez en el parto, prefiero ir a Londres y abortar —murmuró Ledesma, el justiciero.

—¡Basta ya! —cortó Felipe, que había terminado de quitarle a Solchaga una espinilla procaz de la nariz—. Hablemos del COCOM. ¿Qué pasa con el COCOM?

—¿Qué es el COCOM? —preguntó Julián Campos, de Obras Públicas.

—Calla, idiota. Es eso que viene por las noches si eres malo y te haces pipí en la cama —le dijo Enrique Barón al oído.

—Está claro. Si no firmamos el COCOM, no hay chips —intervino Solchaga.

—¡Ah!, pues eso no es, porque yo sin las patatas chips no puedo comer. Además se armaría un cristo en el país —objetó muy preocupado Barrionuevo.

—Mira, tío, el director de *El País* se llama Sebrián; Cristo es el marido de Bárbara Rey —aclaró Felipe.

—No metáis al Rey en esto, que luego me lo cargo yo —rogó Serra, de Defensa.

—A ver si sabéis una palabra que quiere decir «palacio grande que evade divisas» —preguntó Solana.

—Palazón, gilipuertas —dijo Morán.

—Gilipuertas no es, porque tiene demasiadas letras.

—¡Silensio! —pidió Felipe—. Seamos serios y desidamos si queremos el COCOM o no. ¿COCOM no, COCOM, sí?

—Yo con leche y en taza mediana —se oyó a uno.

—Pues yo al dente y con mantequilla —se oyó a otro.

—Mejor dos que uno.

—Y el que sabe, saba.

(1984)

La crisis crítica

Desde que el presidente González anunció que podría haber remodelación del Gabinete, los ministros están inquietos y desasosegados.

—Ya le advertí yo ayer a Felipe: «No me vayas a hacer el número del motorista.» Y me dijo: «Tú tranquilo; te enterarás el primero, pero a su debido tiempo.»

—Eso mismo me dijo a mí.

—Y a mí.

—Y a mí también.

—O sea, que es lo que os dice a todas, vamos —suspiró Romero.

—De eso nada, a mí me ha dicho otra cosa —dijo Miguel Boyer, lejano y altivo desde el otro lado de la sala de Consejo de Ministros, donde siempre se coloca solo, para marcar las distancias—. ¡Pobres pequeños!

—Ahora que me fijo —comentó de repente Ledesma—. ¿Qué ha pasado con la mesa? Aquí sólo veo sillas.

—Pues, qué raro, sí. Porque si fuera una indirecta hacia nosotros se hubieran llevado las sillas —reflexionó Moscoso—. Es lo que hacían antes: te quitaban la silla. Esto de quitar primero la mesa es nuevo, debe ser algún truco socialista.

—Demasiado sutil. Creo que en los países socialistas te enteras de que ya no eres ministro porque, en el Consejo, un obrero te va serrando el suelo y de repente, ¡plas!, te caes con silla y todo por un agujero.

En ese momento entró en la sala Alfonso Guerra, vicepresidente del Gobierno, con una silla en las manos.

—Se preparen, que empiesa el baile —dijo poniendo la silla en el suelo y sentándose en ella.

—Pero, qué pasa. ¿De nuevo la feria de Sevilla? ¡Me niego a bailar sevillanas otra vez! —Solchaga se cruzó de brazos.

—Ahora, cuando entre el presidente, empesará a sonar la música. Nos ponemos todos a bailar alredeor de las sillas y, cuando sese la música, hay que coher una y sentarse. El que se quede sin silla pierde.

—¡Qué ilu, como en el cole! —gritó dando saltitos De la Quadra.

—Sólo espero que la música no sea de Mahler —murmuró entre dientes Solana.

—¿Desías algo? —preguntó Guerra arrancándole la silla.

En medio del barullo que hacían los ministros peleándose entre ellos por no quedarse sin silla, entró Felipe González seguido del portavoz del Gobierno, Eduardo Sotillos, que cargaba un sillón para el presidente.

—Tranquilos, señores y señoras, musha calma, que aquí no pasa nada. ¿Qué hase usted con una silla en alto, señor Morán? —preguntó Felipe.

—Me la va a romper en la cabeza, presi, me quiere pegar —dijo Narcís Serra, vestido de marinerito—. Me ha llamado «atlantista». Es malo, ¡malo!

—¿Pero, éste qué es, catalán o gilipostas? —dijo Barrionuevo al oído de Campos de Obras Públicas.

—¡Silensio, que vamos a empesar! —dijo el presidente—. ¡Música, maestro!

—Será música, profesor —dijo Maravall, que estaba a punto de empezar a tocar los platillos—. Si me degradas a maestro, menudo se va a poner mi papá. Mi papá dice que yo soy un tío ssstupendo.

—Pero, qué desorden, qué caos. Luego dicen de Iberia. Me he quedado sin silla —lloró Barón.

—No llores tú, corazón; anda, ven, siéntate con tu tía, mi rey. ¿Por qué llora mi niño? Vamos, dile a tu tía quién te ha pegado. ¿Ha sido Boshé?

Felipe González se inclinó sobre Eduardo Sotillos y le preguntó al oído:

—Oye, ¿tú sabes qué hase aquí Lola Flores?

(1985)

Evacuación de consultas

Esta crisis larga, silenciosa y silenciada, como diría don Leopoldo, ha sido la más sosa y tontorrona que se ha visto en los últimos tiempos en Europa occidental.

La Socialísima Trinidad —González, Boyer y Guerra— se ha guisado y comido la crisis. Habitualmente, en las crisis de Gobierno el presidente suele hablar con diferentes representantes de diferentes sectores de la sociedad para quitar y poner ministros. La tradicional «evacuación» de consultas se hizo en La Moncloa de una manera totalmente artesanal, informal y muy en el estilo sociata, versión Dos Hermanas.

—Que venga a evacuar consulta Julián Campo —ordenó un día el presidente.

El hasta entonces ministro de Obras públicas acudió raudo al palacio de La Moncloa. Entró en el despacho, con una cartera en una mano y un orinalito en la otra.

—Usted, ¿dónde va con eso? —le dijo el secretario del presidente Junio Feo (antes Julio, pero es que ahora anda un poco devaluado), señalando el artefacto.

—A mí me han dicho que venga a evacuar. Yo soy un mandao.

En el jardín, sentados en sillas de tijera, los de la Socialísima Trinidad González-Boyer-Guerra.

—Buenas, soy Campo —dijo don Julián.

—*Tú eres Campo y yo soy trigo, tú eres blanco y yo tostá, tú de Sevilla la brava y yo de Puerto Reá* —recitó Alfonso Guerra.

—Cállate, Alfonso, que aquí no hay periodistas —opinó Felipe levantando el dedo índice derecho, y luego bajándolo para señalar—. ¿Qué es aquesto que lleva usted en la mano isquierda?

—Como me dijeron que viniera a evacuar, yo por si acaso me traje la vacini.

—Que no se trata de eso, ignorante. Se dice «evacuar consulta» —aclaró impaciente Miguel Boyer—. No sois más tontos porque no entrenáis.

—Sactamente —dijo Felipe—. O sea, que abre bien la boca y di «aaah». Shico, no veo nada, abre más la boca, sin miedo, «aaah».

—Mira, mira, tiene la Autopista del Mediterráneo detrás de las amígdalas —señaló Boyer con el puro de Felipe—. Pillín, qué escondido lo tenías.

—¡Guuuaaachfffzzzzz! —Campo devolvió a Boyer la primera papilla, la primera desgravación, los bonos del tesoro... todo.

—*Caído se le ha un clavel, hoy a la aurora del seno* —recitó Guerra-Góngora.

—Eso, enjuágate y has unas góngoras, que te sentirás mejor —le dijo Felipe a Campo, ayudándole a sentarse en el orinalito para evitar que se cayera al suelo.

—Bien, sigamos con la consulta. Dígame, ¿de pequeño tenía vértigos, mareos, crisis epilépticas, diarreas, dismenorreas, gonorreas, pipirreas?

—Yo, en realidad, no... este..., creo que sólo tuve escarlatina.

—Scarlatti, ¡genial! Qué sensibilidad, qué hermosura. ¡Cuenta cómo te tiraste de pequeño a la mujer de Escarlati —recitó Guerra.

—Eso, cuenta, cuenta. ¿Cuántas veces hicisteis guarradas?

—¿Toqueteos, malos pensamientos? ¡Confiesa! ¿Pecaste de palabra u obra? —inquirió Felipe.

—Os doy mi palabra que yo... nada de nada de nada.

—Tu palabra... palabra de Campo, ¿cómo se come eso? Eso no vale un pimiento. Palabra de Barón todavía, pero palabra de Campo...

—Vamos a ver, por dónde iba —reflexionó Felipe varias veces con la pierna—. ¡Ah, sí! Las obras, eso es lo importante. ¿Qué me dise de las obras, Campo?

—Pues no sé, no sé —farfulló—, por ejemplo, que por sus obras le conoceréis. Y además, que en boca cerrada no entran obras.

—Campo, nesesitas unas vacaciones en el campo —concluyó el presidente.

(1985)

La última cena

El presidente Felipe González invitó a los ministros salientes y a los quedantes a una última cena en la mítica Bodeguisha, centro axial del régimen socialista. Debió ser una cena horrible, artificialmente distendida como las familiares cenas de Navidad o de Nochevieja, en las que hay obligación de divertirse y de hacer sociedad con personas a las que por buenas razones se está sin ver un año entero.

Es imaginable que a los ministros cesantes la cena en la Bodeguisha les pareciera la última gota del cáliz de la amargura o que habían estado bebiendo durante muchos días. Y que a los ministros que se quedaban les supusiera un mal rato, porque debían disimular su mal contenida alegría por continuar en sus puestos y, al mismo tiempo, debían manifestar una cierta solidaridad con el compañero al que se da la patada.

Pero como a González le gustan estos exorcismos, los sometió a todos a una liturgia bodeguiyil.

—¿Y yo, hasta la semana pasada, que vi las fotos de *¡Hola!*, no sabía que la lámpara que hay encima de la mesa del Consejo de Ministros, si tiras del chirimbolito, suena un carillón de píos-píos? —se lamentaba Julián Campo.

—Con razón has dejado de ser ministro, macho —murmuró Boyer, distante como siempre, sentado en una mesita para él solo.

—Como suherensia, ¿qué les parese a ustedes-vosotros si no hablamos de política y hablamos de cosas relahantes —observó el presidente Felipe—. Les voy a contar un shiste muy grasioso que me contó Güily Bran…

—¡Me niego! Como ya no soy más ministro, no tengo por qué escuchar ni los chistes de Güily Bran, ni los de Lepe, ni siquiera los de Morán. ¿Por qué mejor no hablamos de mujeres? —propuso Fernando Morán.

—¿De cuáles? —dijo Guerra apuntando amenazadoramente con el cuchillo.

—Vamos a dehar el tema. No vamos a hablar ni de política ni de muheres. Venga, tíos, salir de debaho de la mesa, que Alfonso no tiene malas intensiones. Alfonso, deha el cushillo en paz. Boyer, ven aquí con nosotros, no te quedes tan distante, anda, siéntate aquí —Felipe le indicó un sitio a su vera.

Boyer se levantó y fue a sentarse a la derecha de Felipe. En ese momento, Guerra le quitó la silla y Boyer se cayó al suelo.

—Pero, ¿qué hases, Alfonso? —preguntó Felipe, asombrado.

—Es que me he fihado que la silla tiene un clavo —dijo Guerra poniendo ésta encima de la cabeza de Boyer.

—Mátalo, Alfonso, mátalo —le aconsejaron algunos ministros por lo bajini.

Boyer se levantó y puso sus ojos en los de Felipe, diciendo entre dientes:

—Decide, o él o yo. O me das la vicepresidencia o me voy con mi madre.

—¡Hijo, por fin, a mis brazos! —exclamó Solchaga.

—...ligué con una señora estupenda —le contaba De la Quadra a Ledesma— y le dije: «Sí, hija, soy ministro, ¿qué pasa?» Y ella venga a reírse. Así que quedamos para mañana, pero ya no puedo ir porque no soy más ministro. ¡Buaaa!

—No llores, por favor, que no resisto ver a nadie llorar —exclamó Barrionuevo.

—Pues verás cuando llegue Cosquilluela; ése sí que llora.

—Lo que más me admira, Felipe —observó Moscoso—, es tu inteligencia y tu ingenio para sustituir a un Barón por un Caballero. ¡Qué fuerte, qué fuerte!

—He disho y repito —intervino el presidente— que no quiero que aquí se hable de política. Solana, despiértate, caramba.

—¿Qué? ¿Cómo? —exclamó Javier Solana abriendo el ojo—. ¡Ah, sí! Queridos amigos, queda inaugurada esta excepcional exposición de abanicos. ¡Viva España! ¡Viva el Rey!

—Javier, querido, vuélvete a dormir.

(1985)

Oído al parche

Ahora las cosas están absolutamente claras en lo que respecta al espionaje que ejerce el Gobierno sobre agrupaciones o individuos. A dicha actividad se la llama «servicio de inteligencia o de información» y no es en absoluto ilícita, sino necesaria. Ele.

—O sea que a ver si dejáis de quejaros de una vez —dijo Barrionuevo a la entrada de la reunión del Consejo de Ministros la semana pasada, agitando la sentencia del juez Vázquez Honrubia—. Si algún primo, cuñado, asistenta, suegra o incluso algún ser querido vuestro se os queja de que tiene intervenido el teléfono, ya podéis decirle que se aguante, que es una manera simple, rápida y directa de que el Gobierno conozca y pulse el estado de la opinión pública.

—Vaya, que no sabía yo que también la opinión pública estaba en estado —objetó el ministro de Sanidad, Ernest Lluch—. Pues lo que faltaba. Al menos sabréis de quién está en estado la opinión pública y que no abortará delante de todo el mundo.

—Eso es lo malo —gruñó Solchaga—, que el único que se entera de toda la información es Alfonso Guerra, siempre lo mismo.

—¿He oído mi maravilloso nombre? —Alfonso Guerra irrumpió en la sala con su habitual vestido de pavo real, moviendo con gracia la cola desplegada—. Supongo que será para bien. Me complase que reconoscáis mi habilidad, mi intelihensia y mi sabiduría.

—¡Muy bonito ese traje nuevo! —comentó con admiración Joan Majó, que como siempre jugueteaba con una cuerda entre los afilados dedos de sus manos—. Debe ser un nuevo diseño de Ágatha Ruiz de la Prada. Como ministro de Industria y Comercio, me complace que al final vayáis vestidos con la moda española.

—Para nada, querido —le contestó Alfonso Guerra, pavoneando otra vez su luminosa cola desplegada—. Es algo típicamente andalus. Y conste que hoy llevo el modelo sensillo que destinaremos más que nada a la exportasión, tanto a los países del Mercado Común como a los otros mercados menos comunes y más distinguidos. El lema será: «Andalusía, el ombligo del mundo.»

—Ya decía yo que lo había visto antes en alguna parte —dijo el gruñón Solchaga—. Uno igual que llevaba el otro día Pepollo de la Borbota en el Club Siglo XXI.

—Igual no, éste es mucho más bonito —puntualizó Barrionuevo.

—Pelotari a su pelota —sentenció Solchaga.

—¡No me digáis nada porque lo sé todo! ¡Todo lo sé! —dijo Guerra sacudiendo la cola—. Lo sé todo de todo el mundo.

—Pues menos mal que el saber no ocupa lugar, porque si no estarías como un tonel de gordo —comentó Lluch.

—Y todo gracias a las escuchas telefónicas de la poli —advirtió Cosquilluela muy sonriente y alegre—. ¿Verdad, jefe?

—Cosquilluela, te dihe esta mañana que fueras al hardín a ver si estaba yo allí —Alfonso Guerra lo fulminó con la mirada.

—Fui, pero no te encontré. No estabas allí, jefe.

—¡No habrás buscado bien! ¡Vete al hardín y no vuelvas sin mí! Y no pongas esa cara, Ledesma, que el espionahe, cuando lo hasemos nosotros, ya no es espionahe, sino «intelihensia e informasión».

—Oye Alfonso, ya que estás tan informado, a ver si averiguas los números que saldrán en la Primitiva, que últimamente no doy una —le pidió Moscoso.

—Todo se andará, que ya he dicho que pongan las clavijas para escuchar a la Providencia —contó Barrionuevo sonriendo.

—Pero esa informasión intelihente la tendré sólo yo —explicó Guerra—y sólo os la diré si tomáis musho Cola-Cao y bien.

(1985)

Regalos

Todos los años —es ya una tradición socialista—, el presidente del Gobierno y su señora ofrecen en el palacio de La Moncloa una cena de Navidad a todos sus ministros y esposas, o similar.

Felipe González recibió a sus invitados este año subido en un trapecio que estaba colgado del Salón de Columnas.

—Pasad, id pasando, shicos —decía el presidente balanceándose muy ágil y sonriente—. ¡Yuhuuu! ¿Habéis visto? ¡Sin manos!

—¿Quién le ha cortado las manos? —preguntó muy asustado Lluch a Carmen Romero de González.

—Esto es para que todos lo veáis y luego lo contéis —dijo Javier Solana—. Que pregonéis a los cuatro vientos que Felipe está en plena forma, que nunca estuvo más en forma, que está estupendamente. Fijaos en su agilidad y precisión.

Todos miraban hacia arriba y observaban los equilibrios gráciles de González en el trapecio.

—¡Es fantástico!

—¡Admirable!

—¡Un artista!

Pero pasaban los minutos y aquello resultaba monótono, así que Narcís Serra preguntó a Barrionuevo, al oído:

—Tengo una tortícolis que no me tengo de mirar arriba. ¿Tú cuándo crees que se cenará en esta casa?

—Os he oído, que conste —dijo Moscoso—. Os la vais a cargar.

—Oyes, Felipe, ¿podemos ir pasando al comedor? —preguntó Carmen—. Es que se me va a quedar el suflé de acelga hecho una birria.

—Vosotros ir andando hasia el comedor, que yo iré por la cuerda floha que he tirao de aquí hasta allí.

—No mires ahora el bulto —le dijo la señora de Barrionuevo a su señor—, pero creo que debajo de cada servilleta hay un regalo.

—¡Que vengan los artificieros inmediatamente a ver qué son esos bultos! —ordenó aterrado Barrionuevo.

—Pepe, no me hagas hacer el ridículo como el otro día en casa de mi suegra, por Dios —le dijo su mujer, tapándole la boca con un florero.

—¡Oh, que i-lu-sión! —exclamó Solchaga, levantando su servilleta y viendo a Alfonso Guerra debajo.

—¡Uy, sí, qué guay! ¡Yo tengo uno igual! —señaló Ordóñez.

—Bueno, Carmen y Felipe, os habéis pasado este año. ¡Menudo regalo!

—¿Os gusta? —preguntó Felipe desde la cuerda floja.

—¿Que si nos gusta? Es más: no nos lo merecemos —puntualizó Romero. Yo no me siento digno, no puedo aceptarlo, Felipe. ¡Un Alfonso Guerra de verdad!

—Es lo menos que os mereséis: un Alfonso de verdad, con su hasha de verdad y su micrófono oculto de verdad. Yo me he sacrificao con gusto y os lo regalo.

—Ummm, además huele a colonia OTAN de Dior.

—Oyes, Felipe, ¿y cómo funciona?, ¿a batería o a gasoil?

—Funsiona eshándole aquí, en este buhero, leshe de la pascua anterior, o sea, leshe cortada.

—¡Uy, qué corte! Se me acaba de hacer pis.

(1986)

Pulsos

Se aman, se necesitan, se respetan y se quieren, pero de vez en cuando, y para que el tedio no invada sus vidas, echan pulsos. Discuten ellas, no porque estén de acuerdo, que no lo están, sino más que nada para mantenerse en forma.

—Te tengo disho que de siete y cuarto a siete y media no estoy para nadie, que no puedo faltar al curso de inglés en la tele. Pero tú, como si na. Todas las tardes se te ocurre algo justo a las siete y cuarto. Lo tuyo es musho, Felipe, tío —se lamentaba el otro día Alfonso Guerra entrando en el despacho del presidente del Gobierno.

—¿Tú para qué quieres seguir el curso de inglés, si ya lo sabes todo?

—No me toques los shilidrones, que un día me harto de verdad.

—¿Y qué? ¿Me vas a dehar tú empantanado con los niños, la cosina y la ropa que lavar, y te vas a ir a casa de tu madre?

—¡Ha! Eso quiere tú, que me largue y dehe el campo a tu a-mi-gui-to Boyer. Pero ni lo sueñes, tío. Además, no sé qué tiene esa fondona bancaria, esa neoliberal trasnoshada, esa...

—Te reconcomen los selos, Alfonso, confiésalo.

—¿Yo, selosa de esa gorda que se ha hesho la siruhía ideolóhica hasta en el carné de identidad?

—Pues tú, querida, deberías ir pensando en algo, porque te están asomando las patas de gallo cantidad.

—Eso no es sierto. A mí se me han muerto todas las patas en Doñana, que yo soy de lo que asumen sus errores y no como otros... y no señalo a nadie.

—Pues entonses deha el retrato de Boyer sobre la mesa y no toquetees lo que no es tuyo. Tocona, que eres una tocona.

—Ten cuidado, Felipe, y no te des tantos humos que esto no va a quedar así, que arrieros somos.

—*Arrieros somos...* me suena, me suena esta letra. No sé si es de la Quinta de Mahler o del Séptimo de Caballería.

—Yo sólo te digo una cosa: que ganar una batalla no es ganar la guerra.

—Eso mismo le desía yo el otro día a mi compadre: «Esta Guerra está ya muy pasada: miró, vio y perdió.»

—Muy grasioso. Creo que huegas demasiado al billar con Barrionuevo, Felipe.

—Además, Alfonso, ya sabes lo que dise el refrán: «Has el amor, no la Guerra.»

—¿Has el amor? En mis tiempos no era así, era otra cosa.

—Es que en tus tiempos no estábamos en la OTAN.

—Naturalmente, estábamos en Sevilla.

—Y además, no hasíamos réhimen.

—Es más, éramos furibundos anti-réhimen. De todas maneras, Felipe, tú ahora nesesitas haser réhimen, porque has eshado caderas, pero yo sigo teniendo la figura de siempre.

—Sobre todo el morro y el pico los tienes como siempre.

—Ya estás metiendo la pata.

—Y dale, Alfonso. Si porque se hayan muerto por acsidente unos cuantos miles de patos en Doñana no pasa nada, tío, tranquilo.

—Qué patosa eres a veses, Felipe.

—Cua, cua, cua...

(1986)

1987 para el que lo trabaja

Está científicamente demostrado que sólo los adivinos y videntes tienen credibilidad para prever y predecir el futuro. En el último Consejo de Ministros del año 1986 se debatieron amplia y efusivamente los informes de los pitonisos sobre cómo será el año 1987.

—Varios adivinos han coinsidido en desir que Boyer va a meterse en política y me va a quitar el puesto —dijo Felipe González rebuscando en sus papeles—. De manera que ya podéis ir pensando en algo, porque no estoy dispuesto a que esto suseda.

—Tú no te preocupes, Felipe, que ya me encargo yo de eso —dijo Alfonso Guerra.

—¡No, por favor, Alfonso! Casi mehor déhalo y que sea lo que la Preysler quiera —Felipe se hincó suplicante de rodillas.

—Pero, Felipe, ¿qué carajo estás buscando entre tus papeles? —preguntó intrigado Barrionuevo.

—No encuentro el informe de una vidente rusa que me mandó mi amigo Gorbashov a prinsipio de año y que desía que me iba a tocar la lotería en 1987. Lo tenía por aquí, estoy seguro que lo tenía.

—Oye, a ver si acabamos pronto —sugirió impaciente Narcís Serra—, que tengo que ir a dar un concierto con la Filarmónica de Badalona.

—Joder con la Mari Cruz Soriano, ésta, tío, hay que ver lo a pecho que te has tomado lo del piano —comentó Carlos Romero—. Y hablando de pechos, un tío que toca el piano es un poco rarito.

—Ruego un poco de contensión al señor ministro de Agricultura, Pesca y Ganadería —pidió Guerra—. Tocar el piano no es ninguna deshonra. Yo mismo, sin ir más lehos, tocaba el piano y el violín, y gané varios premios.

—Vaya, qué bien. ¿Cómo no me lo había imaginado antes? —suspiró Barrionuevo—. Y seguro que tocaba el piano y el violín al mismo tiempo, como si lo viera.

—¿Y lo del piano fue antes o después de catalogar galápagos en Doñana? —preguntó Javier Solana.

—Noto un tono irónico en vuestras palabras que me complase bastante —dijo Guerra—. Vais aprendiendo.

—Hablando de todo un poco —intervino Ledesma—, ha dicho una pitonisa que este año el aborto será legal.

—Eso es que va a salir jefe de AP Herrero de Miñón.

—Estoy hablando en serio —insistió Ledesma—. No sé si sabéis que lo del aborto me trae mártir, las mujeres de este país me detestan, no puedo dormir, estoy angustiado y me siento fatal del estómago.

—¿Y no será que estás un poco embarazado, querido?

—Imposible. Tomo la píldora.

—En lo que todas las videntes y los pitonisos están de acuerdo es en que la cosa económica va estupendamente —comentó Solchaga muy satisfecho—. No me creíais, pero aquí tenéis la evidencia.

—Desde luego, si lo dicen las pitonisas es que es cierto.

—También dicen las pitonisas que España será atacada por el virus del sida y que aumentarán mucho las víctimas —dijo preocupado el ministro de Sanidad. Y como al parecer, y de momento, lo único que funciona contra el sida son las funditas de plástico, deberíamos fomentar su fabricación y uso.

—Es una excelente idea —dijo Solchaga poniendo los ojos en blanco—. Reconvertiremos Renfe, la ONCE y Seat en fábricas de condones.

—Bueno, no tengo palabras para expresar tal bastez —concluyó Maravall.

—Lo podemos promocionar bajo el lema: «Moda de España... Búscala» —continuó Solchaga—. Nuevos diseños, calidades, creadores.

—Podemos buscar eslóganes como «Haga lo que haga, con condones Solchaga» —opinó Javier Solana—. Por ejemplo.

—Qué listo. O también: «No seas marrana, utiliza Solana.»
—Está claro que tenemos el 87 en el bote —dijo cerrando la sesión Felipe González.

(1987)

Se cohabita

La visita a España de los franceses de la llamada «cohabitación» ha sido sin duda un hecho histórico. Cuando Mitterrand y Chirac llegaron la semana pasada a Madrid, encontraron a Felipe González y Alfonso Guerra en la cama.

—Perdone la molestia, señor presidente —interrumpió un ayudante entrando en la habitación con timidez—, pero han llegado los franceses.

—¿Son mushos? —preguntó Guerra.

—Cuatrocientos dos, señor vicepresidente.

—Muy agudo, como lo del shiste de los indios: cuatrosientos en pelotón y dos delante, como si lo viera —dijo Felipe saliendo de la cama.

—Pero, ¿dónde vas, Felipe? —exclamó Guerra agarrándolo de un brazo—. ¿No habíamos quedado en que los resibíamos en la cama?

—Me da no sé qué, tío.

—Ni tío ni sobrino. Dígale a los franseses que pasen. Les vamos a enseñar a éstos lo que es cohabitar de verdad.

—A mí, Alfonso, esto me da como corte. Tápate con la sábana por lo menos, que no les vamos a enseñar a los franseses los mishelines, tú.

Al sonido de trompetas versallescas, entran Mitterrand y Chirac.

—*C'est puede?* —preguntó Mitterrand asomando la cabeza.

—*Se va pudiend, chéri, se va pudiend* —contestó Guerra.

—*Oh, mais!, ¿comment halles-vous, cher Felip*? —saludó Chirac alargando la mano hacia Alfonso.

—*Felip es ésta; moi, Alfons.*

—*Comme ça va, vous êtes encamé. Vous êtes malades, enfermós?*

—*Pas enfermós. Nous sommes cohabitandó* —aclaró Felipe sonriendo.

—*Bien, très bien!* —exclamó Mitterrand sentándose en la cama.

—*Mais, ça c'est pas cohabitation* —opinó Chirac—. *C'est une cochinnerie, una guagadá.*

—*Conque guagadá, eh?* —comentó Alfonso furioso—. *Envidiá tiñeuse, eso é lo que vous tené.*

—*Mes enfants, un moment, nous sommes amis, amigós, no discusionés, no insultós* —dijo Mitterrand poniendo paz.

—*Estás más calva que la dernier fua que te vi* —le comentó Felipe.

—*Et tú más gordá, chérie.*

—*Sin embargue* —obsevó Chirac—, *je dois dire que vous avez de la papad, une jolie papad, mais papad al fin.*

—*Te change la papad por osho etarrás* —propuso Felipe.

—*Une belle négotiation* —exclamó Mitterrand complacido.

—*Mais, non, mais c'est pas possible!* —contestó Chirac haciéndose el estrecho, mirando al techo y cruzando las piernas.

—*Je te donne la papad y je te donne les excedentes de lesh* —continuó negociando entusiamado Felipe.

—Felipe, por el amor de Dios, que leshe en fransés se dise *lé.*

—*Lé?* —observó Chirac—, *qués que c'est lé?*

—*Lé, lé, que vous no lees na!* Vaya incultura que tienen ustedes los franshutes. Musho shampán, musho *croissant,* musho *brioshe* y luego se quedan en na, oyes —Alfonso le dio definitivamente la espalda a Chirac y se puso a quitarle una espinilla a Felipe del hombro—. Estáte quieto, que te la quito en un plis-plas.

—¡Ay, Alfonso, que me hases polvo!

—*Polvó? Ici et maintenant?* —exclamó Mitterrand muy asombrado.

—*No, un moment, no es lo que vous pensez, François* —se apresuró a aclarar Felipe—. Alfonso, no me toques más, que se están mosqueando.

—*Mais, quel escandal!* —dijo totalmente *disgusté* Chirac.

—*Mais, pourquoi escandal?* —preguntó Felipe—. *Vous cohabitez, nous también cohabitons. C'est un país libre, non?*

—*Bien sur* —opinó Mitterrand—, *mais, vous cohabitez demasié.*

—*Aunqué, bien miré, peut-être c'est pas mal de cohabitez comme ça, à l'espagnol, c'est plus ahorratif* —concluyó Chirac desnudándose a toda prisa para meterse en la cama—. *Tu viens, François?*

—*Allons enfants de la patrie!* —gritó Mitterrand tirándose en plancha a la cama.

(1987)

Adivina quién viene a merendar

El presidente González se ha reunido esta semana con los líderes políticos de la oposición para intercambiar opiniones sobre temas de candente actualidad, como la moda de otoño para caballeros, el procesamiento anti-sida, el mensaje *kabuki* o el intercambio de cromos de Jacqueline Bisset.

El primero fue Adolfo Suárez, que al llegar al palacio de La Moncloa besó apasionadamente en la corteza a todos los árboles.

—¡Mmmmuuuaasshk! Cuánto tiempo sin veros, ya sé que me habéis extrañado, pero tenéis que tener paciencia y pronto, pronto, volveremos a estar juntos. Tranquilidad y humildad, eso es todo.

—Hombre, Adolfo, pasa, pasa —le recibió el presidente González dándole cordialmente la mano y llevándole hacia el interior del palacio—. Entra, estás en tu casa.

—Si yo estuviera aquí, en mi casa, tú no estarías en mi casa.

—Vamos, hombre, reláhate.

—La verdad es que siento una gran emoción al encontrar de nuevo todos mis queridos muebles, mis sillitas, mis teléfonos, mis lámparas... Por cierto, Felipe, y perdona que utilice la sinceridad: la fachada está hecha una porquería, necesita una mano de pintura blanca. Yo diría que hay que encalarla.

—Eso me suena cantidad, eso lo he oído yo antes.

A los pocos días llegó Hernández Mancha muy agitado, como siempre.

—Pero bueno, presidente Gonsales, esto é un auténtico escándalo, un atentado contra la dignidá personal de la persona. He econtrado un embotellamiento ejpantoso para llegar hast'aquí, entorpeciendo todo esos coshes la llegada del líder de la oposisión que soy yo, mayormente.

—Señor Hernándes Mansha...

—Ni señor Hernande Mansha, ni los cohone de san Benito, presidente. Esto é un atropello, una farta de respeto, porque usté mashaca la democracia como le da la gana.

—¿Quiere sentarse? ¿Tomar algo?

—No quiero sentarme ni quiero tomar na. Usté se cree que to' el monte es romero.

—No meta a mi señora en este fregao, querrá usted desir «orégano».

—Yo quiero desir lo que digo, señor presidente; es más, yo le reto a usté a desirle cuatro cosa en la televisión, así, en un debate, cara a cara.

—Pero qué manía con la tele. Si salimos usted y yo en la tele nos van a confundir con los de *Corrupsión en Miami*

—A usté con el negro y a mí con el rubio, ¡por eso no quiere usté salí!

Luego le tocó el turno a Roca Chunchén, muy educado, como siempre:

—Le encuentro, señor presidente, muy bien de aspecto, más esbelto, más rozagante, incluso rejuvenecido, y soy absolutamente sincero.

—Vamos, Roca, corta el rollo.

—Es más, le digo de verdad, presidente, que lo comentaba el otro día con el honorable Pujol, y él me dijo: «El president está estupendament.»

—Yo, señor Roca, preferiría que habláramos de otra cosa.

—Si empezamos rompiendo la baraja vamos mal, señor president. Yo tengo derecho a hablar en catalán aquí y en todas partes, y si a usted no le parece bien, pues mire, es su problema.

—¿Ha hablado usted en catalán? Perdón, no me había dado cuenta.

—No humilla quien quiere, señor president.

—Usted no ha hablado en catalán, porque yo el catalán lo entiendo y a usted no le entiendo ni palabra.

—Perdone, president, pero ¿usted entiende el catalán?

—Por supuesto. Aquí en Madrid se habla mushísimo el catalán, cuhons.

(1987)

Consexo de ministros

Un cierto olor a crisis ministerial recorre la ciudad. Todo el mundo maledicente está de acuerdo en que habrá cambios en el Gobierno, pero nadie sabe cómo, cuándo y quiénes.

Como de costumbre, el no saber no impide hablar de ello y no escuchar todo lo que se dice sobre ello.

Hasta los propios ministros caen en la orgía del rumor. En realidad, sobre todo los ministros.

—Me han dicho de muy buena fuente, Ñor Ministro, que Solana deja Cultura —le confesaba el chófer del señor Almunia al señor Almunia mientras le llevaba al Consejo de Ministros.

—Tu buena fuente quién es esta vez, ¿la asistenta de Solchaga o el tramoyista del teatro Alfil?

—Nunca me han fallado mis fuentes, Ñor Almunia. Sobre todo la asistenta del señor Solchaga, no falla nunca.

A la entrada del Consejo de Ministros se había fraguado una acalorada discusión. El ministro de Sanidad, García Vargas, no dejaba entrar a Narcís Serra.

—¡Quieres hacer el favor de sacar a ese perro de aquí! ¡No está permitida la entrada!

—Tranquilo, esto no es un perro, es una mascota, ¿qué, es que no lo ves? —decía bajito Narcís Serra, que llevaba de la cadena al perrito de Mariscal—. Déjame pasar.

—No, señora, los perros pueden contagiar enfermedades infecciosas —comentó el ministro de Sanidad abriendo los brazos para evitar que Serra pudiera cruzar el umbral.

—No contagia nada, porque es un perro limpio. Es catalán.

—¡No empecemos que me da algo! —dijo Fernández Ordóñez levantando la voz—. Vuestros pequeños nacionalismos, ¿qué son frente a la inmensidad de la patria europea?

—Yo no empecé, fue éste el que me insultó —señaló García Vargas—. Se cree que, porque es catalán, no le cantan los alerones. Pues he de decirte que a los catalanes ¡también os huelen los principales!

—¿Qué quieres, ver que no huelen mis pinreles? —Serra se quitó el zapato y el calcetín y puso el pie derecho encima de la mesa.

—Tienes un juanete —constató Ledesma.

—¿Un juanete? Como te metas con La Zarzuela te doy un abrazo triple y un beso de tornillo —dijo amenazador Javier Solana.

—Mira, Solana, estás pa'l arroz, tío. Me han dicho que te van a quitar de Cultura y te van a hacer portavoz de bonsáis —intervino Romero.

—¡Ah sí! Pues a mí me han dicho que a ti te van a quitar de Agricultura y te van a poner a dirigir el tráfico en el desierto del Sahara.

—Pues aquí tiene que pasar algo, porque he oído que Felipe quiere meter a ministras mujeres —dijo Cosculluela.

—¡Haaala! ¿Que quiere metérsela a mujeres ministras? ¡Qué bestias, qué manía con lo sessual, oyes! —dijo Solchaga, poniendo los ojos en blanco, para no pagar el IVA.

—El caso es que parece ser que dicen que Felipe va a hacer ministras a algunas mujeres —deletreó Cosculluela.

—*Boys, boys, boys!* —cantó Chaves dando saltitos mientras se quitaba la chaqueta.

—Creo que nos das el pego —opinó Solana—. Felipe se refiere a personas sensibles, inteligentes y preparadas, no a vacas lecheras.

—Eso explica que, según me han contado, Joaquín Ruiz Giménez se va a operar en una clínica de Marruecos. Quiere terminar su carrera política de ministro, aunque sea mujer.

—Oyes, y ¿por qué no nos da la dirección de esa clínica? Total, por probar.

(1988)

¡Qué tiempo!

Felipe González no está preocupado por la crisis o no crisis de gobierno. Lo que le preocupa realmente es el tiempo. Es lo primero que dijo el otro día en el Consejo de Ministros:

—Me hubiera gustado que alguno de ustedes presentara algún proyecto para ver si arreglamos esto de la climatolohía.

—Yo tengo uno, pero para el 92 —dijo el ministro de Transportes, Abel Caballero.

—No me hoda, para el 92, como siga así, estaremos arrugaítos de tanta agua que nos ha caído ensima, tío.

—Presidente —insistió Abel Caballero—, los buenos proyectos son los que se hacen a largo plazo.

—Y ¿se puede preguntar en qué consiste? ¿Qué vamos a transportar: España o las nubes?

—Presidente, no puedo decirlo porque todavía es un esbozo de proyecto, no está terminado. Pero es muy importante y necesitaremos la ayuda de otros ministerios, como Cultura, por ejemplo.

—¡Ya está! Queréis colocar una lona sobre el país con jequecitos por los que pasen luces ultravioletas para que se tuesten las inglesas y las noruegas —dijo Javier Solana.

—¿Que van a poner una lona sobre España con lamparita? —intervino Solchaga—. ¿Puedo preguntar quién va a pagar esa mentecatez?

—Puedes preguntarlo, pero no te lo vamos a decir, chincha, rabia.

—A vosotros a lo mejor os hace mucha gracia, pero no es una mala idea —opinó Carlos Romero—, porque la lona hace efecto invernadero y, vamos, yo ya me veo la cosecha de tomates, pimientos y cebollinos que tendremos. Seremos la envidia de Occidente.

—¡Lo que seremos es la irrisión! ¿Dónde se ha visto una país tapado por una lona? Vamos, menudo cachondeo en los foros internacionales —dijo Fernández Ordóñez indignado.

—Y hablando de viahes internasionales —interrumpió Felipe—, Caballero, ¿cómo van a entrar y salir los aviones?

—Estaba esperando esta pregunta. Lo tengo todo previsto.

—¡No me va a desir ahora que los aviones entran y salen por un buhero! —exclamó el presidente.

—Para nada. Por un orificio simplemente —aclaró el ministro de Transportes—. Por un orificio con una tapa basculante, que se va para arriba o para abajo según el avión salga o entre.

—No me lo puedo creer —dijo Solana.

—Ya sé que es algo nuevo y revolucionario —insistió Caballero—, pero hoy la tecnología de punta está muy de punta. Puede hacer cosas asombrosas. Este proyecto será mi obra cumbre como ministro.

—No lo sabes tú bien.

—¿No queríais solucionar el problema del tiempo? Entonces por qué os reís, es que no me lo explico.

—Como siga lloviendo, nos vamos a quedar sin turismo, sin sol y sin na de na, y la hente se va a cabrear y este verano nos va a montar un sirio que ni te cuento —dijo Felipe.

—Toda la vida resando para que llueva en este país y ahora va y llueve, y la hente se cabrea —intervino Alfonso Guerra—. Debería estar todo el mundo encantado agradesiéndonos a los sosialistas que una de las cosas que hemos conseguido es que llueva. ¿No pedían lluvia? Pues toma lluvia.

—Yo estoy hasta los moños de la lluvia. No aguanto este verano espantoso, con tanto frío, qué quieres que te diga —dijo Croissant.

—Pues no me digas nada. A mí, todo esto del tiempo y de la lluvia me paresen cotilleos de vesinas —sentenció Alfonso Guerra.

—Me lo temía —finalizó Solana.

(1988)

Novatas

La crisis de gobierno fue tan rápida y fulminante que se pareció más a un ataque que a una verdadera crisis. Fue de un día para otro, vista y no vista, como las maniobras fulgurantes de los trileros.

Cosculluela, que se encontró con Romero a la entrada del primer Consejo de Ministros nueva versión, le comentó:

—La verdad es que el presidente se toma su tiempo en nombrar a los nuevos ministros. Pasan los días y nada.

—¿Te has caído de un guindo o lo tuyo es de nacimiento?

—¿Por qué os metéis siempre conmigo? ¡Joé, cagoen! Se lo voy a decir a Alfonso, leñe.

—Cuida tu lenguaje, Coscu, que ahora hay damas en la costa —le advirtió Solchaga, que llevaba el IPC atado a una cadena y con el bozal puesto.

—*Hoy me siento flus, hoy me siento flis* —llegó cantando Barrionuevo, montado en un triciclo.

—Pepe, ¿qué te pasa? —le preguntó Cosculluela muy inquieto.

—¿Que qué me pasa? ¿Me preguntas que qué me pasa? —Barrionuevo, pedaleando en el triciclo, daba vueltas alrededor de la mesa del Consejo—. Transportes, soy ministro de Transportes, no más sobresaltos, no más entierros, no más asesinatos. ¡Yujuuu!

—Cuidado, Barrionuevo, que por hablar te se van a chocar dos trenes o te se va a caer un avión y verás lo que vale una catástrofe —le amenazó Solana.

—Sin contar con lo de las comunicaciones, guapo, que tiene tela marinera y mucho cable —dijo Almunia.

—Cenizos, que sois unos cenizos, pero ni así me vais a amargar.

—Oiga, ¿este triciclo para en Cantoblanco o sigue hasta Guadalajara? —preguntó el nuevo ministro del Interior, Corcuera, que acababa de entrar.

—Oye, lo siento mucho, Corcu —dijo muy triste dándole la mano Narcís Serra—. Resignación, compañero, resignación.

—Sí, yo también te acompaño en el sentimiento, compa.

—Y yo, pobre…

Entre los murmullos de pésame resonaron trompetas y timbales que precedían a una carroza dieciochesca, de la que bajó Enrique Múgica, sonriente y resplandeciente.

—¡Heme aquí! ¡Al fin se ha hecho justicia! ¡Soy ministro!

—Se te va a caer la peluca con los jueces, los presos, los funcionarios de prisiones, los drogatas… ¡Bueno, la que te espera!

—No es peluca, berzotas, es mi cabello rizado natural.

—Agarraos, que vienen las mozas —dijo Romero, sacándose el chicle y pegándolo en el pelo de Múgica.

—Señora, señorita, bienvenidas a esta casa de putas, perdón, quiero decir a este Consejo, que es vuestra casa —las recibió García Vargas.

—¿Te llevo la cartera, princesa? —preguntó empalogosamente Virgilio Zapatero a Rosa Conde.

—Gilipuertas, deja mi cartera tranquila y a tus zapatos.

—Y tú, reina mora, ¿estudias o trabajas? —le preguntó arrobado Almunia a Matilde.

—Que soy yo, Matilde, tío, que eres más basto que un bocata de chapas.

—Jo, era una broma, a ver si ahora, con la liberaçao de la mujer, vamos a entrar en una etapa borde. Callad, que ahí llegan los nuevos.

—Señor Aranzadi, encantado. Cosculluela para servirle. He de decirle que tengo todos sus libros y me encantan.

—Coscu, calla. *Monsieur Semprún, bonjour, comment allez-vous?* —saludó Fernández Ordóñez—. *Enchanté, la plume de ma tente.*

—¿Qué le pasa a usted en la boca? Habla como raro —dijo Semprún y, viendo que Matilde había sacado la labor, le preguntó:

—¿Perdón, es *petit point*?

—¡Qué dice! Es un huevero para mi hombre, ¿pasa algo?

—Para que te vayas enterando, Jorge, hijo, de dónde te has metido —exclamó Solana.

(1988)

Es la guerra

Según los periódicos, en La Moncloa ha habido guerra, y nunca mejor dicho, entre el vicepresidente Alfonso Guerra y el ministro de Economía Carlos Solchaga. El motivo: el sustituto de Chaves.

Hay que andar, sin embargo, con pies de plomo, porque lo que se sabe es lo que se publica bajo el amplio y espeso manto de «fuentes cercanas a tal lugar o a tal persona», o «según personas allegadas a tal o cual ministerio».

Solchaga, al parecer, quería que el nuevo ministro de Trabajo no fuera un hombre de Alfonso Guerra y Alfonso Guerra no quería que el sustituto de Chaves fuera hombre de la órbita de Carlos Solchaga.

La solución salomónica hubiera sido nombrar, en vez de a Luis Martínez Noval, a una mujer en el puesto, pero no debe estar el horno para muchos merengues, después del éxito arrollador de Matilde Fernández y de Rosa Conde. De manera que Felipe González, que era finalmente quien tenía que nombrar al nuevo ministro, ha estado nadando entre Guerra y Solchaga, sometido a terribles presiones en un mar de dudas.

Un día Alfonso mandó recado a Felipe para que se pasara por su despacho, que quería verle. Así que Felipe dejó aparcado a su visitante extranjero de cada día y fue a ver a su vicepresidente:

—Felipe, tengo la solusión, tío.

—Alfonso, ¿puedes bahar un poco la música ambiental?

—¡Es Mahler!

—Sí, es maler pa los tímpanos, tío, que no hay quien lo aguante.

—Cusha, Felipe, lo que se me ha ocurrido es lo siguiente: ponemos a Serra en el lugar de Cosculluela, a Romero en el lugar de Garsía Vargas, a Cosculluela en el lugar de Múhica, cambiamos a Solana por Fernándes Ordóñes, a Rosa Conde por Almunia, a Aransadi por Fernándes y a Semprún por Corcuera.

—¿Eso es un gobierno o un rigodón? Yo no quiero cambiar a todos los ministros. Sólo tengo que nombrar uno nuevo. ¿Es muy difísil de entender eso?

—Yo te dije que nombraras en el cargo al Boticas.

—El Boticas no tiene ni idea.

—Mehor, así puedes tú desirle exactamente lo que tiene que haser, y no mete la pata con ideas propias.

—No, mira, además Solchaga me mata.

—Pero cómo te va a matar Solchaga, mi alma. Solchaga hase lo que tú le digas; tú mandas y él obedese, y si no le gusta, que dimita, que se vaya a casa.

—Alfonso, no me líes. Piénsate otro candidato.

Felipe vuelve a su despacho y al rato recibe la llamada de Solchaga:

—Felipe, ¿qué te parece el Seisdedos?

—No hodas, Carlos, ya sabes lo que pienso de él y no digamos lo que piensa Alfonso.

—El Seisdedos es un hombre lleno de cualidades; una de ellas es que saca de quicio al Guerra, porque dormido sabe más economía que Alfonso despierto.

—Para ser ministro de Trabaho tampoco hay que ser Samuelson.

—Felipe, me ha dicho un periodista que Alfonso te ha propuesto nombrar a su hermano Juan en el cargo.

—Maledisensias, Carlos, parese mentira que creas lo que te dise un periodista.

—Yo no creo nada. Yo digo lo que me han dicho

—Estoy de todos ustedes-vosotros hasta el gorro; hay que ver qué guerra me dais.

—Pues fíjate, Felipe, que como los Guerra son dos, tienes guerra para rato.

(1990)

Ministros y carreras

El presidente González duda sobre quién debe sustituir a don Paco Fernández Ordóñez. Y cuando el presidente duda, sus ministros sufren *bucho*.

A su llegada al último Consejo, todos aparentaban tranquilidad, pero la procesión iba por dentro. El que más y la que menos cree tener sobrados merecimientos para pasar a ocupar el Ministerio de Asuntos Exteriores.

—Me han dicho que Solé Tura tiene muchas posibilidades de ser ministro de Asuntos Exteriores —le decía Solchaga a Borrell, mientras sacaban los papeles de sus carteras y se los intercambiaban—. Jaimito, te cambio el dossier KIO por el de Renfe.

—No jodas, el KIO vale el de Renfe, el de Iberia y el de Telefónica juntos, como poco. ¿Tú me quieres hundir a mí o qué? —protestaba Borrell, sujetando sus carpetas con los dos brazos y dirigiéndose a Rosa Conde, que acababa de llegar—. Mira a éste, que me quiere quitar mis Renfes.

—Vamos, vamos, chicos, portaos bien o no os saco en la tele ni hablo de vosotros en la conferencia de prensa.

—Por cierto, la semana pasada tenías el flequillo a la virulé, deberías cuidar un poco la imagen, ¿sabes? —insistió Solchaga mientras se arrimaba a Aranzadi para intentar endosarle su dossier.

—Yo tenía el flequillo a la virulé, pero tú has tenido una semanita, guapo, con lo de la agilización del despido... Contenta tienes a la afición —le contestó De la Quadra, que intentaba pasarle su dossier de los fiscales al ministro de Educación Javier Solana.

—Muchas gracias, querido —dijo Solana abrazando a De la Quadra.

—No te pongas tan contento, Solana, que está por ver, que te den el Ministerio de Exteriores —intervino Corcuera—. Para eso hay que saber idiomas.

—Yo sé idiomas —contestó Solana abrazándole.

—Me refiero a que hay que saber catalán. Si no sabes catalán, estás jodido —concluyó Corcuera quitándose de encima a Javier Solana.

—Ya estáis metiéndoos con los catalanes, qué manía, tú —protestó Narcís Serra, que tomaba asiento en ese momento.

—No, Narcís, lo has interpretado mal. Lo que estábamos comentando es que hay demasiados pocos catalanes en el Gobierno, debería haber más —señaló Rosa Conde.

—¡Muchos más! ¡De hecho, todos deberíamos ser catalanes! —dijo Solé Tura y se hizo un silencio que rompió tímidamente Matilde Fernández.

—Oye, pero perdona, ¿tú no eres catalán, Jordi?

—Todos los políticos deberían conocer sus limitaciones —respondió el ministro de Cultura.

—Creo que Víctor Erice te anda buscando para cobrarte derechos de autor por esa frasecita, me han llegado rumores —dijo Corcuera.

—Y hablando de rumores —intervino Solbes, ministro de Agricultura, que entraba con una bolsa de tomates en una mano y una cesta de huevos en la otra—, ¿sabéis el penúltimo rumor?

—*Of course*, lo sabemos: que vas a Exterior. No nos lo restriegues por la cara. Pero no te hagas ilusiones —le contestó Solchaga—. Ya sabes que Felipe es muy suyo y, cuanto más se habla de alguien, antes lo borra de la lista.

—Entonces, yo tengo muchas posibilidades —exclamó para sí mismo Solé Tura.

—Pues mira, sí —dijo Corcuera—. Eres catalán y no haces nada, realmente lo tienes chupao.

—Casi mejor es no hacer nada —opinó Solana abrazándole— que mandar una tropa de guardias a los chiqueros de la plaza de toros de Las Ventas, porque había rumores de que uno de los toros se llamaba «Camellito».

—¡Estoy hasta la boina de ser ministro! —gritó Solchaga tirando los dossieres por alto.

—Vaya carrera que llevas —dijo Matilde Fernández despectivamente.

—No tan grande como la que llevas en la media, Matildita —concluyó Javier Solana abrazándola encantado.

(1992)

Dialogar, negociar...

Jordi Pujol cogió su cestita, se puso calzoncillos limpios y se fue a Madrid a visitar a Felipe González.

Como era verano, Felipe le invitó a salir a la terraza de La Moncloa a tomar unas cañitas.

—Gracias, pero yo sólo bebo cava catalán. Hay que hacer patria, president.

—Una cosa es haser patria y otra coherse una moña a estas horas de la mañana, Jordi.

—Si empezamos arrojando calumnias sobre el cava catalán, empezamos mal, ¿eh?

—Me está usted malinterpretando, no quería en absoluto herir sus sentimientos patrióticos —dijo Felipe mirando al techo.

—Pues perdone, president, pero decir que el cava catalán emborracha es una observación un tanto obtusa. ¿Le importa si le pregunto si esos calcetines que lleva son catalanes?

Felipe se mira los calcetines.

—Pues si quiere que le diga la verdad, honorable, no tengo ni la menor idea —pero viendo que Pujol levantaba las cejas, añadió—: aunque creo que sí, sí, son de Tarrasa, porque yo siempre le digo a mi señora que me compre calsetines de Tarrasa, que son los mehores sin ninguna duda. Mire, mire qué calidad, toque, toque, honorable.

—Excelent calitat, en efecto —dice Pujol tocando la pantorrilla de González en el momento en que entraba un camarero con una bandeja y, al ver el panorama, dio media vuelta y entró en el saloncito donde esperaban ayudantes de ambos presidentes.

—Se están metiendo mano y achuchando —dijo el camarero con ojos de terror—. Me da no sé qué interrumpir.

—Esto funciona, vuelve a entrar y nos das detalles —comentaron los ayudantes, empujando al camarero a la terraza.

G&R.2002

En ese momento, Jordi Pujol había pasado a enumerar sus propuestas y se contaba los dedos de la mano.

—Reducir el déficit público, reducir el impuesto sobre sociedades, reducir los gastos de funcionamiento de la Administración del Estado, hacer un AVE Barcelona-Francia, privatizar empresas públicas no rentables, suprimir los gobernadores civiles y el Ministerio de Cultura...

—Y dos huevos duros —murmuró González.

—¿Perdón?

—Que si su honorabilidad quiere huevos duros de aperitivo.

—He traído yo aquí la butifarra, la sobrasada y un poc de mel i mató —dijo Pujol hurgando en la cesta—. No me fío de sus huevos.

—Stupendo. ¿Y qué más?

—Pues aparte de suprimir el servicio militar obligatorio, reducir el IVA y ponerle un piso a Miquel Roca en Madrid, no veo yo que falte nada. ¡Ah, sí! Estoy hasta los cujons de que la compañía aérea se llame «Iberia»; hemos de cambiarle el nombre por «Ampurdania» o «Catalonia». Aparte de esto, res de plus. ¿Le parece que somos demasiado exigentes?

—¡Nooo! Creo que son ustedes muy comedidos en sus propuestas. Yo me temía que pudieran trasladar la Torre del Oro a Llobregat, por ehemplo, o pedir que en el Parlamento se declare el catalán lengua ofisial junto con el castellano.

—No hemos de precipitarnos, president González, porque todo eso va después de ponerle piso a Roca en Madrid. Primero lo primero y después lo de después. ¿Le parece?

—Me parese perfecto. Ahora, reconoserá, honorable, que el hamón de Habugo es infinitamente superior a la sobrasada.

—Esta observación extemporánea no se la diremos a la prensa, naturalmente, si queremos evitar problemas

—Sactamente. ¿Y qué le diremos a la prensa?

—Que hemos hablado y que usted tiene buena disposición.

—Bien, no se olvide, honorable, de señalar que los calsetines que llevo son de Tarrasa.

—Como diría usted, president, y dos huevos duros, siempre que la gallina sea de Hospitalet.

(1993)

Peter
Pan
G&R.2002

José Mari:
de chico de Valladolid a Zaraznar

Necesaria Carmen

Maruja Torres

Al releer los artículos de Carmen Rico-Godoy sobre el ascenso de José María Aznar a lo que ella pudo llamar «el Zaraznato», me ha abrumado una invencible nostalgia por la escritora, por la mujer que fue y que tan fielmente se refleja en estas páginas. Páginas que contienen, junto con el terrorífico hilo argumental que las recorre —la subida de don Josemari a los cielos del poder—, un ácido e implacable retrato del líder y, por confrontación, una declaración de principios. Los lectores podrán reír con lo que escribió Carmen acerca del primer Aznar. Pero tendrán que ponerse muy serios también, porque serios son los asuntos que Rico-Godoy denuncia: el autoritarismo, la mediocridad, la insustancialidad política, el oportunismo. Justo lo contrario de lo que ella pensaba, de lo que ella era.

Conocí a Carmen hace muchos años, en los setenta, con Franco todavía vivo y un *Cambio 16* que era la luz informativa en la que Rico-Godoy brillaba con luz propia. Resulta que yo estaba entonces en *Por Favor* y un empresario quiso reunirnos en una revista femenina diferente, uno de tantos proyectos como se hicieron en aquella época, y que no llegaron a cuajar. Pero, al menos, nos conocimos personalmente. Años más tarde, recién destapada la democracia, volvimos a encontrarnos. Ahora en platós de cine, adonde a las dos nos llevaban asuntos del corazón de los que, por cierto, estuvimos riéndonos la última vez que nos vimos, en el último junio de su vida.

Me gustaba Carmen. No sólo cómo escribía —y era imprescindible, lo sigue siendo—, sino su forma de ser. Era fuerte e indolente a la vez. Tenía estilo como para llenar varios *Vogue* y con las sobras restaurar la Casa Blanca. Su espíritu burlón se afinaba en la esgrima. Tenía gracia, no la que emana de la facilidad para el chiste —que también la tenía—, sino del discurrir inteligente, que era su mejor arma. «Jugo de cerebro», solía llamarlo. «Yo vendo jugo de cerebro», decía.

Era dueña, además, de un alma generosa. Y respetaba. Esto lo supe cuando trabajé con ella, porque en la azarosa historia profesional que me tocó vivir hasta finales de los ochenta, una de las mejores etapas fue mi paso por la redacción de *Cambio 16*. Carmen y yo estábamos sentadas lejos, cada una a un lado del pasillo y en extremos opuestos. Cuando ella llegaba para escribir su columna, solía detenerse unos minutos ante mi mesa para esas breves charlas entre colegas en las que se dice menos de lo que se piensa pero se entiende todo.

Siempre fue una compañera leal. Cuando supo que su fin se acercaba, me propuso que almorzáramos un día. «Tú y yo nos queremos mucho y nos vemos poco», dijo, a modo de explicación. Me dejó aquel encuentro para que abrochara el recuerdo, y su imagen serena, elegante como siempre, su aguda inteligencia, más deslumbrante que nunca.

La echo de menos. Era muy lista. Por ejemplo, escribió estos artículos antes de que José María Aznar y los suyos protagonizaran la «Operación Centro Infinito» que tuvo anestesiado a este país durante una legislatura y pico, con la inestimable ayuda de los medios afines al Gobierno. Reflejan, por tanto, la opinión que Aznar y los suyos inspiraron a Rico-Godoy durante los últimos tiempos de oposición y los primerísimos de gobierno. Y, sin embargo, podrían haber sido escritos hoy, pues hablan de la forma en que Aznar ejerce el poder en esta época de endiosamiento, de caída de caretas centristas, de desdén de los gobernantes hacia sus gobernados de ideas contrarias.

Carmen Rico-Godoy debería hallarse entre nosotros, poniendo sus afiladas y atinadas palabras a lo que está ocurriendo y lo que queda por ocurrir. No lo está, y ésa es nuestra pena. Consolémonos leyendo su legado.

Imagen

El lanzamiento de José María Aznar como candidato número uno del Partido Popular huele a operación de imagen. Porque ahora ya, como en casi todos los países desarrollados, las elecciones no las hace la gente sino la televisión. El que sale bien en televisión tiene muchas más posibilidades de ganar votos que el que no.

En el Partido Popular hicieron pruebas a todo quisque desde que Manuel Fraga decidió presentarse por Galicia y no acudir a las generales.

Los asesores de imagen pusieron a todos los líderes en fila:

—A ver, señor Herrero de Miñón, siéntese en esa mesa y léame este texto lo más natural posible.

Herrero de Miñón se sentó en la mesa.

—Por el amor de Dios, señor Herrero. Se siente usted en la silla, no en la mesa.

—Usted, caballerete, me dijo que me sentara «en la mesa» y yo, que soy muy disciplinado y obediente, así lo he hecho. Ahora bien, si usted me pide que me siente en la silla, me siento en la silla.

Herrero cogió la silla y se sentó en ella a lo vaquero, con una pierna a cada lado del respaldo.

—¿Así vale?

—No, así no vale —dijo una señorita del equipo de imagen que estaba empezando a perder los nervios—. Siéntese como en el colegio, en una silla, junto a la mesa y ponga sus papeles encima. Imagínese que va a leer un discurso.

Herrero se sentó como decía la señorita, pero arrimando muchas veces la silla a la mesa. Empezó a sacar de los bolsillos servilletas de restaurantes llenas de notas y tiras de la cuenta del supermercado escritas en letra menuda por detrás.

—Son mis notas. Permiso.

—Señor Herrero, ¿cuándo fue la última vez que su traje ha visto una plancha? —preguntó un jovencito de imagen.

—Perdonad, pero también me gustaría saber a mí —interrumpió la señorita— a qué peluquero va usted para no enviar nunca a ninguno de mis clientes.

—Y otra cosa, señor Herrero. ¿Ha estudiado usted por casualidad expresión corporal? Porque usted, las manos, es que no las deja quietas.

—Además, habría que quitarle las gafas y ponerle lentillas, lo que haría que tuviera más rictus aún su cara.

—Y lo que es más urgente, deberíamos hacerle una pequeña operación de estética para quitarle la papada y los cachetes.

—Y ponerle un corsé para que la americana no se le vaya para atrás.

—En mi opinión, este señor no tiene solución posible —dijo el jefe del equipo de imagen—. Veamos al siguiente candidato: la señora Isabel Tocino.

La señora Tocino hizo su prueba ante la cámaras perfectamente, como una Barbie viviente, pero los problemas que presentaba eran insolubles:

—Señora Tocino, ¿no podemos cambiarle el apellido? Usted comprenderá perfectamente, querida, que no podemos hacer una campaña con eslóganes como «Todos con Tocino», «Adelante con Tocino». «Tocino para todos» o «El futuro es Tocino». Usted lo comprende, ¿verdad? Siguiente candidato.

Y entonces apareció José María Aznar, de quien los asesores de imagen se quedaron prendados:

—Es perfecto, como un *madelman*, como el de Camp y el de los coches con financiación en uno solo. Y ese bigote tan PP...

Los expertos corrieron a decírselo a Fraga.

—Es un poco tontito, ¿no? —opinó Fraga—. Ustedes verán.

—Piénseselo bien. Si no quiere al señor Aznar nos lo dice y se lo vendemos a una agencia para hacer *spots* de ceras para los muebles.

(1989)

Normal, normal

En los últimos días, José María Aznar no deja de aparecer en los medios de comunicación —sobre todo televisiones—acompañado de su santa esposa. Es un truco de los relaciones públicas y técnicos de imagen para convencer al público de que Aznar no es, como pudiera pensarse, un muñeco de *Spitting Images*, sino una persona normal.

La presencia de su esposa junto a él demuestra, no tanto la normalidad del personaje, sino más bien que es un hombre de mucha suerte. Porque la señora de Aznar parece —y la televisión, como el algodón, no engaña— una mujer más inteligente, más simpática, más enterada y más locuaz que su marido. Esto implica que, o bien Aznar tiene cualidades ocultas, o bien ella tiene un fallo también escondido.

La pareja recorre los platós de las televisiones para dar la imagen de una pareja normal que lleva una vida normal, con preocupaciones normales y gustos y fobias normales. Son tan normalitos en todo lo suyo que resultan bastante anormales. Los periodistas que les interrogan se las ven y se las desean para arrancarles a él y a ella algún rasgo de carácter o de modo de vida que sea un poco menos normal.

El otro día, un periodista le preguntó a la señora Aznar si estaba enamorada de su marido. Ella, sonriendo, contestó que sí, claro. El periodista insistió.

—Pero, vamos a ver, cuánto de enamorada.

—Pues lo normal.

—Pero, ¿qué es lo normal? —insistió el periodista.

—Pues no sé, lo normal —alegó ella.

El periodista no se sintió con fuerzas para seguir, afortunadamente, porque a mí me daba igual saber si doña Ana Botella está loca por José María o hasta el gorro de él. Lo que no se entiende es que el periodista abandonara a la mitad su trabajo, porque hoy día es habitual que a la gente que no es famosa sí se le pregunte si prefieren hacer el amor por la noche, o por la mañana, o cuántas veces se lo montan al mes, o si les place más él encima y ella debajo, o viceversa.

Antes, otra periodista le había preguntado a Ana si el señor Aznar se había desmelenado alguna vez y ella, con la candidez a flor de piel, respondió:

—Pues no, que yo recuerde. Si se refiere a una noche loca y eso, pues no. Pero ya me gustaría, qué quiere que le diga —añadió.

Todo calculado, todo normalidad inamovible. El líder de la derecha es absolutamente normal en todo y su señora también.

Luego, probablemente, al llegar a casa es cuando la pareja se convierte en normal de verdad:

—¿Por qué has dicho que te gustaría que me desmelenara alguna vez?

—No sé. Yo qué sé, es lo único que se me ocurría en ese momento.

—Pues es una estupidez como un piano. Como decir que me gusta jugar al parchís.

—¡Estoy hasta el gorro de contestar preguntas estúpidas! Al próximo programa te vas con Isabel Tocino.

—Y además, ¿por qué contestas preguntas de política, como si supieras de lo que hablas?

—Anda, calla y duerme, que es lo único que sabes hacer en la cama. A la próxima lo largo.

—Dormir es lo que la gente hace normalmente en la cama, ¿no? Es lo normal. ¿Qué otra cosa se puede hacer?

—Claro, querido, es lo normal. Anda, duérmete.

(1990)

El muñeco

Como antídoto del efecto devastador que está produciendo en la imagen pública de la derecha el llamado «caso Naseiro», el PP arroja todo el rato por radios y televisiones a José María Aznar en dosis masivas.

Frente a la locuacidad inconexa de los hermanos Palop y a la cosa agrícola que caracteriza a Naseiro, Aznar propone como alternativa el muñeco articulado.

Es evidente que los muñecos articulados han sido legendariamente cosa de ricos, *ergo* de derechas, de toda la vida. No se sabe si los fabricantes de muñecos tomaban como ejemplo a los niños ricos para que se parecieran a ellos, o al revés, pero el caso es que Isabel Tocino es como una Barbie pasada de años y Aznar, el novio que nunca tuvo Mariquita Pérez.

Al muñeco le dan cuerda y le programan todas las mañanas en la calle Génova, y va por radios y televisiones repitiendo las tres o cuatro cintas que lleva dentro con voz monocorde y mecánica. El encargado del cuidado del muñeco es Álvarez Cascos y, cuando éste anda por ahí, le toca a Rodrigo Rato.

—Hoy, como ya hay que empezar a hablar de las elecciones andaluzas, te voy a meter una cinta nueva que hemos hecho sobre los problemas de Andalucía —le dijo Cascos al muñeco una mañana—. A ver, empieza a leer, lo grabamos y adelante con los faroles.

—Adelante con los faroles.

—Que no, joder, que eso no lo tienes que decir. Empieza a leer aquí donde dice: «A mí me parece muy bien que hablemos de Lituania, porque es importante, pero sería conveniente...»

—Cambio «sería conveniente» por «cachonda golfa».

—Pero qué dices, José María, se te han cruzado los cascos, digo los cables. Date la vuelta, a ver, que te mire.

Cascos hurga un rato en el lomo de Aznar y un muelle cae al suelo dando botes.

—Ya decía yo que de la larga conversación del otro día con Matutes no saldría nada bueno.

—Bueno, bueno, bueno.

—Calla y lee.

—«A mí me parece muy bien que hablemos de Lituania, porque es sin duda un tema importante...»

—Creo que cuando dice «importante» debe sonreír —sugirió Rodrigo Rato que entraba en ese momento.

—Ni hablar, porque el mes pasado le metimos la sonrisa en «voluntad» y, como no sabe sonreír sino que hace una mueca rara, cada vez que decía «voluntad» parecía como si hablara de una vaca. Mejor no le metemos sonrisa.

—Eso es imposible, tiene que sonreír.

—Bueno, venga, sigamos con el nuevo texto.

—«Sería conveniente que supiéramos también —continuó automáticamente leyendo Aznar— cuáles son los problemas de los ganaderos andaluces, cuáles son los problemas de los pescadores andaluces, cuáles son los problemas de los industriales andaluces, cuáles son los problemas de los agricultores andaluces, cuáles son los problemas de las amas de casa andaluzas, cuáles son los problemas de las putas andaluzas, cuáles son los problemas de los mariquitas andaluces...»

—Un momento, ¿qué coño estás leyendo? —gritó Cascos arrancándole el papel de las manos al muñeco.

—Caca —respondió Aznar.

—De caca nada, que lo he escrito yo y está muy bien.

—Que se ha hecho caca, tío, eso es lo que dice.

—Lo que faltaba.

(1990)

Oposición al gusto

Dadas las circunstancias, los de derechas deberían estar encantados de lo poco —según ellos—que el presidente González aparece por el Parlamento, porque eso supone que sale menos en televisión y que se le oye menos por la radio. Y eso es bueno para Aznar.

El líder del PP es como esos actores malísimos, que están mejor solos en el escenario haciendo monólogos de hora y media. El espectador acaba por acostumbrarse a ellos al cabo de un rato. Lo malo es cuando se mezclan con buenos actores. No sólo destruyen la obra, sino que se ponen en evidencia sus pocas facultades y su falta de carisma.

Cuanto menos se mida Aznar con González, mejor para Aznar. Más que nada porque, como Aznar ha basado toda su estrategia de imagen pública en imitar al González del 82, resulta grotesco enfrentado con el González del 91.

De todas maneras, el Partido Popular, y no sólo Aznar, tiene la cosa ésta hecha un lío. Aparentan no ser de derechas y de hecho no reciben gran apoyo, al menos táctico, de la Iglesia, la patronal o la gran banca. Sólo la prensa y los canales de televisión privados les apoyan directa o indirectamente. La gente de derechas de verdad se queda perpleja oyendo a Aznar y a Álvarez Cascos o a Rodrigo Rato.

Fernando Morán dijo hace poco que en el PSOE había muchos buenos líderes de derecha, y como en todas las *boutades* hay en esto un fondo de verdad. Parece que muchos del PP podrían encabezar estupendamente la desvencijada Izquierda Unida.

Los líderes de la derecha hablan mirando a unos, pero dirigiéndose a otros que tienen a su espalda. Por eso su discurso resulta extraño y difícil de entender, tanto para quienes les están mirando como para los que sólo les ven las espaldas. Pretenden seducir al elector desencantado diciéndole lo que —ellos creen—quiere oír.

Hay muchos que se quejan de que aquí hace falta mucha más mano dura porque hay mucho desmadre, y ellos así lo dicen insistiendo en que hay que ilegalizar el consumo privado de droga. Pero como hay otros que piensan que este Gobierno se pasa de duro y policial, el PP se opone a la «ley Corcuera» porque es una intromisión en la libertad de los ciudadanos.

Ellos piden la dimisión de García Valverde, pero no la de Hormaechea. Sólo hay malas prácticas y corrupción en el PSOE, porque naturalmente se da por entendido que la corrupción es práctica natural en la derecha y, por tanto, no hay que ponerse así. La derecha, que siempre ha repartido la riqueza entre unos cuantos, está ahora superpreocupada porque la política económica del Gobierno socialista no beneficia a los menos favorecidos de la sociedad. Pero no cesan de reprocharle al Gobierno socialista el despilfarro en materia de asuntos sociales.

El paro les escandaliza —a ellos—, pero también la regulación de empleo o la reconversión empresarial. También le reprochan al Gobierno las subvenciones a la cultura, pero más aún el poco interés que muestra por la cultura. Y lo mejor es que han jurado que le retirarán el consenso a González si no consigue en Maastricht una Europa solidaria.

Es todo de una inconsciencia alucinante, porque Aznar está a partir un piñón con los partidos conservadores europeos, sobre todo con el británico, que es precisamente el mayor enemigo para conseguir en Maastricht el acuerdo de la Europa solidaria. Pero ya le ha avisado Aznar a Felipe: «Si no consigues lo que Major no te va a dar de ninguna manera, te retiraré mi apoyo parlamentario y tendrás tú la culpa.» Que es como decir: si te tiras al agua te ahogas, pero si no te tiras te zurro.

(1991)

El Conde de Aznar

Huele en el ambiente a una operación política llamada «Conde». Se trata del Conde de Banesto y no del de Mérimée, que intenta arremolinar a su alrededor la derecha real en el país que no es, al parecer, la del Partido Popular.

Casi nunca nada es lo que parece y ahora resulta que la derecha real no está muy de acuerdo con sus representantes encarnados en el Pepé que encabeza con grandes apuros José María Aznar.

A la derecha-derecha no le gusta mucho Aznar y todavía menos la cúpula del partido. A los de la pasta les cuesta más prestarle los duros al partido de Aznar, Cascos, Tocino y Rato que a los socialistas.

Y como a los socialistas los tienen ya muy vistos, puede que hayan decidido erigirse ellos mismos en representantes políticos ante el electorado.

Lo que significa que Aznar tendrá que tragar con Conde, porque no puede permitirse el lujo ni de darle la espalda ni de permitir que el Conde de Banesto le dé la espalda a él.

Al electorado de derechas no le gusta mucho que José María Aznar coquetee tanto con el electorado de izquierdas y de centro. Le sienta fatal, por ejemplo, que para captar votos indecisos se haga el ateo de repente y no apoye a la Iglesia en sus aspiraciones. Le fastidia que Aznar vaya de «progre» y de demagogo con respecto a los sindicatos y a los trabajadores, y que no apoye ni endose las posturas que le corresponden, que son las de la patronal, la CEOE y los bancos, y todo se diluya en una demagogia imposible.

La postura de Aznar es incómoda. Imagínese estar todo el día con la cabeza vuelta hacia la izquierda y las manos tendidas hacia la derecha. Peligrosísimo para el equilibrio, más que nada porque, al ir sin mirar, los banqueros condes en vez de ponerle duros en las manos, le atizan con los talonarios y le ponen las manos moradas a golpes.

Mario Conde de Banesto debe sospechar que tiene más carisma y tirón popular que José María Aznar. Probablemente no hay margaritas en los parterres del paseo de Recoletos este año, no por la sequía, sino porque las ha agotado don Mario en su afán de deshojarlas para saber si debe o no debe presentarse a las elecciones, si la gente le querrá o no le querrá.

Sin duda el Conde Banesto tiene mucho más morbo que José María Aznar. Y tiene menos lastre político que José María Aznar. Y tiene mejor imagen y los medios de comunicación le harían la campaña gratis sin moverse de casa, y no sólo porque el Conde de Banesto está comprando participaciones en todos.

Nada les gustaría tanto a los medios como un personaje nuevo y encima con la imagen pinturera que tiene el Conde de Banesto. Sería la avalancha y el acabóse. A los medios, la perspectiva de otras elecciones entre González y Aznar les produce urticaria y ganas de cerrar el kiosco e irse de vacaciones, por lo aburrido y lo *déjà vu*.

La derecha sabe, además, que en un duelo entre González y Aznar volverá a ganar González. Curiosamente están igual de gastados un líder que otro, aunque el desgaste de Aznar es doble porque no ha gobernado. Y gastarse sin gobernar es como llegar segundo al concurso de boludos, por boludo.

Y una de las razones del desgaste es que la propia derecha no confía en que Aznar sea capaz de gobernar y eso sí que es el colmo. Le quitan la alfombra de debajo de los pies a cada momento, lo cual empeora constantemente su situación. Y, para no caerse, tiene que apoyarse en sitios muy raros, como ese electorado flotante llamado «centro» que es una entelequia y que no existe en realidad, y si no que se lo cuenten a Adolfo Suárez.

A Aznar le ha salido un Conde y ya no sabe cómo sentarse.

(1992)

Comparecencias

A los diputados del Pepé ya sólo les queda hacer el pino o el haraquiri en el Congreso con tal de dar la nota.

Los llamados «populares» no asisten, por ejemplo, a las sesiones de las comisiones, unas veces porque dicen que no hay taquígrafos, como en la Comisión de Defensa, y otras porque les da por ahí, como en la de control de Radiotelevisión Española.

La penúltima ha sido el rechazo de los parlamentarios populares a la propuesta de los socialistas, que pretenden establecer que el jefe del ejecutivo comparezca en el pleno una vez a la semana durante un mínimo de quince minutos para responder a las preguntas. Este sistema de control es el que utiliza en el Parlamento británico; pero aun siendo, para ellos, un modelo democrático, al PP le sigue sin gustar la sugerencia.

¿Qué quieren pues los populares? Quieren que el presidente del Gobierno acuda al Parlamento cuantas veces sea necesario y por el tiempo que haga falta. O sea, todo el rato.

Habría que ver hasta dónde llegarían las protestas y los comentarios del Partido Popular si el presidente del Gobierno se pasara las tardes en el pleno, sentado en el banco azul, semana tras semana, simplemente para responder a las preguntas que a los señores diputados del Pepé se les ocurriera hacer.

—El presidente del Gobierno lleva sentado tres tardes seguidas en ese maldito banco y habría que preguntarle —podría decir un diputado o una diputada cualquiera del PP— qué carajo hace ahí.

—Señor presidente, señoras y señores diputados —contestaría Felipe González—, estoy pensando.

—Pues yo digo que le estoy viendo y no deja usted de escribir en un cuaderno. ¿Se puede saber qué escribe?

—Perdón, señoría, pero lo que yo escriba o no es cosa mía.

—Será todo lo suya que quiera la cosa, señor González, pero vamos, yo diría —la voz de José María Aznar—, es más, yo diría que uno no gobierna un país escribiendo en un cuaderno. Yo diría que un país no se gobierna calentando el escaño tarde tras tarde. Yo diría más, diría que un país no se puede gobernar de ninguna manera calentando un escaño. Y que el diputado señor Guerra no me haga señas, porque sus señas me dan igual, señor Guerra.

—No era una seña, era que usted tiene la bragueta abierta.

—He dicho, señorías —intercede el presidente de la Cámara, Félix Pons—, que no quiero ordinarieces ni soecidades. Guardemos la compostura, por favor.

—Eso, que se abroshe la bragueta y guarde la compostura donde debe —apostilla Guerra.

—Señor presidente, ¿puedo hablar? —pregunta González.

—¿Por alusiones? —pregunta Pons.

—Por lo que sea, porque llevo aquí toda la tarde y si no hablo me da algo. Porque es que antes se quehaban de que no venía lo sufisiente y, ahora que vengo, no me hasen ni puto caso y además me reproshan que no estoy en otro sitio. Quiero contestar al señor Asnar y desirle que se tranquilise, que estoy gobernando el país desde aquí, señor Asnar, estoy gobernando. Yo no pierdo el tiempo, señor Asnar. En los ratos que estoy aquí no me toco los bonsáis. He hesho un tapetito a ganshillo para regalárselo a mi amigo Yeltsin, que ya sabe cómo están los rusos que no tienen de na.

—Señor González, ¿se está usted cachondeando de mí? Le advierto que no se lo tolero.

—También he hesho una torerita, pero ésa no es para usted; es punto de crus y se la voy a regalar a mi paisana Teófila Martínes.

—Señor presidente, como jefe de la oposición pido que prohíban la entrada al pleno al presidente del Gobierno hasta que no se decida lo contrario.

(1992)

Bigote cerebral

El chico de Valladolid se lució acusando a Felipe González —mientras éste negociaba en Edimburgo los fondos de cohesión y estructurales— de «pedigüeño ante Europa al tiempo que su Administración dilapida los recursos propios».

Se sabía que Aznar era torpe y basto, pero el hombre no cesa de superarse a sí mismo. Tiene un talento innato para sacar los pies del plato, desgranar insensateces y elegir siempre el momento menos adecuado.

Durante el debate en el Congreso sobre el documento final de Edimburgo, Felipe González le recordó la inoportunidad de sus palabras, que cayeron como meteorito sobre una negociación ya de por sí difícil. El presidente del Gobierno se preguntó si José María Aznar lo había hecho para joder o, simplemente, no se había dado cuenta del efecto que podrían tener sus declaraciones.

El presidente del Gobierno al final fue generoso y supuso que el propósito de Aznar era entorpecer la postura de González en Edimburgo. Le dio al jefe de la oposición un crédito de político maquiavélico que no se merece en absoluto. Lo que dijo Aznar, lo dijo como dice todo lo que dice: sin saber ni el cómo ni el porqué.

Aznar es como es, pero además está reforzado por esos dos gigantes de la nadería que son Francisco Álvarez Cascos y Rodrigo Rato. El «trío galleta» lo pasa bomba haciendo y diciendo el insulto a la injuria. Los tres han heredado esa cosa tan española de gamberros de pueblo —con perdón de los gamberros de los pueblos— haciendo bromas pesadas de las que sólo se ríen ellos mismos.

Las últimas encuestas dan al partido de José María Aznar unos resultados nacionales de sólo tres puntos de diferencia con el PSOE, con lo que si la tendencia se confirma podrían gobernar. Con estas perspectivas, ¿qué se le ha ocurrido al genio de Valladolid? Uno pensaría que era la ocasión para enumerar la cantidad de cosas que se podrían hacer desde el poder. Pues no.

El bigote hablante ha dicho que «está por ver que los socialistas dejen el poder de forma ordenada». A Aznar le traiciona siempre la cosa del inconsciente. Quizá pretenda que los socialistas abandonen el poder con las manos en alto, de uno en uno, y con el carné de identidad en la boca, que es lo que él interpreta por «de forma ordenada».

Como siempre ve todo por el lado negativo de la cuestión, quiere dar a entender que los «sociatas», si pierden las elecciones y los populares las ganan, se van a atrincherar y defender sus posiciones tipo resistencia bosnia. O que los socialistas no respetarán el resultado de las urnas porque no son demócratas.

Para demócratas el Pepé. No hay más que ver el botón de muestra de las dos titis militantes de Palencia, juzgadas estos días por el fraude del voto por correo de ancianos internados en hospitales y asilos. Según testificaron las chicas, ellas siguieron en todo momento indicaciones y sugerencias que venían incluso desde Madrid, según esa frase tan del Movimiento Nacional que decía: «Cueste lo que cueste, lo hemos de conseguir.»

A lo mejor pretenden que el PSOE abandone el poder *ordenadamente* porque ellos están pensando ya en usurparlo con el llamado «método de Palencia».

Entre todas las cosas horrorosas que le pueden pasar a este país, la más horrorosa de todas es que llegue a gobernar Aznar (con Rodrigo Rato y Álvarez Cascos). Puede ser nuestra pesadilla favorita de los noventa.

Y es que Aznar recuerda a Hitler y a Sadam Husein no sólo porque los tres tienen el bigote sobre el labio superior. El problema es que también tienen los tres bigotes en el cerebro.

(1992)

Cara, espejo y alma

Los dados están echados. Ya no se trata de jugar a adoptar poses de ganador virtual en unas hipotéticas elecciones, que es lo que ha estado haciendo el Pepé durante meses. Ahora el partido de Aznar tiene que mojarse, al fin, el culo si quiere coger algún pez que otro.

Nada más saberse que las elecciones serán el 6 de junio, Aznar ya ha empezado su genial campaña. Lo primero que ha hecho es insultar al personal. Según él, Felipe González hizo campaña de 1989 y consiguió ganar la presidencia del Gobierno gracias a la financiación irregular procedente de Filesa. Lo que hablando en plata significa que los ocho millones de votos que consiguió el PSOE en las pasadas elecciones fueron comprados con dinero fraudulento. Como comienzo de campaña no está nada mal la andanada de mierda que arroja Aznar a un poco más de la mitad de los ciudadanos electores del país.

Como buen líder de la derecha, José María piensa sinceramente que los votos se compran y se venden como si fueran cromos. Su partido ha puesto en práctica esta fórmula tan sencilla de «todos los votos tienen un precio» en más de una ocasión y en más de una comunidad.

Claro que tampoco hay que ser excesivamente mal pensado y Aznar no se refiere a la venta directa, sino al despliegue de medios y, concretamente, a que los medios que se gastó Felipe González en su campaña electoral no sólo le permitieron ganar las elecciones, sino que eran fraudulentos.

Aznar habló únicamente de Felipe González y no hizo referencia al Partido Socialista, con lo que distorsiona aún más el asunto al mismo tiempo que revela sus intenciones con mayor nitidez.

Lo que busca Aznar desesperadamente no es el enfrentamiento entre la derecha y la izquierda, porque eso limitaría sus posibilidades electorales a un sector muy definido que es la derecha, sino un cuerpo a cuerpo con Felipe González. Quiere que las elecciones españolas aparezcan como las presidenciales americanas o francesas, cuando no lo son en absoluto. Pero él espera confundir a la gente, porque cuanto más confuso sea el clima, mejor le va a ir a él, o eso se cree.

La confusión, al no hablar de cosas concretas, también piensa que le beneficia porque eso distrae la atención. Lo que busca Aznar desesperadamente son los votos de los indecisos y los que flotan en aguas de nadie. Y de ahí que a veces sea en sus manifestaciones más rojo que Lenin y que la Virgen de la Cuadra.

Algún consejero de comunicación le ha soplado esa idea y él se ha tirado a ella de cabeza. Pero a la gente no se la engaña con tanta facilidad como creen el propio Aznar y su ideólogo en comunicación. Es más, a la gente no le suele gustar que la engañen, como tampoco le gusta que la insulten y le digan que aquel voto suyo, en realidad, lo dio por dinero o porque estaba hipnotizada por un agobio de publicidad y propaganda. Venga ya.

Por muchos medios de los que disponga, y parece que ahora al Pepé le apoyan los bancos y la CEOE, Aznar va a tener muchas dificultades para convencer al personal de que él es una alternativa de confianza. Cada aparición suya en la tele, por ejemplo, produce exactamente todo lo contrario: desconfianza y recelo. Además, y no es de extrañar, cada vez se parece más en el habla a don Manuel Fraga y no se le entiende la mitad de lo que dice.

Claro que a lo mejor es mejor así, que no se le entienda. Ya que se ha tirado sin chaleco salvavidas a la piscina de los tópicos, los lugares comunes y las frases hechas, casi mejor es no captar más que el ronroneo de la melodía escuchada mil veces.

Sus apariciones en la tele son de traca. No se explica muy bien por qué saca esa mirada torva a la cámara, ni por qué su agresividad, apenas contenida, traspasa el objetivo. Y si de verdad la cara es el espejo del alma, lo menos que se puede decir del alma de Aznar es que está de UCI.

(1993)

Diálogo Cumbre

Se lo habían dicho repetidamente el uno al otro, cada vez que se tropezaban en los pasillos del Congreso de los Diputados: «Tenemos que quedar un día y tomarnos unas copas.»

Pero pasaba el tiempo y nada, porque tanto Aznar como González estaban siempre liadísimos: viajes, reuniones del partido, elecciones aquí y allá, rebelión de las bases, errores de concepto —despidos en masa—, Consejos de Ministros... Total, que no había manera de hacer un hueco para juntarse a charlar.

Y al fin, el Día de los Difuntos ambos líderes encontraron un hueco, y González invitó a Aznar a tomar un fino en La Moncloa.

José María Aznar mandó decir que sí, que iría pero que antes Felipe González tenía que demostrar arrepentimiento público. El presidente del Gobierno preguntó a sus ayudantes cómo se hacía eso y ellos le aconsejaron que, por si acaso, sacara una bandera blanca al balcón y que se pusiera muda limpia. (Algunos sugirieron que le pidiera prestado a Mohedano un bigote, pero la idea se abandonó totalmente.)

José María Aznar llegó a La Moncloa en su coche y a la entrada hubo un conato de lío porque los «maderos» de seguridad le pidieron como a todo quisque que se identificara y Aznar, que no estaba para bromas y venía como de medio incógnito, casi se cabrea:

—¿No me reconoce usted la jeta? Soy Norma Duval, qué pasa.

—Perdone, no la había reconocido. Al natural es usted más bajita y menos rubia, qué quiere que le diga.

Varios colegas se precipitaron a sujetar al «madero» concienzudo y a dejar pasar con grandes reverencias a Aznar.

—¿Pero no te has dado cuenta de que es José María Aznar, memo?

—Yo no tengo por qué conocer a todo el mundo, joder.

Felipe recibió a Aznar en la puerta, le dio la mano y le invitó a pasar al interior.

—A esta casa le falta una mano de pintura —dijo Aznar—. Es lo primero que haré cuando me toque a mí vivir aquí.

—Eso dihe yo en el 82, pero uno se va liando y dehándolo para luego, y pasa lo que pasa. Consecuentemente, con la que está cayendo, hay otras prioridades más prioritarias, Hosé María.

—¿Qué tal los bonsáis? —preguntó Aznar por decir algo—. Deben estar muy creciditos y muy mayores.

—Me encanta tu sentido del humor, Hosé María, es lo que siempre me ha gustado de ti. Pues en la misma tónica te diré que esta semana me toca llevar los bonsáis al dentista y esharle abono a David y a Pablo. Y es que realmente yo siempre lo he disho: hay que tomarse las cosas con un sierto sentido del humor. Lo mismo le comentaba a Kohl el otro día.

—Si tú encuentras divertido los tres millones de parados o la merecida derrota que habéis tenido en Galicia, allá tú, es tu sentido del humor, pero a mí no me parece gracioso.

—Aquí tenemos que hablar de cosas serias, como profundisar en la democrasia y llegar a un consenso en temas urhentes.

—Eso mismo digo yo, Felipe, y además dos huevos duros. Así que, empecemos.

—Empesons —contestó Felipe.

(1993)

Canción triste de Pepé Street

Hay gente, incluso, que quiere que dimita Felipe González sólo para ver si Aznar deja de berrear.

Cielos, qué hombre más monotemático y repetitivo, qué falta de vocabulario, qué escasez dialéctica: «Váyase, señor González, usted lo que tiene que hacer es dimitir, señor González.» Lleva semanas, meses, dale que te pego, erre que erre con la misma cantinela. Cuando Aznar se queda callado, sin fuelle, toman el relevo las *vedettes* de su partido o los ideólogos que pululan por las tertulias de radio y televisión.

Los del Pepé no se ocupan de nada más, aparte de dar conferencias de prensa. Nunca hablan del paro, ni de los problemas de Santana Motor o de Santa Bárbara, ni de la estafa de la PSV, ni siquiera hablan del Depor que tiene en vilo a toda España.

El *Bolero de Ravel en fa menor*, como dijo Rubalcaba, puede que ataque el sistema nervioso del personal, pero lo que es seguro es que se hará irresistible también para los suyos. Y además hacen el vacío a su alrededor, en lugar de conseguir amigos. Solos contra el mundo, con su melopea insufrible. Anguita ya se está desmarcando, seguramente para no parecerse a Aznar y al Pepé, que todavía hay clases.

Presumen de estar muy preocupados por la mala imagen que España está dando últimamente y fingen sentirse avergonzados por los casos de corrupción que afloran. Pero les sucede todo lo contrario: les encanta, con cada caso se ponen más contentos, se frotan las manos con fruición y vuelven a pedir la dimisión de González. Cuanto peor vaya el país, mejor para ellos, más oportunidades tienen. Las buenas noticias o las buenas perspectivas las ignoran, las ocultan o las tergiversan. La única estrategia que siguen es tan deprimente que consiste en cuanto peor, mejor. Les gustaría llegar

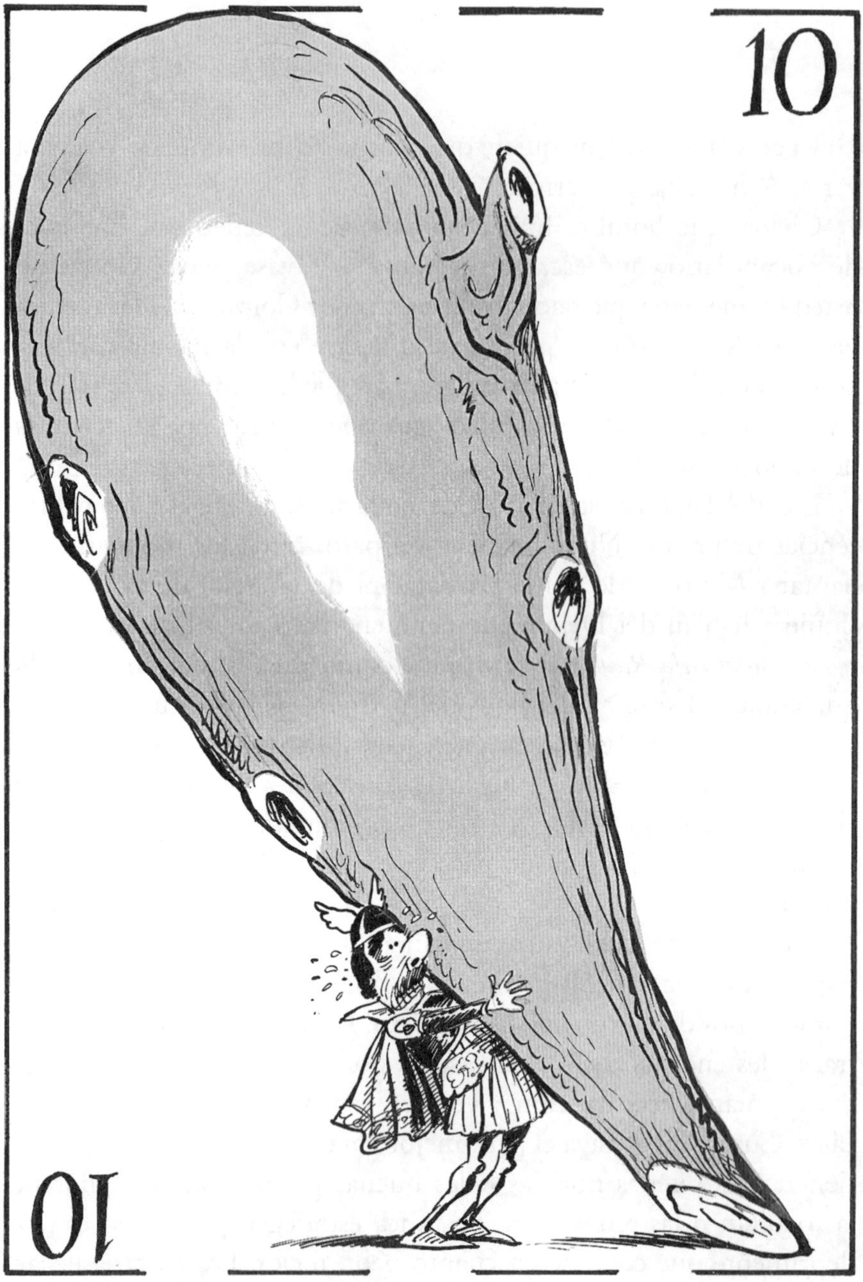
10
10

al poder elevados por el clamor de un pueblo desesperado al grito de «¡Sálvanos, sálvanos!».

Se les ve el plumero, se les ve su destructividad, su fingimiento y su estilo antidemocrático. No quieren batir el cobre en elecciones generales, quieren ir por el atajo de una dimisión precipitada. Las hipotéticas posibilidades que tiene el Pepé de alternar en el poder con el Partido Socialista las están echando por tierra ellos mismos. Pocos imparciales pueden creer en la capacidad, la buena intención y el talante democrático de este partido para gobernar con realismo y sensatez. Está incluso dejando en ridículo a la derecha real que mira con asombro los gritos, los desafueros, las malas maneras, la falta de ideas y la incapacidad para negociar de este líder raro de este partido raro, que se parece más a la Falange que a un partido democrático.

La catarsis anticorrupción, tan sana a la larga, ellos la quieren convertir en una caza de brujas inquisitorial. Si mañana a Felipe le diera por dimitir, los casos de corrupción dejarían de interesarles, y eso es lo peor que a corto, medio y largo plazo le podría pasar a este país. No les importa la corrupción; quieren que González se quite de en medio, que dimita, que se vaya.

(1994)

Relaciones peligrosas

Aznar, que es muy lento, ha empezado a comprender que en el mejor de los casos, y por muy bien que le vaya en las urnas, necesitará para gobernar el apoyo de otras fuerzas políticas. Como por ejemplo, a los nacionalistas vascos y catalanes. Tras enfrentarse a ellos constantemente, ahora recoge cuerda e intenta ajuntarse. A ver si consigue seducirles para que le retiren el apoyo parlamentario al PSOE. Así, suponiendo que los socialistas retrocedan en las elecciones europeas y andaluzas, y suponiendo que en consecuencia González plantee una cuestión de confianza, Aznar quiere evitar esta situación embarazosa para él y agotar las posibilidades de plantear una moción de censura.

Es la única posibilidad que tiene el Pepé de gobernar, con esa prisa que les reconcome las entrañas y les niebla la razón. En la confusión que caracteriza la estrategia del PP, el acercamiento a los nacionalistas vascos y catalanes puede causar cierto chirrido en las articulaciones de su clientela electoral. Y tendrá que explicarles, tarde o temprano, cualquier pacto con esas fuerzas; tendrá que cambiar el vocabulario y desechar ciertas ideas preconcebidas que los de derechas siempre han tenido hacia los nacionalismos.

Tras la entrevista con el PNV, que ambas partes se empeñaron en calificar de «rutinaria», Arzalluz, que es perro viejo y astuto, dijo que la base para cualquier entendimiento es forzosamente el Tratado de Guernica y su desarrollo, cosa complicada porque al PP le salen granos cuando se habla de nacionalismos.

Pero es de sobra conocido que en política el fin justifica los medios y, si para conseguir gobernar hay que tragar y prometer a los nacionalistas —que en el vocabulario de la derecha significa «separatismo»—, pues se trata. Pase lo que pase. Del mismo modo que el PP de repente hace un discurso más progre que nadie, para halagarle los oídos a los votantes indecisos, puede convertirse en autonomista y federalista sin pestañear, para conseguir el apoyo de los nacionalistas.

Con los catalanes lo tienen más difícil. Las actitudes y personas del Partido Popular no le agradan nada a CiU, que mantiene en su seno siempre dos tendencias: una más derechizante y otra más izquierdizante, que sitúan a la formación en una zona de moderación, realismo y pragmatismo.

De todas maneras, y aunque Aznar pretenda que no, las elecciones al Parlamento Europeo son exactamente unas elecciones para elegir diputados al Parlamento Europeo, en las que los electores no se sienten comprometidos a gran cosa desde el punto de vista de política interior. El hecho de que Aznar y su gente le den una importancia como a unas generales puede ser peligroso para ellos. Si fracasan en sus objetivos, en lugar de ser un simple revés será un desastre, por el significado tergiversado que ellos mismos le dieron a las europeas.

Da no sé qué, la verdad, porque tienen tantas ansias de ganar, de mandar, de gobernar, que les va a dar algo.

(1994)

Impresentable Pepé

Lo del Pepé sigue siendo alucinante. Se han pasado meses reprochándole a González que no asiste a las sesiones parlamentarias de control del Gobierno, cuando lo que les conviene a ellos sería que Felipe no abriera la boca ni en el Congreso ni en ningún otro lugar.

González, en su nuevo *look* 94 de sacar pecho, sonreír y hacerse asequible, decide asistir a las sesiones de preguntas al Gobierno de los miércoles y contestar personalmente las que le parecen más apropiadas, porque según el reglamento invocado por el Partido Popular, el presidente puede delegar las respuestas a las preguntas en su ministros.

Sin ninguna duda, es bueno que el presidente del Gobierno asista y participe en las sesiones de control en el Parlamento. El poder ejecutivo debe informar al legislativo, del que emana, acerca de sus opiniones y sus trabajos, y responsabilizarse de ellos ante la opinión pública de la que a su vez emana el Parlamento.

Pero tratándose de Felipe González y de José María Aznar, la cosa se complica. Aznar es un pésimo orador y parlamentario. Su fuerte son las declaraciones violentas y sencillas ante las alcachofas y berenjenas de los periodistas. A González le sucede lo contrario: que es mucho más brillante en la oratoria que en la exposición o la declaración. Con tres frases cortas desmonta —como lo hizo en su primera comparecencia *new wave* de la semana pasada— el sistema ofensivo del Pepé, que sacó a los parlamentarios más civilizados. Pero después, Aznar, en el pasillo, opinó que «el problema de González es que su palabra no vale nada». Olé la sutileza. Demuestra los recursos dialécticos y retóricos de nuestro ilustre jefe de la oposición aspirante a Castelar.

Si algún hipotético día el Partido Popular gana unas elecciones generales por mayoría absoluta, como ellos pretenden, no será desde luego por el poder de convicción de sus líderes. Porque Aznar es Sócrates al lado de Álvarez Cascos o de Federico Trillo o de Rodrigo Rato.

La cota de la derecha sube o baja en las encuestas según los del otro lado lo hacen peor o mejor. Su hipotética victoria está en función no de sus méritos sino de los errores o deméritos del oponente. Lo que quiere decir, dándole vueltas a la cosa, que como los socialistas se pongan de verdad las pilas y profundicen —algo tan de moda ahora— en sus propósitos de enmienda, *sociatas habemus* para rato.

Porque lo que no entienden los de la derecha es que despotricar e insultar lo hace cualquiera. La gente en general pone verdes a los políticos en la calle y muchos periodistas vivimos de ello impunemente, para eso nos pagan. Pero de los políticos se espera un pelín de elegancia, de recursos y de inteligencia. Groucho Marx decía que nunca pertenecería a ningún club que fuera capaz de aceptarle. Muchas personas no quieren que les gobiernen políticos que se expresan como ellos o peor que ellos. Uno aspira a que le represente alguien un poquito presentable. Y Aznar y su cuadrilla son impresentables.

(1994)

Aznar y las trampas del azar

No hay nada que hacer: él ha decidido escribir y además está empeñado en que empecemos «todos los españoles juntos» a escribir. Él es, naturalmente, José María Aznar, el líder de la oposición.

Nos lo dijo repetidamente, como dice lo poco que dice, en la entrevista que le hizo Manuel Campo Vidal en Antena 3. Una entrevista que, por más que Campo Vidal se empeñaba en hacerla animada y *percutante*, Aznar conseguía mantener su tono mediocre y de falsete tan característico de los títeres y muñecos de guiñol a los que inevitablemente se parece.

Quiere Aznar que el debate político «pase página y todos los españoles juntos empecemos a escribir cosas verdaderamente serias y no escándalos permanentes». Para que luego digan que el PP no se ocupa de la cultura. De momento, Aznar ya ha empezado a escribir. Su amigo el alcalde de Madrid le pidió que le escribiera una cosilla para el programa de mano de la representación de la obra de Buero Vallejo *Las trampas del azar,* título predestinado sin duda a hacer jugarretas a todo el mundo.

Buero Vallejo es un dramaturgo español muy importante y muy respetado dentro y fuera de España que merece, no sólo que sus obras se representen constantemente, sino como mínimo una llamada telefónica para consultarle si le parece bien que Aznar le ponga comentario al programa de su obra. Es un mínimo detalle de buena educación. Aunque los políticos de derechas no lo crean, los dramaturgos, a pesar del nombre de su profesión malsonante y lúgubre, son personas sensibles y muy bien educadas, sobre todo Buero Vallejo, y desde luego les puede fastidiar un montón que su obra se utilice para hacer propaganda política burda y adolescente a sus espaldas.

Álvarez del Manzano quería demostrar con ello la pasión que siente Aznar por la cultura. Que siempre se anda diciendo que a la derecha, aparte de María Ostiz y Norma Duval, la cultura no le interesa para nada. Lo del programa de Buero lo demuestra a la perfección. Es más, demuestra que cada vez que se interesan por la cultura es para avasallarla y pasar por encima de ella, por más que se empeñe Botella de Aznar en defender el cerocomasiete.

Como Aznar, a la vista de lo que escribió para el famoso programa de mano, no le va a quitar el puesto ni a Gala ni a Molina Foix, pretende que escribamos «todos los españoles juntos». No es suficiente que escriban Pedro Jota y José Luis Gutiérrez o Mario Conde —dicen que está escribiendo mucho en la sombra.

Aznar quiere ponernos a escribir a todos juntos. Pasar la página y ponernos a escribir. Ha cogido ahora esa muletilla y no la va a soltar en los próximos meses. El único problema a tan loable aspiración es que el azar le puso una trampa a Aznar. Su prosa en el programa de Buero es de echar a correr y no parar. Hay gente absurda que escribe como los ángeles, gente muy inteligente que escribe con los pies. Aznar escribe como habla: mediocre, mediocre, vulgar, vulgar, vulgar.

Cuanto más insiste Aznar en darnos una esperanza de futuro, su propia imagen sólo da la caricatura y la vaciedad. Cada vez que sale en la tele pierde oportunidades y revela su insustancia en toda su magnitud. Habla mal y escribe peor. ¿Qué más?

(1995)

La piel del cordero

Ya estamos en plena campaña electoral, aunque aún no sea oficial. Y sólo faltan cuarenta días y esto ya no hay quien lo pare.

Los políticos en campaña se echan a la calle, como los pamplonicas en San Fermín, o los sevillanos en la Feria. Se vuelven asequibles, humanos, omnipresentes y con la sonrisa tolerante puesta de la mañana a la noche.

Sobre todo los de derechas del PP, que ya han distribuido al parecer entre sus huestes un catecismo de comportamiento y buenas maneras para uso de candidatos políticos de apoyo en campaña. Seguirlo les va a costar un Perú, porque, de momento, nadie lo cumple.

Por ejemplo, el PP aconseja a los suyos lanzar mensajes con un 70,85 por ciento de carga positiva y sólo un 30, o mejor un 15 por ciento, de negatividad; justo lo contrario de lo que hacen habitualmente: si hablan diez minutos, se pasan ocho descalificando, insultando y detallando el caos y el diluvio, y apenas dos para prometer el fin del mismo.

Otro consejo que tampoco cumplen: el lenguaje de las manos debe ser amable, no señalar con el índice ni amenazar con el puño cerrado. Desde Aznar hasta el último mono, se ayudan con los gestos de las manos para subrayar los insultos y las descalificaciones que lanzan a diario a diestro y siniestro. Es lógico, porque son de por sí personas autoritarias con mensajes autoritarios y están desde siempre acostumbrados a gesticular en consecuencia. No hay más que ver a sus señorías de ambos sexos, increpar con los índices y puños en ristre a los socialistas en el Congreso.

Cuando sólo se habla de caos y del Apocalipsis, es difícil mantener quietas las manos que, ellas pobres, se limitan a seguir al cerebro y a la voz. De manera que, o bien cambian de discurso, o bien reparten en la central del PP presillas para mantener las manos enganchadas en los cinturones.

También la vestimenta ocupa la atención de los asesores de imagen para hacerse simpáticos: colores suaves, pasteles y/o azules, trajes ligeros y sencillos, joyería simple. O sea, nada de collarones, cadenas, pendientes, pulseras aparatosas, broches Cartier y relojes de pared en la muñeca.

El cabello corto y aseado, nada de melenazas, coletas (si Rodrigo Rato tuvo alguna vez la tentación de dejársela crecer que se olvide), rizos en exceso, flequillos indomables (eso queda para Belloch), tupés o bisoñés. También se aconseja no usar chaleco, ya que resalta el estómago y la tripita de los chicos y da un aire entre la demencia de Urrusolo y la opulencia del banquero bien alimentado, cosa que en campaña está fuera de lugar.

También recomiendan no beber alcohol ni antes ni durante las entrevistas; está mal visto y puede uno cogerse la moña. No debieron hacer lo propio los redactores del manual de buenas maneras, porque metieron un eslogan de cierta bebida cuando pasan a decirle al candidato que «busque a la gente, a los electores, donde estén y a la hora que estén». Así que, si le aborda en un bar, en una esquina, en el rellano de la escalera, en la cola del pescado o en un semáforo un personaje vestido en tonos pastel, recién salido de la peluquería, con joyería sencilla, sin chaleco, con la sonrisa sujeta con pinzas de la ropa y las manos atadas a la espalda, seguro que es un candidato del Pepé que le quiere vender la burra.

(1995)

El hombre-hombre

Se utiliza todo lo utilizable y lo inutilizable para hacer campaña electoral.

Aznar, por ejemplo, utiliza a su señora Ana Botella ampliamente para conectar con un público reticente, ese que no va a los mítines pero compra libros. No sólo nos pusieron en los anaqueles de las librerías una biografía detallada de Ana Botella, sino que ahora nos han puesto al lado un libro de fotos de Aznar, desde que nació, su infancia, su juventud y su adolescencia, todo ello comentado por su esposa y madre a la vez de sus hijos.

Detallar la vida de Ana Botella es como describir al detalle un mantel de cuadros rojos y blancos. A las sesenta páginas, el lector está exhausto de darle vueltas a la sencillez y la perfección del diseño. No hay fisuras, ni secretos, ni extravagancias, ni altibajos, ni arrepentimientos ni pecados. Es, sencillamente, la perfección y lo políticamente correcto.

El libro de fotos de Josemari también es enternecedoramente sencillo y perfecto. Una sabia combinación para dar esa sensación de humanidad cercana. Lo único que nos ilumina y nos sorprende es ver que Aznar no nació con bigote, cosa que hubiéramos apostado a que sí.

Pero la joya del libro es el cuestionario de Marcel Proust al que se sometió y que respondió, quizá aconsejado por su señora. El cuestionario del escritor adicto a las magdalenas es una trampa mortal. No hay nada tan letal, ni los sueños, ni las asociaciones de palabras espontáneas ni la famosa máquina de la verdad.

Quien lo responda con sinceridad está jodido y quien intente engañarlo y pasarse de listo, que es lo habitual, está más jodido todavía. Sólo un demente como Proust, que se pasó toda la vida medio moribundo en la cama describiendo un mantel de cuadros blancos y rojos para conseguir llegar a su esencia, pudo elaborar semejante cuestionario que, a fuerza de cursi, revela todo lo que uno intenta esconder.

Aznar declara estar «sereno» en este momento, siendo la «serenidad» el rasgo principal de su carácter, cuando es obvio y evidente que está en estado de estrés constante, sumergido en una campaña electoral decisiva que se desarrolla en un clima que puede definirse de muchas maneras excepto como sereno. Y Aznar está devorado por la ansiedad de ganar las elecciones, porque en ello le va la vida.

En su afán de aparentar serenidad prefiere el color azul y como pájaro la gaviota; su ocupación preferida es trabajar, sus compositores favoritos son Beethoven y Schubert (podría haber dicho Falla para hacer patria) y su sueño de felicidad es «Ana» —Botella, se supone.

Y es en lo que toca a mujeres donde el cuestionario se convierte en algo interesante. Mientras que la cualidad que prefiere en un hombre es «la responsabilidad», la que prefiere en una mujer es «que sea mujer». No importa que sea tonta, malvada, cruel, embustera o irresponsable. Si es mujer le vale. Nada de sucedáneos.

Otra joya: mientras que sus héroes en la vida real son «todos los que entregan su vida a los demás» —cauteloso para no comprometerse—, sus heroínas en la historia son directamente «las que están por venir y que ojalá vengan». Nada de Santa Teresa, ni de Agustina de Aragón, ni de Rosa Luxemburgo ni de Madame Curie. No ha nacido todavía la mujer-mujer que merezca su admiración.

En cuanto se le toca la tecla de la mujer, Aznar es un hombre-hombre.

(1996)

Van a Pe-Perder

El Partido Popular va a perder las elecciones generales, por muchas encuestas que se inventen *El Mundo* y *ABC* en las que la derecha gana, no por mayoría sino por apoteosis. Pero no se lo creen ni ellos.

Es el gran problema de los populares, que van de ganadores antes de pasar por las urnas, un desagradable trámite que hay que cumplir y que puede, y va a cambiar, ese estado de felicidad permanente en el que están inmersos y pretenden contagiar hipnóticamente a todo el país.

Parecen decirle al lector: «Usted no tiene por qué pensar, reflexionar o comparar antes de votar. Usted tiene que votarnos porque nosotros somos los ganadores. Hasta Izquierda Unida sabe que nuestra victoria es inevitable, y nos ayuda todo lo que puede.»

De ahí que les siente tan mal que la realidad intervenga en su idílico panorama. Y la realidad, por ejemplo, es la rápida reacción del juez Garzón enchironando a Jon Idígoras y la hiperactividad antiterrorista desplegada después del «Basta ya» de las buenas gentes de todo el país. El Partido Popular no encaja que sea precisamente su juez Garzón quien haya hecho semejante desparramo en este momento. Inmediatamente, Aznar dijo en los mítines que los socialistas no se han ocupado de la lucha antiterrorista y que la culpa de lo que pasa es suya. Días más tarde, dio marcha atrás y afirmó que la actuación de Garzón era correcta. Como siempre, dicen cualquier cosa y la contraria.

Por ejemplo, Rodrigo Rato dice que va a bajar la Seguridad Social que pagan las empresas y luego llega el jefe y dice que no. Ellos defienden que no se contradicen: simplemente a cada uno le dan lo que quiere oír. Es lo lógico, cuando no hay principios ni ideas que presentar al electorado.

Pero esas maniobras, precisamente por serlo, les hacen falta. Por ejemplo, el tema de Antonio Banderas. Lanzan una andanada contra el actor acusándole de comportamiento perverso, mezclando su supuesta contribución a publicitar los productos de Andalucía en el mundo con su apoyo a la campaña socialista, antes de que Banderas haya hecho ninguna declaración pública a favor del PSOE. Han conseguido algo genial: que la campaña de Banderas a favor de los socialistas tenga una amplificación insospechada. Y que ellos queden como unos mierdas.

Llevan más de dos años insultando, calumniando e infamando a los socialistas sin cesar en el Congreso de los Diputados y a través de todos los medios de comunicación con amplia publicidad. Mariceli Villalobos dice en los mítines que Aznar salió como un hombre del atentado terrorista y en cambio González se escondió como un conejo bajo el escaño del Congreso el 23-F. (¿Será Mariceli Villalobos el modelo de mujer que-sea-mujer que le gusta a Aznar?)

Bueno, pues resulta que el vídeo del PSOE les parece intolerable. Cuánto les gusta esa palabra, por cierto. A la vista de como se comporta, el vídeo es un documental en lugar de una ficción electoral. Lo mejor de ese vídeo es que se queda corto presentando al Partido Popular —el doberman al fin y al cabo es un perro fiel— y la otra parte «positiva» es una memez más digna de un anuncio de tampax o de «somos la primera» o «la estrella eres tú».

Y ya la última que se han sacado es que «si uno es obrero y vota al PSOE es que es un burro o un imbécil». Es lo que les faltaba: insultar al lector. Pues también lo han hecho.

(1996)

Pobres dobermans

Todo aquel que tiene o ha tenido un perro conoce perfectamente las grandes virtudes de estos animales domésticos, entre las que destacan la nobleza, la fidelidad, la inteligencia y el afecto.

No hay perros buenos ni perros malos, ni perros violentos o agresivos. Lo que hay son amos que le ofrecen o le exigen a cada perro comportarse de una cierta manera. Hay caniches y San Bernardos agresivos y violentos, y hay dogos y dobermans tiernos y apacibles, depende de lo que el amo le transmite y le enseña a hacer o a no hacer. Si a cualquier perro se le enseña a morder y a odiar a los extraños, morderá y odiará a los extraños y a veces a los no tan extraños. Porque también sucede que las enseñanzas se imparten mal o de manera defectuosa, lo que produce numerosos accidentes trágicos.

Aparte de las características de cada raza o tipo de perro, como en todo lo que vive existen también diferencias individuales. Individuos más sensibles, más miedosos, más valientes, más solitarios, más juguetones, o menos sociables, menos celosos o más comunicativos; más trabajadores o mas contemplativos, más nerviosos o más relajados, más obedientes, más testarudos, más dominantes o menos, dependiendo del programa genético, la crianza, el ambiente en el que se desarrollan y el trato que les dan los humanos.

Los miles de perros que pululan por las ciudades lo comentan cuando se reúnen en las plazas adonde los llevan sus amos.

—Hay una titi nueva con un olor impresionante, ¿la has visto? —le dijo un pointer joven a un doberman de mediana edad.

—La he olido y apesta a champú antiparasitario, que es algo que no soporto, y además me ha *ensobeado*, debe creerse que es la reina de los mares.

Pp
G&R. 2002

—Anda que lleváis unos días los dobermans que no os coméis una rosca. Que a ver si crees que no me di cuenta del tarascón que te metió ayer el pastor belga y el bufido que te pegó la bull-terrier.

—Y todo por el puto vídeo del PSOE, porque antes me iba estupendamente. No era el rey de la plaza, ya que uno reconoce que el que manda manda y el scotch-terrier es pequeño pero los tiene cuadrados, y yo respeto las jerarquías, pero un respeto sí que me tenían, a los bassets los tenía acojonados, ¿recuerdas? Bueno, pues hoy nada más llegar estaba el basset, me ve que estoy evacuando y va y me mea encima; me echa un tufo que todavía no me lo he podido quitar y eso que he estado rascándome contra mi árbol más de media hora.

—La verdad es que los dobermans tenéis muy mala prensa, sobre todo con las izquierdas.

—Fíjate que yo, aquí donde me ves, he criado a tres niños de mi amo y a dos primos, uno de ellos absolutamente insoportable, que su ilusión era morderme las orejas y una de ellas me duele desde que me hicieron la estética y no puedo ni lamerla. Y hoy me ha traído a pasear un amigo, porque a mi amo, que encima es de IU, le da vergüenza sacarme.

—Hay que ver qué líos se traen los amos con la política, de verdad. Mira, mira a la jai que te decía, me la voy a calzar en cuanto se aleje un poco de su dueña. Es que me tiene loco perdido. Su ama no lo sabe, pero le va a venir el celo mañana.

—Cómo te vas a calzar a una perra que es mezcla de grifona, caniche y pekinesa. Menuda se va a poner la dueña, que es de comunión diaria. La conozco yo de hace años. Antes tenía una San Bernardo que la palmó.

—A mí me da igual, oyes; estoy salido y no soy racista.

—No, si reconozco que no está mal, pero yo me acerco y la dueña me mata de un bolsazo. Qué cruz.

(1996)

Poesía

En esta Semana Santa del 96, el personal exhausto por las tensiones pre y electorales se da a la fuga y abandona a toda pastilla su lugar de residencia habitual.

Excepto los que esperan ser llamados a ocupar altos menesteres en el nuevo Gobierno liderado por el Partido Popular, que aprovechan estas vacaciones para poner a punto su imagen y organizar su vestuario, que luego todo se precipita mucho y no da tiempo a nada.

José María Aznar, que ha pasado muchos años viendo los sudores y las dudas *shakespearianas* por las que ha pasado Felipe González cada vez que ha tenido que formar o reformar el Gobierno, no quiere que le suceda lo mismo. Se muestra cauto y mantiene apretada la labor para que no se salten los puntos ni los flecos, intentando evitar que las filtraciones le arruinen los planes y las listas.

Se hizo, en tiempos, famosa la frase de Alfonso Guerra: «El que se mueva no sale en la foto.» Hoy en día habría que actualizar: «El que abra la boca es pez muerto.» Así que están todos quietos y callados, como árboles en un parque infantil, sin soltar prenda. Pero la procesión va por dentro.

—Lo llevas crudo, guapo —le dice su señora a un ministrable que hace aerobic en su terraza del chalé de Puerta de Hierro—. Ayer me encontré en el centro comercial a la mujer de Zutano de Palangano y la vi comprando libros de poesía y me comentó que su marido va seguro, seguro, a Obras Públicas.

—Déjale que se haga ilusiones, pero yo sé fehacientemente que no se va a comer una rosca. Por cierto, ¿me trajiste los libros que te encargué?

—Sí, hijo mío, sí. El librero alucina a cuadros porque ahora todos le pedimos libros de poesía, y no sabe qué hacer con los que le compramos habitualmente: *Cómo hacerse rico en diez días sin poner un duro, Cómo dominar a los demás en seis lecciones, Cómo ser del Opus y que nadie se entere, Manual de golf...* y todo eso.

—Quién me iba a decir a mí que me iba a gustar la poesía a mis años.

—¡Ah!, pero ¿te gusta la poesía, cariño? Qué sorpresa, si todavía no has abierto un solo libro.

—¿No notas que tengo menos tripa?

—Visto de espaldas, sí. Ahora, de perfil, yo la veo igual.

—Qué poco me ayudas, querida. Deberías aprender de Anita, siempre al lado de Josemari, siempre apoyándole y dándole ánimos. ¿Les has dicho a los niños que no utilicen el teléfono, que estoy esperando una llamada importantísima?

—Sí, sí. De todas maneras ellos tienen sus móviles, o sea que el de aquí casi no lo usan.

—Oye y tú, cielo, ¿has pensado en tu vestuario y eso? ¿O me vas a hacer el numerito moderno de no ejercer de señora de ministro?

—Precisamente la otra tarde fui a la tienda de Pichichu a ver si tenía algo rebajado, pero estaba allí María Fulanitita de Fulánez Mengánez y Palangángez de Zutano, que piensa que va a ser ministra, y había arramplado con todo, lo rebajado y lo no rebajado. Sólo quedaba un traje-pantalón divino que me lo compré naturalmente.

—Pero tú no estás bien de la cabeza, querida. ¿Cómo vas a acompañarme a inaugurar pantanos en pantalones? Falda corta, medias negras y tacón alto: ése es el modelo correcto y discreto que deben llevar nuestras mujeres.

—Qué cosas, en tiempos era lo que llevaban las chicas alegres.

—No me discutas, que tengo mucho que hacer. Mira la cantidad de libros de poesía que tengo que empollarme antes del lunes.

(1996)

Aznar, Ecce Homo

No están sufriendo ni nada los del Pepé apañando el nuevo Gobierno. Coincidiendo además con las fechas que rememoran la pasión y muerte de Jesucristo, Aznar está siendo sometido a escarnio, tortura, mofa y befa por parte de catalanes, vascos y hasta canarios.

El destino ha hecho coincidir la formación del nuevo Gobierno con la Semana Santa y, pensándolo bien, no podía ser de otra manera, como casi todas las manifestaciones del destino.

Claro que, hilando muy fino, la culpa del sufrimiento del PP puede muy bien ser achacada a los socialistas y concretamente a Felipe González, que es quien decidió que las elecciones se celebrarían el 3 de marzo. Y la decisión pudo haber sido tomada con premeditación, alevosía y nocturnidad, porque al fin y al cabo, el primer y último culpable de todos los males en general, y de los populares en particular, es Felipe. Así que todo encaja.

Lo bueno de esta situación de teatro griego es que los dirigentes de la derecha son, como su nombre indica, firmes creyentes y por tanto pueden y deben tomar de manera positiva este vía crucis al que les someten los catalanes, vascos y canarios, e identificarse perfectamente con el sufrimiento de Nuestro Señor y su Santa Madre sintiendo en sus carnes propias el dolor de la incomprensión y la burla, y la sublime emoción de experimentar realmente cómo se siente uno cuando intenta salvar el mundo y nadie le hace caso.

La historia tiende a repetirse y la historia sagrada, aunque probablemente inventada, vuelve a suceder en la cuaresma española del 96, con los personajes y los escenarios adaptados a la vida moderna, vistos desde un balcón de Carabaña, aunque cualquier mortal en su sano juicio preferiría Sevilla, sin lugar a dudas. Pero en fin, en este camino del calvario, no falta nadie: están los apóstoles, incluido Pedro, que es Rodrigo Rato, y Pablo, que es Cristóbal Montoro; Lázaro, que es Miguel Boyer; María Magdalena, que es Ágatha Ruiz de la Prada; Felipe González, que naturalmente es el Pilatos que se lava las manos con recochineo; Herodes, que es Jordi Pujol, un sádico de aquí te espero; María, que es, como no podía ser de otra manera, Ana Botella, quien sufre lo indecible como una auténtica madre. El único problema es saber quién es Judas: ¿Federico Trillo? ¿Pedro Jota? ¿O quizá Fraga sin ir más lejos? De la misma manera que en la época original de la historieta no se supo de Judas hasta después de los autos, aquí algún día se sabrá.

Jesucristo se supone que hablaba en arameo, y de la misma manera que Aznar confiesa que hace en privado sus pinitos en catalán, quizá Jesús en *petit comité* también se echaba sus parrafadas en romano con sus colegas más íntimos o para pasar desapercibido y no dar el cante. En cualquier caso, antaño como hogaño, la cuestión lingüística resulta primordial. Es más: el centurión Pujol exige que o Aznar reconozca la importancia de hablar en romano o se crucificará a más de uno.

Aznar avanza con su corona de espinas, su cruz a cuestas, con la túnica desgarrada por los latigazos de castigo que le atizan incluso muchos de los suyos que, como en la historia sagrada, hacen como que no tienen nada que ver —he aquí el *ABC* de la cuestión— camino del Gólgota, donde será consagrado, una vez consumado el sacrificio salvador. Y allí, con el bigote pachucho y echando el bofe, podrá decir al fin a todos los que se abstienen o vuelven la cabeza: «Perdónales, Anson, que no saben lo que hacen.» Y si no lo dice, peor p'a él.

(1996)

El nuevo estilo

Con el famoso pacto entre PP y CiU, las autonomías ricas serán más ricas y las pobres más pobres. La palabra «solidaridad» se repite con abundancia en los textos del famoso pacto, pero adquiere un sentido diferente al que utilizamos habitualmente, puesto que se trata de que los ricos sean solidarios entre sí y los pobres entre ellos.

Es el nuevo estilo de este nuevo Gobierno formado por la derecha española y la derecha catalana, una extraña yunta que arrasará con todo lo que se pone a su paso. Ambas formaciones han llegado a un acuerdo, que está fuera de sus programas políticos y electorales, recién inventado y por tanto absolutamente antidemocrático.

Decía hace poco Rodríguez Ibarra, con muchísima razón, que debería modificarse la Ley Electoral para que en el caso de no obtener mayoría ningún partido, pudieran los ciudadanos bendecir o rechazar en una segunda vuelta los pactos y acuerdos que las formaciones minoritarias creyeran pertinentes hacer para formar coaliciones.

El Partido Popular, para conseguir el apoyo de CiU, rechaza casi entero su programa electoral y su pensamiento político. De fortalecer el Estado ha pasado, en menos de sesenta días, a ser cómplice de su debilitamiento para halagar a unos partidos nacionalistas que, por definición, viven y trabajan para el fortalecimiento de sus propios estados y la aniquilación de eso que llaman «Estado español». Súbitamente quieren hacernos creer que el resto del territorio no-catalán o no-vasco les interesa mucho, cuando la verdad es que sólo les interesa su desaparición. Y es justo el Partido Popular, tan secularmente centralista, el que se lo ha puesto a huevo.

De lo que se deduce que, o están locos adquiriendo nuevas identidades, o mienten o todo a la vez. Hacía mucho tiempo, por no decir nunca, que no veíamos a personas y partidos con tanta desesperación por asir el poder. El Partido Popular ha perdido las maneras, los papeles y la compostura, y se ha entregado sin freno a la feroz obsesión por poner sus traseros en el Banco Azul.

Ese catalanismo súbito de converso neófito que les ha entrado a Josep María Aznar y compañía produce auténtico alipori. El PNV deberá exigirle a Aznar que públicamente toque el chistu, chapurree en euskera, al menos en privado, y deje el paddle por la pelota vasca.

(1996)

En el Palacio de La Monclova

Tenemos un nuevo Gobierno que parece un cuento de hadas:

«Al cabo de un RATO escucháronse en el patio de PALACIO el sonido de los CASCOS de un corcel montado por una extraña figura revestida de armadura de guerra, que dijo venir de parte de MARISCAL DE GANTE con cartas urgentes. Exigióle el guardia de la puerta que presentara credenciales, por lo que la extraña figura dejó asomar la OREJA que tenía la inequívoca marca del lema de su casa: RAJO-HOY, y así el guardián permitióle acceder al recinto.

»Desposeyóse la figura de parte de la armadura, viendo los allí presentes con asombro que tratábase de una mujer con enagua de PIQUÉ, AGUIRRES de seda y ROMAYS de encaje, que llevaba alforjas que dijo estar repletas de TOCINO y mantequilla ARIAS. Colgando del ancho cinturón una sierra a la que le faltaba un diente y por lo que se llamaba SERRA. Dijo la extraña dama amazona provenir de un pueblo llamado RIDRUEJO y ser conocida por MÓNICA desde pequeña por su gran belleza y que hacía muchas lunas que viajaba por extraños países entre ellos el mítico JASP, lo que hizo temblar a todos los allí presentes por las horribles cosa que se contaban de aquellas lejanas tierras. Exigió la amazona viajera ser recibida sin más tardanza o entretenimiento por el gran ZARAZNAR y su consorte la gran duquesa sajona ANN BOTTLE. A tal fin fue conducida a través de las ARENAS por el Príncipe de las Islas ABELMA TUTES.

»Ya en presencia del Gran ZARAZNAR y ANN BOTTLE, habiéndoles hecho entrega de los presentes, dispusiéronse todos a degustar un refrigerio de patatas MATUTANO, regado con finos caldos de VALLADOLID. Y dieron comienzo a una entretenida conversación en la que MÓNICA deleitó a los allí presentes relatando con todo lujo de detalles las aventuras y desventuras de los nativos de JASP,

SÓLO VIDRIO
G&R.2002

que fueron muy aplaudidas por la gracia y desparpajo de la joven amazona.

»Dijo MÓNICA, por ejemplo, que por aquellos pagos conoció a un conspicuo caballero con una mecha blanca en el pelo que facía y desfacía entuertos entre los nativos. Le llamaban GARZÓN por el gran tamaño de su garza, lo que fizo reír a los asistentes. También habluvo la desenvuelta MÓNICA de otro hombre que parece llegó a nado y, tal era el esfuerzo que realizó para salvar su pellejo, que los lugareños llamábanle POR CONSIGUIENTE, pues sólo tal cosa acertaba a decir en el periodo de despresurización en el que se encontraba. Todo ello fizo reír a los asistentes que se revolcaban por las ARENAS, a causa de las carcajadas y también por los caldos de VALLADOLIZ.

»Relató la amazona, de la misma guisa, cómo había traído de sus viajes más de cuarenta búhos para MARISCAL DE GANTE y enriquecer así el gran patrimonio de la casa, que no había otro igual en cien mil leguas a la redonda, habiendo llegado a conseguir el ideal utópico de «un hombre, un búho», lema de la legendaria y honorable familia.

»Interesóse después MÓNICA por la salud y el estado de ánimo de sus anfitriones, y la elegante gran duquesa sajona ANN BOTTLE sinceróse y púsose a derramar lágrimas, por los inconvenientes que el nuevo Palacio de La Monclova presentaba para una familia de su rango y condición, ante lo que ZARAZNAR no pudo contener su disgusto y confesóle tras un RATO de darle al TRILLO que «si lo sé no vengo», lo que causó gran desolación en los allí presentes.

»Todo ello indujo al gran chambelán JORDI PUJOL y su portamolinillos MOLINS que sacaran burbujeantes cavas de reserva para consolar a tan distinguida concurrencia allí reunida, obligándoles a brindar al grito de «*Salut y força al canut!*», con lo que regresó la alegría entre los presentes.

»Y colorín colorado, a MÓNICA la dieron el ducado de Prado del Reír por el buen RATO que les fizo pasar.»

(1996)

¿Quién es quién bajo el ficus?